山里娃

俞海云◎著

中国文联出版社

图书在版编目（CIP）数据

山里娃 ／ 俞海云著 . -- 北京：中国文联出版社，2024.1

ISBN 978 - 7 - 5190 - 5303 - 1

Ⅰ.①山… Ⅱ.①俞… Ⅲ.①散文集—中国—当代 Ⅳ.①I267

中国国家版本馆 CIP 数据核字（2024）第 016248 号

著　　者	俞海云
责任编辑	胡　笋
责任校对	李海慧
装帧设计	中联华文

出版发行　中国文联出版社有限公司

地　　址　北京市朝阳区农展馆南里 10 号　　　　邮编　100125

电　　话　010 - 85923025（发行部）　　　　010-85923091（总编室）

经　　销　全国新华书店等

印　　刷　三河市华东印刷有限公司

开　　本　710 毫米×1000 毫米　　1/16

印　　张　17.5

字　　数　276 千字

版　　次　2024 年 1 月第 1 版第 1 次印刷

定　　价　78.00 元

内容简介

生如逆旅，一苇以航。《山里娃》一书由"山花灿烂""我爱我家""菁菁校园""诗意地栖息""四季风情""跋涉者""一孔之见""'向阳花'开"8辑110篇文稿（报刊发表70篇）之26万字组成。

一路泥泞，只为山花灿烂。《山里娃》通过回忆与现实相结合的方式，片段式地描述一名山里娃从童年、少年，到青年、中年的成长历程。从乡村到城镇，一路跋涉的心路行踪，用细腻的文笔还原生活真实。父母恩勤、兄弟姊妹、亲友邻居、同人同学、童年时光、山水草木……一篇篇习作恰如沿途采撷的一朵朵山花，素朴芳香……

凡心所向，素履所往。一名山里娃，由懵懂少年、莘莘学子到贵为人师，辗转跋涉，揉碎艰辛，把瘦薄的生命凝结成一本描述乡村生活的书，展示几代人追梦得以实现的艰涩历程，借以抒发诚挚的乡土情怀、内心深处的疼痛和期冀，表达一份真挚、深切、诚恳的乡情乡恋之意。

文如心曲，深情款款。全书情真意切，骨肉丰满，栩栩如生。细碎的文字里，不仅有感念的人和温馨的故事，悄悄珍藏着纯真和快乐，亦给人启示、力量与希望。语言凝练，朴实无华，行云流水，表现出文字特有的高贵优雅之美，充满浓郁的乡村地域色彩，为乡土文化积淀和传播做出一些积极的尝试与探索。

"使看不见的看见，使遗忘的抵抗遗忘。"《山里娃》可以让我们记住那共同走过的岁月，记住爱，记住时光。谨以此书献给我的家乡，我的亲友们，以表达一种痛切心扉的爱。

序一·一苇以航度逆旅

——《山里娃》成书记

凡心所向，素履以往。写一本真实记录个人成长历程并反映家乡人物风情的文集，是我多年埋藏在心底的夙愿。耿耿于怀，踌躇再三，蠢蠢欲动。

岁月匆匆，辗转跋涉。我作为一名瘦小懦弱的乡村孩童，成长的历程中一直对人生充满着幻想、期待和憧憬，心底留存着葱葱绿意，生长着无限希望。每每想做一些事时，不得不用一己绵薄之力，跟强大的干扰对抗着。

生如逆旅，一苇以航。《山里娃》通过回忆与现实相结合的方式，片段式地描述我从童年、少年，到青年、中年的成长历程。从乡村到城镇，一路颠簸跋涉的心路行踪，书写那素朴而执着的乡情乡恋，用细腻的文笔还原生活真实。质朴温和的人物、真实入微的情节、生动感性的物象、诚挚通畅的语言，字里行间散发出汩汩的生命气息，透露着一种亲和、尊重和朴实味儿。

文如心曲，深情款款。一介平民子弟，勤奋刻苦，笔耕不辍，迎来花开。一篇篇习作恰如沿途采撷的一朵朵山花，莺莺细语，素朴芳香……每一个平常日子，父母牵念挂怀、兄弟姊妹手足情深、恩师尊者语重心长、邻里乡亲倾力相助、发小同学欢乐相伴、萍水相逢者坦诚赏识，以及那一块地、一棵树、一株苗、一只昆虫所带来的精彩，跃然纸上，栩栩如生，芬芳了一些记忆。

野风幽幽，百草泌香。行走在山间田野，无论泥泞湿滑还是坚硬干涩，采蘩伐檀，收割四季，忙个不休，卑怯着如风掠过。花草皆有情，是对乡野故土的依恋牵挂；山水乡土味，细述亲情友爱的珍贵难忘。

见微知著，笔墨传情。坚守皋兰，书写家乡，把那些纠结的心事留存成集，让鲜活的生命脉脉含情，使熟悉的亲情触手可及，给绵绵不绝的爱以回馈，包括那些丢失的、遭受破坏的东西，给生命留存一份真实的纪念。

"青山一道同云雨，明月何曾是两乡。"在这个现实功利、故弄玄虚、鲜有读书、生命的声音已被遮蔽的时代，走自己的路，不在乎怎么说，但在乎怎么干。懵懵然，欣欣然，是为醒；二分尘土，一分流水，是为寂。

"天心也有怜芳意，细雨斜风护绿苔。"青春的疼，让自卑绽放成花；扔你到悬崖边的，终对你粲然一笑。隔着岁月的荒凉，让疲惫、烦躁的心找到温馨的港湾，照亮曾经的荒芜。许多时候我为自己过剩的爱感到羞愧，可我更怕，到那真正没有能力爱时，爱的每一点火星都会弥足珍贵。没有文字，我的一生必是冷淡寂寞的。现在达成所愿，神清气爽，喜悦无限。

"君埋泉下泥销骨，我寄人间雪满头。"感谢我的父母，给予我漫长人生路上的理解与资助，点亮坎坷旅途中的微光。此生不负他人，唯负父母的养育之恩。感谢我的兄弟姊妹，风雨同行，倾情相助。"执子之手，与子偕老。"感谢我的妻子，在我一无所有的年纪以身相许，再造物质和精神家园。感谢我的老师、同学、同人们，鼓励赏识、牵念挂怀。也感谢自己，圩载春秋，在贫瘠的土壤、匮乏的禀赋中，勤奋自勉，不言放弃，扬起风帆，剪出蓝天。

历经沧桑，不改初衷。《山里娃》的出版不是偶然，完全是必然。撰写过程中劳神费力，以至耽误了许多做家务、家人团聚、聊叙亲情和友谊的时光，在此深表歉意。

"散落在时间尽头的一代代玫瑰，但愿这里有一朵，能够免遭我们的遗忘。"（博尔赫斯）既然人声鼎沸，还是留些诚恳吧。谨以此书献给我的家乡，我的亲友们，以表达一种痛彻心扉的爱。

俞海云

2022 年 10 月

序二·诗向会人吟

午休后，打开《山里娃》书稿看看。感觉很享受，忍不住说说。

同学，喜欢你的习作，感动佩服。心思细腻，情感充沛，自然表露。写出这么多纯真的文章。目之所及，均是回忆；心之所想，都是美好……小题材，实实在在，感受独特，给人以振奋和信心。文从字顺，字字珠玑，结构紧凑。

"不着一字，尽得风流。"静静地捧读《山里娃》，犹如品茗一盏清茶，韵味悠长。书中的每篇文章都像一泓清泉，溪流潺潺，微波荡漾。心情随着文字的叙述在字里行间跌宕起伏，亲切感动，酣畅清爽。

文笔细腻，娓娓道来。故事情节充满生命气息，骨肉丰满，真实地写出了我们一代山村孩子成长的艰难历程。沉浸在一个个故事里，就像饥饿的人忽然吃顿大餐，色香味俱全，有滋有味。

《妈妈》一文，话语朴实，令人动容！怀念老屋，追忆母爱，字里行间洋溢着如水的乡情和至诚的亲情，让人唏嘘泪目。

母爱如山，我老妈是个农家妇女，慈祥善良，含辛茹苦，一直要求我们努力向上。从小到大，生活中遇到烦恼忧愁，老妈一句话点通，心态就阳光了。她是一位"高级心理咨询师"，及时化解儿女们的内心痛苦。

心中有别人，别人牵念你。老妈没念过一天书，对任何人都很关心，人缘特别好。但凡我家里的东西，老妈很大方地送给亲友邻居。她常常说："凡事往好里想，对人要好。人不可自私，给出去的东西必定原路返回。别人娃娃头上摸一把，个人的娃娃长一拃。"在侄儿结婚典礼上，老妈被邻居推荐上台讲话。她说："抽高梯子搭上桥，为父母争光，为国家出力。"我二妈走后，老妈把几个娃接过来拉扯长大。

《往事飘过童年》：一下子让我想起童年往事。我爸就是一个拾粪人，每天早上拾粪回来时我们才从热炕上起来。中午，爸爸手里拿着柴草从地里回来。夏天，我赶着七八只羊去放，膘肥体壮。那羊特别听话，一个个排成队专心吃草。羊通人性，一个多小时吃饱了，几只小羊羔还把爪子搭在肩膀上跟我玩耍嬉闹，情态可爱极了。儿时，我给三爹去看瓜。一个偷瓜人趁我回家，竟偷走了很多瓜……你的文章，让我找回幸福，找回童年，享受到欢乐。

《食堂故事》：读书时的学生食堂，老鼠屎、蛆娃子屡见不鲜。这是多年来存在的问题，悬而未解决彻底，带有普遍性。学生食堂质量问题，关系着一代又一代懵懂学子的身心健康。

《水之殇》：用朴实的笔调叙述乡村用水之殇，一家人与命运抗争。苦难是一笔丰厚的财富，孕育出了坚强而优秀的你。该文堪属精品！

《沙枣花飘香》：父亲折来沙枣花递给妈妈，表现父母爱情，寄托自己的思念，情感细腻。

《乔迁新居记》：弟兄姊妹们盖房买楼，逐步实现愿望。尤其你自己的买楼经历，与我完全一样。文章基调昂扬向上，也有淡淡心酸，扣人心弦。

《素雅凤仙花》：凤仙花是每位农村长大的女孩童年时代对美丽的奢望，留下浓烈的乡土情结。"亭亭玉立，风姿清丽，牵牵念念。"文风朴实，平淡中有深情。

《榆钱青青》：触景生情，隔着屏幕吃到青青榆钱，小时候我吃过不少。说起上树，我特别厉害，有些男娃都比不过我。从小放羊养成的上山爬洼、上树下水的本事超级厉害，庄子里把我比作"假小子"。

读《诗意地栖息》《东山之约》这几篇文章，我忍不住偷偷笑了。生命里应该存在某些邂逅，如焰火般灿烂，腾空而起的刹那绽放出灼人的美丽，迸发着摄人魂魄的心动。情出天然，酣痴入迷，却又恰如其分，适可而止。年少谁人信？春来秋去不添恨！

没有比较就没有鉴别。长期以来喜欢阅读，有些文章毫无生命气息，像记流水账，如一杯白开水，干巴无味，僵硬枯涩，似是而非，夺人眼球。

云烟万里，伯牙绝弦。生活中真正谈得来的朋友少之又少。《山里娃》完全征服了我，可遇不可求。毋庸置疑，这种心灵上的沟通和默契纯洁无瑕。现实中每个人心底其实都需要那些爱好、志趣相同的人，这样的人重逢才有说不完的话。我喜欢说真话、做实事儿的人，素不喜欢阿谀奉承、虚与委蛇。成年人的世界里，各为名利，多是点头之交。读《山里娃》，赏心悦目，让心灵得到滋润。知音难觅，幸而得之。

"胸藏万汇凭吞吐，笔有千钧任歙张。"中国常用汉字3000多个，能把一个个毫无生命的文字组织成一篇篇充满情感、昂扬向上、给人以愉悦的文章，实在不易。一路向阳，凭借隐忍和坚持，写出诸多美文佳作，散发着阵阵芬芳。作者，本是一朵灿烂绽放的山花。

活着就是一份责任。即使生命有长短，何不努力延展生命的长度，增加生命的厚度。走好自己的路，活好自己的人。这几天居家隔离，每读一篇，带来不一样的感动与享受。

文如其人。苦难磨炼意志，让人优秀。《山里娃》确实写得挺好，写出了作者的抱负和理想，从少年、青年到中年，坚贞不屈、积极向上的人生历程。从中看出作者是一个懂事听话、做事认真、内心阳光的人。认真学习，积极参与劳作，父疼母爱，兄弟姊妹团结友爱，一家人和乐融融。

"酒逢知己饮，诗向会人吟。"你的文章不但医愚，还可疗心。既然走在文字这条路上，那就沉淀自己，写出更多优秀作品。

"杨意不逢，抚凌云而自惜；钟期既遇，奏流水以何惭。"当楼宇和脚下的草木一同茂盛生长，我们不再怀想童话，亦不说梦。当一如既往，有空即写写。余不赘述，让作品去说吧。

道路长长，且行且努力着。

是为序。

原载2022年5月17日《银川日报》

山花本灿烂
2022年10月

······ # 目 录

第一辑

山花灿烂

1. 山花灿烂

春天一到，山村的花，开得稀里哗啦。

最先开的是杏花。山野还是一片寂静时，杏花就抢先绽放开来。洁白如玉，轻盈如云。一树杏花，如同素衣女子，随了春风摇曳漫舞。

杏花谢了，梨花出场。长长的花柄，骨朵纯白，花开五瓣，洁白如雪。嫩嫩的绿叶也冒出来，掺杂花间，装扮春天。

马莲花在山坡上开放。远远望去，一枝独秀，如清新的眉弯。

桃花登场。粉面红腮，一树艳彩，妖娆诱人。美人配桃花，桃花如美人，容易让人想起那"人面桃花相映红"的诗句来。

蒲公英开了一地。小花无奇，玲珑可人。阳光照耀，黄灿如金。花谢种成，晶莹剔透的蒲公英种子，又是一朵别样的花。

榆树上结满串串榆钱。嫩绿新鲜，秀色可餐，美味馋人。榆钱老成，随风飘扬，也成风景。

杏子已经在枝头孕育，打碗碗花小喇叭般绽开，紫韵朦胧，撩人心弦。

槐花开了，是在绿叶中间开的。一串串的槐花，白中带着温润，散发清香阵阵。槐花饼子，槐花炒鸡蛋，成为人们中意的美食。

车前子花，油菜花，白菜花，黄黄的一片片，在山谷里，在蓝天下，在绿树旁，在沟谷边，开得潇洒，开得坦然。这自然的造化，妙不可言。

还有难数清的不知名小花，紫色的，红里带黄的，蓝色的，黄中带白的，开在羊肠小道旁，开在山谷幽静处。不为人知，怡然自得。

山村的花，色彩变换，目不暇接。山村的花，忙坏蜜蜂乐坏了蝴蝶。山村的花，是大地上花的盛会，是绿海中美的点缀。山村的花，是生命的绽放，心灵的寄托。

"虽作他乡羁旅人，常将故里事牵心。"春天一到，山村的花，开得稀里哗啦！

2. 一碟小青菜

入秋以来，居家小区门口人流熙攘，瓜果蔬菜琳琅满目。路过集市，挑选两三把青翠小白菜，兴冲冲回家。

自己动手，丰衣足食。打开水龙头，把小白菜洗净切碎。待锅中油熟，立即放置葱姜、干辣椒和肉末爆香，继而倒入小白菜，适量撒些食盐、鸡精、花椒，翻炒均匀，出锅盛碟。而后，就着一碗馓饭或鸡蛋面片，可香哩！

"百菜不如白菜。"小白菜，俗称青菜、油菜，茎叶可食，富含矿物质和维生素。操作简便，炒、烩、氽（cuān）、勾汤均可，营养全面，清淡爽口，老少咸宜。还可通利肠胃、润泽皮肤、延年益寿，有着"菜中之王"的美誉。

早年乡下时，一年四季除了一些洋芋、萝卜和大包心菜外，很少见到其他蔬菜。一日三餐，粗茶淡饭，不饿肚子就不错啦。

小学毕业后的那个暑假，没有作业，闲着没事，我在院子中央开辟一块方地，撒些白菜籽。老天开眼，恰好下了一场透雨。过几天，小白菜发芽吐叶，翠翠绿绿。每天早起，松土拔草。"不问味如何，先已爱其色。"很快，小白菜蓬蓬勃勃。

做饭时，妈妈安排我去掰些菜叶下锅。间或抽拔几株，油泼辣子凉拌着吃。"玉根翡翠叶，新自园中摘。"这样，10平方米地里的小白菜，我们全家一直吃到了深秋。妈妈说，这些白菜，顶了大事。吃着小白菜，暗自满足于一种劳动收获的成就感。

一分耕耘，一分收获。第二年上了中学，专意买些小白菜、萝卜、芫荽、辣椒、豆角和西红柿种子。清明前后，把菜籽种到院门外的一块荒地里。星期天就去园子里忙活，间苗拔草、浇水施肥。遇见下雨天，动用所有的坛坛罐罐，囤蓄积水，以备不时之需。于是，园子里，青枝绿叶，生机盎然。

做饭时，姐姐们拔几棵小白菜，掐些葱叶、芫荽烩饭，香味飘飘。立冬后，妈妈把剩余的白菜腌成酸菜。

工作后，但凡节假日，依然逗留在园子里精心侍弄。连续多年，家里的蔬菜比较充裕。后来，因学校离家太远，菜园只能交由妈妈操持。妈妈增添一些新品种，如韭菜、草莓等，自给自足。现在，二哥又打理着菜园，栽植一棵核桃树、一棵杏树。

生活是无微不至的，点点滴滴。其实，口腹之欲原本简单，无须山珍海味、红酒西餐！更何况，吃喝并不是活着的终极目的。

时至今日，依然喜欢一碟小白菜，无论凉拌还是热炒，充实且满足矣！

原载 2021 年 11 月 16 日《石家庄日报》

无题

花田绿水

红木小桥

如花容颜

流年沉香

永存柔波心底

情深切切

回味飘飘

袅袅弥漫

美丽诗文

缱绻悠长岁月

3. 榆钱青青

家乡的树种并不多，常见的有白杨树、榆树、柳树、杏树、桃树等。小时候，我家大门外侧左前方，长着一棵榆树，粗大壮实，斑驳苍劲。

"桃花颜色好如马，榆荚新开巧似钱。"几场春风吹过，榆树枝干上绽出新芽，椭圆叶子悄悄绿了起来。接着，枝杈间吐出一簇簇红褐色的小花蕾。再过几天，一串串榆钱儿开了，青青黄黄，挨挨挤挤。

榆钱，又名榆荚，《本草纲目·木部二》说："榆未生叶时，枝条间先生榆荚，形状似钱而小，色白成串，俗呼榆钱。"营养丰富，具有清热解毒等疗效。

"阳春三月百花艳，榆钱青青令人馋。"童年时，这些鲜嫩欲滴的榆钱就是美味佳肴。榆钱绽放时，榆树下面热闹起来，人们大呼小叫着捋榆钱吃。几个男孩像小猴子似的争抢着攀树，"噌噌噌"几下爬上去，先捋一把榆钱塞进嘴里尝鲜。而后，骄傲地骑在树杈上，寻找榆钱稠密的枝条折断扔下来。咀嚼那榆钱，脆甜绵软，鲜嫩可口。树上树下，笑语喧哗。临了，拿几枝一边走一边吃。

连续多天，人们把镰刀绑在长长的竹竿上，用来把树梢钩下来攀摘榆钱。

暮春时节，逢着一场雨，榆钱荚随风飘向房前屋后、荒野田间、沟坎路畔。"杨花榆荚无才思，惟解漫天作雪飞。"不论落到哪里，就在哪里生根发芽，长成一棵小树苗。

夏秋时节，枝繁叶茂，绿荫浓浓。午饭后，人们凑在树下对弈、闲谝、纳鞋底，说笑些逸闻趣事。那些走村串巷的小贩恰时莅临，兜售些日用小商品：针头线脑、肥皂洗衣粉、火石火柴、冰棍汽水……

冬天，榆树脱尽稀疏的叶子，肃立在寒风里，默默无语。

"谁知盘中餐，粒粒皆辛苦。"黄土高原，十年九旱。那些年，稀缺柴米油盐，日子过得窘迫。家里养着鸡、猪、羊和毛驴，平时爸妈料理，放学后兄弟姊妹们去放，顺便捡拾些柴火、拔些青草……生长在农村，成长的过程中深深体会到生活的"疼痛"。那是一种寒风撕裂皮肤、镰刀割破手指、锄头剜进脚面的疼痛。

父亲早晚絮叨："唉，老天爷不下雨，要是下些雨就好了！"提起榆钱，妈妈不断地重复，青黄不接时，不但吃榆钱、抒榆叶，连树皮都扒来煮着吃呢。除了竭力挣扎，没有字眼能够言说明白家人的辛酸劳作。父辈们被瘦薄的土地耗尽一生，然后再被二十四节气翻耕成泥沙烟云。

因着距省城近的缘故，乡邻们背井离乡，进城谋生。"长风几万里，吹度玉门关。"欣慰的是，乘着改革开放的东风，他们用自己的方式实践着自己的追求和梦想……

"榆钱阵阵麦纤纤，野菜花黄蝶易粘。"驻足观望，一串串杏黄粉嫩的榆钱闪闪发光。抬手摘几瓣放进嘴里，还是那种清凉、甘甜、馨香味儿。榆钱青青，曾带来过生命里最为生动的真实，成为伴随我少年、青年至今最为鲜活的见证。

社会发展，日新月异，今非昔比。儿时，生活清汤寡水，一无所有。现在，衣食丰足，居有所安。

天暖花开，榆钱青青。"至今未飞去，根深乃天意。"微风里，都是榆钱青青的味道。

原载 2022 年 4 月 18 日《利辛周刊》"西淝河"；4 月 19 日《读友报》"读友圈"；4 月 27 日《兰州日报》"兰山副刊"

本文入选《2022 年山西中考猜题卷语文试题》15 题（见于《四望梅川河》）

4. 又见槐花开

五月，驱车回家乡。夏风缓缓，又是槐花飘香时。"年年花相似，岁岁意不同。"山隘口、沟壑间，偶尔掠过几棵槐树，绿叶间衬着白花。

父亲一生勤快，喜欢栽树。小时候，破陋的房后是块荒地。父亲用铁锨和扳镢把土壤仔细翻耕过来，整治平整，周围扎些篱笆，栽了一排刺槐。

刺槐属蝶形花科落叶乔木，内敛含蓄，温厚内敛，贫瘠的土壤也生长旺盛。槐叶和槐花可食，还可入中药，清热解毒。相传，七仙女思凡下界，与董永桥边相遇，一见倾心，互生爱慕。无人见证，遂指槐为媒，喜结连理，情定一生。

几年后，槐树叶子葱绿，槐花绽开，香气飘溢。仰望着槐花，满心喜悦，唇齿生香，成了兄弟姊妹们的牵念，充满夏天的故事。

饥馑的年代，缺衣少食，槐花是难得的零食。槐树刺多，用铁钩钩住树枝掰下来，摘下花瓣。饥不择食，狼吞虎咽，很快就吃饱了。"青青高槐叶，采掇付中厨。"剩下的槐花用水洗净，放点盐巴，掺杂些玉米粉搅拌成菜团子，煮上一大锅，一人捞一碗，就是当天的主食。

夏秋时节，树荫浓浓。妈妈提来小方桌放在树荫下，让我看书写作业。"好好念书，将来考上大学有了工作，一辈子就不受苦了。"妈妈坐在旁边修补衣裤，眼神里露着慈爱期盼的光芒。黑瘦温和的父亲坐在树埝上抽烟喝茶，小黄狗安静地躺卧在脚边。

小学操场边也长着一排高大粗壮的槐树。课外活动时，同学们围在树下玩耍，觊觎着它的甜美。星期一早晨，操场里干枝败叶、杂乱不堪，这是放假时有人偷摘槐花时弄下的。

槐花越开越旺。一天中午放学，班主任刘老师让居家附近的男生返校拿上铁钩和竹竿。下午第二节劳动课上，刘老师说：男生负责用铁钩钩下树枝，女生细心采摘槐花。要注意安全，小心树刺划伤；槐花平均分给全校各班同学；不可多吃，肚子胀坏哩。

那天下午，男生钩枝条，女生摘槐花，我们像过年似的开心极了。"呼童采槐花，落英满空庭。"老师们都来吃槐花，全校同学也分享到一些欢乐。

夏日年年，槐花飘香。小学毕业后，背着帆布做的书包，我到更远的地方上中学。父母耕耘着土地，那些槐树静静地生长着。

站在山顶，举目远眺。五十年时光如白驹过隙。十年前，憨厚勤劳的父亲走了；四年前，修补衣服的妈妈也乘风西去。那个曾在树下歪歪扭扭做作业的男孩已至中年，生活的艰涩作业给他带来苦尽甘来的灿烂笑容。家乡也像外面的世界一样，发生着翻天覆地的变化。小学校舍被翻建为一幢三层楼房，红瓦白墙，掩映在绿树中，透露着现代农村应有的祥瑞生机。

折几枝新鲜的槐花，白白嫩嫩、甜甜香香，轻轻放在二老坟头。"葱葱前人树，恩泽荫子孙。"那朴素洁白的颜色夹带着几缕温馨的风，让他们感知：暖热的夏天真来了！

微风吹过，槐花在风中摇曳。踮起脚、伸长手臂，瞅准一串将开未开花骨朵儿，捋下一把塞进嘴里，一股清凉、一丝甘甜，几分馨香。"故乡何处是，忘了除非醉。"父母在，家乡在；父母去，我永远不敢把家乡称作故乡。生活不能没有槐花，采摘些许，不仅仅为了吃，依然深情眷念着那种久违的香味儿，或许还有其他……

"切切游子意，依依故乡情。"一路返回，月色柔美，青山依旧，花香浓浓。

原载 2022 年 4 月 29 日《纳雍报》；2022 年第 1 期《兰花》"散文荟萃"；2023 年 3 月 31 日《学习时报》；5 月 9 日《甘肃日报》；2023 年第 3 期《金城》

5. 沙枣花飘香

我的家乡地处黄土高原腹地。十年九旱，土地贫瘠，但并不影响一些树木的生长。院里院外、墙角路畔、田埂山坡，处处可见白杨、榆树、槐树、枣树、椿树、沙枣、杏树……年复一年，哪里有黄土，它们就生长着，生根抽芽、开花结果。即便土地坚硬，杂草丛生，只要不挥刀斧砍伐，总是绿意葱茏，逐光而长，挺拔向上。沙枣树虽然毫不起眼，但不可或缺。

小时候，村西山坡上长着一株矮壮的沙枣树。闲暇时，伙伴们常去那里游玩。

春天时，天清地暖，麦苗出行，沙枣树也萌动发芽，灰绿色椭圆小叶一串串挂在树梢，悄悄做着自己微小青涩的梦。

初夏之际，沙枣树开花了。一丛丛、一簇簇，摇曳生姿。"满树花朵馥满枝，芳香千米不近前。"那金黄的小花，芳香四溢，沁人心脾。这个阶段，树下一直有人驻足徘徊，攀着树干设法折几枝。那时，沙枣树属于山坡，可以随意采折。

有一年端午节的中午，爸爸放羊回来，嘴里哼着小曲儿，手中捏着一枝沙枣花、一股翠绿的柳条。他把沙枣花递给妈妈，转身把柳条插在门楣上。妈妈接过沙枣花，寻出一个玻璃瓶，灌满清水插上，郑重地摆在方桌上。

"灼灼野花香，依依金柳黄。"连着几天，阴暗破漏的屋子里香气淡淡，直至沙枣花干枯后妈妈才扔掉。纵是生活艰涩，也要有滋有味。印象中，爸爸折来一枝沙枣花，是他一生中仅有的一次。

看见沙枣花开，总抑制不住兴奋。哥姐们领着童稚的我去攀折。那些时日，沙枣花独有的清香，沁入房间每个角落，给全家带来温馨欢乐的感觉。

星期天，我们一群小孩子不约而同来到山坡上。胆大的男生"噌噌噌"爬上树，折下一串串花枝，大声喊叫着抛下来。村里的小芳姑娘面容清秀，活泼爱笑，是我们要好的伙伴。她在时，伙伴们玩得挺开心。躲闪着小芳澄澈眼眸里的笑，伙伴们懵懂在沙枣花的香味里。

10月下旬，沙枣子成熟了。星期天，我们又拿着竹竿去敲打。树叶连同沙枣子簌簌落下。仔细寻觅捡拾，装在衣兜里充作零食。小学毕业后，小芳跟着爸爸转学去新疆了。从此，她的倩影成为少年时代一份美丽的印象。

冬季来临，风雪肆虐。沙枣树枝丫朝天，树干坚硬皲裂，默然肃立着。

初中时，校园厕所旁也长着一株沙枣树。每当沙枣花绽放时，香气弥漫整个校园。下课后同学们立即钻到树下，不亦乐乎。胆大者攀爬上去折下几枝，悄悄拿来插在讲台上的粉笔盒里，教室里溢满芳香。语文老师说："早恋就像七月里的沙枣子，苦涩得很哪。只有真正成熟的沙枣，咀嚼起来才酸酸甜甜、味美甘醇呢……"现在想想，这比喻实在有些可笑呢！

初中毕业后，我也曾屡屡登上西山坡洼里放羊。手捧数枝沙枣花，却只能在花香味里独自沉思。

工作后，每次匆匆往返家乡，很少有机会再去西山坡上看看。定居县城后，更是难得一见沙枣花。于是，多年里耿耿于怀，想着折几枝插在水瓶里。

沙枣树矮小普通，枝丫交错，荆棘丛生。若非花开时节，芬芳诱人，几乎没人想起。"外虽绕棘刺，内实有赤心。"一方水土一方人，家乡人和沙枣树一样，皲裂粗粝，驼背弯腰，平凡朴素，顽强地生活着……

一路长大着，我遇见过牡丹，不敢仰视她的富贵；邂逅过月季，不赏悦她的妖娆；莲，清爽可人，"远观而不可亵玩焉"；亦感叹菊花，一直弄不懂"悠然见南山"的意思。直到现在，依然偷偷喜欢着沙枣花。闻到花香，就想起童年、少年时代的欢乐情景，想起父母均在、哥姐疼爱的时光。偶尔也想起远在他乡的小芳姑娘，不知她现在干什么，是否会在沙枣花开的时节，如我一样想起儿时的伙伴们。

清风吹来，沙枣花飘香。庆幸自己，灿烂地站在三尺讲台，用朴实的灵魂修剪生命的枝叶。回望与顾盼间，满眼满眼皆是挺秀芬芳的沙枣花！

原载 2022 年 4 月 12 日《市场星报》；4 月 18 日《绿源报》

6. 蒲公英

春天来了，阳光越来越亮，天气渐渐暖和了。

路边田野、山坡沟畔，小草晃动着嫩绿色的小脑袋钻出地面。这时，一丛丛蒲公英也发芽了。

蒲公英，别名黄花地丁、婆婆丁、"黄花浪"，是我们这里常见的一种多年生草本植物。根茎叶均可生吃、炒食、做汤，营养丰富，还能治疗多种疾病，药食兼用。

蒲公英刚刚长出地面，叶子贴着地面层叠状地分布在根部周围。叶子是深绿色的，叶片边缘具有波状齿。长着长着，叶片中央生长出一根根笔直的茎，茎的顶端是小花蕾，那花茎吃起来脆脆甜甜。

春末夏初，蒲公英叶子越来越多，花茎越长越高。一根根茎秆上长出三五个分杈，分杈尖端结出一个小花蕾。不久，小花蕾绽放成一朵朵金黄的小花。微风吹来，翩翩起舞，清爽优雅。它们生长着，欢喜着，灿烂着。

炎炎夏日里，蒲公英花瓣渐渐凋谢，花蒂处圈成一个毛茸茸的大绒球。狂风吹来，一个个白色的小伞带着种子漫天飞舞。小伞落到哪儿，就在哪儿生根发芽，长成一株崭新的蒲公英。

冬天气温降低，感冒高发季节，妈妈常用晒干的蒲公英熬汤汁给我们喝。那汤汁有点苦味儿，略带淡淡的清香。

教并快乐着，学并成长着。我是一名素朴的乡镇小学教师，恰如一株生长于田野里的蒲公英。寒来暑往，默默无闻地任教于乡梓。詹姆斯说："人性的本质是渴望欣赏，孩子尤其如此。"和孩子共同成长，助力他们成长，何尝不是成人的一种救赎？教育在于发现每个学生的闪光点——鼓励他，戒骄戒躁，并防止懈怠。我的学生又何尝不是一朵朵蒲公英，他们的目光注视着我的一举一动，酝酿着一个人所有的信心和希望。一束赞许的目光，一个会心的微笑，一次肯定的点头，都可以传递真情的鼓舞，都能表达对孩子的夸奖。

日子，在忙碌中充实。驻足校园，抬头仰望，满怀教育理想和激情，像蚂蚁一样工作，像蝴蝶一样生活。今天的积蕴，是为了明天的放飞，还有什么比看着自己的学生飞得更高、更快、更远，更令老师欣慰的呢？我的校园，一直很美。

蒲公英没有牡丹艳丽、玫瑰花华贵、紫罗兰惹人注目，更没有百合花靠香气迷倒众人，但它朴素、雅洁，生命力顽强，把田野装扮得美丽吉祥。

春华秋实，岁稔年丰。一支粉笔，行云流水；三尺讲台，无怨无悔。认真想想，教师职业本来普通平凡，虽不辉煌，却也光彩。

花如此，人亦当如是。一年又一年，蒲公英生机勃勃，欣欣向荣。

原载 2022 年 9 月 20 日《中国青年作家报》"园丁文摘"

写给远方

走过黑夜
即便风吹
即便叶落
你是灼热的一滴露珠

无关风月
不论花开
无须结果
你依然是怦然心动的欢喜

7. 夏风起，麦子黄

麦子（别称小麦）是一种禾本科草本植物，颖果（麦粒）含有丰富的淀粉、蛋白质、脂肪及多种矿物质和维生素 B，是世界上最早栽培的粮食作物之一。小麦株矮穗大，生长期短，抗旱能力强。

麦子从耕耘播种、锄草施肥、收割打场、淘洗磨面，到最终成为一日三餐的主食，工序烦琐，劳累多多。

1982 年，农村实行土地家庭联产承包责任制，以一个生产队为单位，把土地按照水浇地、旱沙地、旱土地、山坡地列为四等，以人口多少把所有土地承包经营权平均分配给每个家庭（包产到户）。

纷纷攘攘，土地条块分割，尘埃落定。我家 8 口人，分得 10 多亩旱沙地，2 亩水浇地，以及只长草不长庄稼的旱土地、山坡地。父亲立即带领全家人，披星戴月，栉风沐雨，服田力穑，不辍劳作着。

3 月初，冻土消融，父亲立即驱使小毛驴，驾着耧辕播种尿素和二胺。"九九加一九，耧铧遍地走。"一周多后，再依序播种麦种。

很快，麦种生根发芽，破土而出。麦垄里长出青青麦苗，欣欣向荣。清明后，麦苗儿"噌噌"见长，田间杂草也蔓延开来。"锄禾日当午，汗滴禾下土。"炎炎夏日，父母领着兄弟姊妹们锄草。一场雨后，葱绿的麦苗飞也似的疯长，生机盎然。

布谷鸟啼叫时，麦苗开始拔节抽穗，一天一个样儿。父亲早晚跑到地里瞧瞧，剥开麦穗尝尝面味儿。小暑过后，麦子开始饱满。

"夜来南风起，小麦覆陇黄。"7 月初，麦子完全成熟了。清风吹来，麦浪滔滔，一片金黄，煞是喜人。成熟的麦子就得抢收到家，颗粒归仓。不然，天气突变，遇上冰雹或暴雨，一年的收成就会泡汤。

"麦熟一晌，虎口夺粮。"天色未明，家人们马上行动，提上"电壶"（暖水瓶）和馍馍，拉着架子车匆匆出发。

到了地里，立即蹲身拔麦子。为防止沙土混杂土地老化，父母、兄弟姊妹们每人二三行，争先恐后，拢着麦子使劲儿连根拔出，捏（合并）在一起抛在身侧。久旱无雨，地面僵硬，拔麦子考验的是体力和耐力。一趟出头后，立即接着往回继续使劲儿拔。

太阳升高后，人们坐在麦捆上稍事休息，简单吃喝些。

天气炎热，土地滚烫，浑身湿透。父亲捆绑麦子，我们戴着破草帽继续拔着。接近中午，肩扛人背，把麦捆弄到路畔架子车旁。装车需要经验和技术，父亲把麦捆整齐有序地装上架子车。大哥掌辕前行，一家人推搡着拉到打麦场上，摞成圆圆的麦垛，还给麦垛戴上麦伞。

水浇地里的麦子，用镰刀收割捆绑，也陆续拉到打麦场上摞成麦垛。

连续十几天，早出晚归，全家人忙碌在麦田里。手上磨出血泡，挤掉血水，用嘴吸吸，撕一根布条扎上。"力尽不知热，但惜夏日长。"只有将地里的麦子全部收上场，才能松口气。那段日子，筋疲力尽，腰酸背痛。

天有不测风云，麦垛还得及时拆开晾晒。若突然变天，又急忙摞起来。风雨过后，拆开继续晒。有一年，麦子上场后，阴雨绵绵，一连40多天，麦垛发酵霉烂，长出蓬蓬的白毛和嫩绿的麦苗。

麦捆干透后，选择天气晴好的日子碾场。清晨，拆开麦垛，用铡刀拦腰铡断麦捆。麦穗部分用木杈均匀地摊开，父亲赶着小毛驴拉着石磙转圈儿。过段时间，把麦秆翻过来，继续一圈一圈碾着。如是三番，三四个小时后，用木杈抄走麦草，再用木锨把麦粒麦糠推成横棱，开始扬场。

"会扬场的一条线，不会扬的一大片。"趁风好扬场，用木锨把麦粒迎风抛向空中，借风力吹去麦糠秸秆等杂物。挥汗如雨，不知疲乏。麦粒干净后，装袋收拾回家贮存起来，计划着淘洗磨面食用。

第二天，父亲又摊开麦根，赶着小毛驴继续拉着石磙一圈又一圈碾着。最后，父亲用木杈把麦草堆成草垛，四四方方，有角有棱，留存着烧火做饭。

事实上，那10多亩麦子，大多因为干旱、病虫害、无水浇灌等缘故，产量极低。这些麦子，在交足公粮、留足麦种后，还得添凑些玉米、洋芋、糜谷等杂粮，或可勉强维持全家人一年的口粮。

"时人不识农家苦，将谓田中谷自生。"每一粒粮食，从春种到夏收，饱含着汗水与辛劳。这是30多年前的事儿，刻骨铭心，记忆犹新着。

原载 2023 年 5 月 24 日《济源日报》；5 月 25 日《东南早报》

8. 素雅凤仙花

作为一个山村人，我从小喜欢种植，也喜欢花草。常在劳作的间隙，种几株素朴且好养的花草，比如凤仙花（俗称海纳）。

清明前后，点瓜种豆。4月初，我在瓜地里种了几窝凤仙花。从此，心里藏着一个美好的梦。

一场春雨后，凤仙花破土而出。初生的凤仙花只有两个豆瓣似的嫩芽，接着嫩芽中间生长出第二片、第三片叶子，乃至更多，翠绿翠绿，生机勃勃，在春风中摇曳。星期天里去拔草，有时还大老远提些水浇给凤仙花。

夏日来临，凤仙花长到一尺来高，亭亭玉立。"雪色白边袍色紫，更饶深浅四般红。"看着自己种植管护的凤仙花绿意葱茏、蓬勃绽放，喜悦自豪，香醉了整个童年、少年。

很快，凤仙花叶腋里挂满一个个小花苞。过一阵子，小花苞变成一朵朵鲜艳娇嫩的花骨朵儿，陆续地开放……"小种花开地不偏，生来枝叶本嫣然。"花开一树，一片绚烂，一只只展翅欲飞的小凤凰，姹紫嫣红，鲜亮柔媚。蝴蝶飞舞，蜜蜂"嗡嗡"。这么美丽的凤仙花，谁不喜欢呢？

姐姐们挑选几株凤仙花连根拔来，晾晒在窗台上，蒸发些水分。吃过晚饭后，摘些凤仙花的茎叶和花，和明矾拌在一起捣碎，用宽大的向日葵叶片包裹在手指上，再用细线缠紧。整个夜晚，两手搁在被子外，小心翼翼。

爱美之心，人皆有之。天蒙蒙亮，迅速起身，轻轻拆开包扎。嗨，指甲变成深红色。于是，用香皂搓净手背，陶醉于那种含蓄、天然、质朴的美！

长长的夏天里，老屋煤油灯下，姊妹们不断地拔来凤仙花，心里美滋滋的。

秋天时，凤仙花渐渐凋谢，结出一个个青色纺锤形小果实，慢慢长大。很快，有的果实成熟了，轻轻一碰纵向的条纹，果皮立即炸裂开来，向内弯卷收缩，蹦出许多黑色种子。因此，凤仙花又称"急性子"。

暑假结束，凤仙花渐次凋零，我也离家外出求学。

凤仙花，又名指甲花、女儿花，凤仙花科，一年生草本植物，是民间广泛栽培的草花之一。它喜热畏寒，适应性强。因其花头、翅、尾、足俱翘然如凤状，故又名金凤花。

匆匆一年，凤仙花生根发芽、长叶开花、结果凋亡，随风而逝。

凤仙花，这名字，多诗意，多雅致呀！可是，凤仙花却被有些人歧视。有人把凤仙花称为"菊婢"，就是菊花的婢女。古时，婢女没有地位，属于下层人，招之即来，挥之即去。

童年的生活里，凤仙花就是一个个清秀的乡下姑娘，美丽温婉，坚韧朴素。"莫嫌寂寞山村里，却有亭亭物外仙。"一生粗茶淡饭，嫁为人妇，相夫教子，繁芜众生，顽强生活着，绽放自己的一季美丽与馨香……晨钟暮鼓，任凭明眸如水的目光慢慢黯淡，靓丽精致的脸庞爬上皱纹。

儿时，乡野贫寒，粗屋陋室，物质不丰，朴素的日子因了凤仙花的盛开无比绚烂，装点似水流年，藏满曾经的美好。缭绕的炊烟、纯真的微笑，我仿佛听到妈妈的呼唤，言语中带着晚饭的喷香。年复一年，成为童年、少年时代一道美丽动人的风景。

热闹是众人的，清寂属于自己。"香红嫩绿正开时，冷蝶饥蜂两不知。"城市的花卉栽在花盆里、花坛里，方寸之间不足回旋，被拥挤的时光踩躏，被喧嚣孤立，被红尘侵袭。

现在，我已亭亭，一如既往地钟情于凤仙花的美丽飘逸。离开家乡，其实就是离开了土地。"洞箫一曲是谁家？河汉西流月半斜。"寂宁乡野，美丽不拘，安然静好，或许才是自己最好的世界和归依。若有朝一日重返乡野，必然种植一地凤仙花，让它连同美好的记忆一起生长在家乡的泥土里。

一晃圩载，记忆中，一朵朵凤仙花，亭亭玉立，风姿清丽，在岁月的长河里闪烁着璀璨耀眼的光芒，牵牵念念。

原载 2022 年 9 月 20 日《今日醴陵》"文化生活"；10 月 10 日《天水晚报》"生活"；2022 年第 10 期《作文中学版》杂志

9. 凌霄花

暑假时，喜欢去居家附近的东湖公园里转转看看，走走跑跑。

清晨的东湖，绿意葱茏，花团锦簇，水汽氤氲。忽然发现满墙绿叶丛中，枝丫上伸出一簇簇正在怒放的花。色泽鲜红，美丽耀眼，迎风摇曳着。

驻足观赏，却是从未见过的一种花。园丁说，这就是传说中的凌霄花。

凌霄花别称紫葳、五爪龙、倒挂金钟，生命力顽强，生于山谷、溪边、疏林下。《诗经》曰："苕之华，芸其贵矣。"花语是慈母爱、感激情、志存高远……被誉为友谊之树、吉祥之花。

"父母皆艰辛，尤以母为笃。"是啊，成长的艰涩历程中，何曾缺少妈妈的呵护疼爱。一饭一衣，一冷一热，点点滴滴，无微不至。在那缺衣少食的年代，挨过一个个酷暑严寒，起早贪黑，不辞辛苦，使我的童年、少年、青年一路走得坚强。妈妈常说：受得苦中苦，方为人上人。认真想想，现在的我又何尝不是一株攀附父母生长的凌霄花？"佛争一炉香，人争一口气。"不畏艰难，即便悬崖绝壁，也要绽放自己的灿烂。

漫漫求学征途上，很多老师值得怀念。小学时孙老师温和热情，刘老师博学多识。中学里，韩校长开明善良、颜老师谆谆教导、李老师恩威并施、满老师提供电灯和饮水……李老师说，志存高远，前途无可限量。师范里，一位副校长凛然正气，大多老师敦厚朴实、满腹经纶……他们非亲非故，却仁爱宽厚，耐心教导，诲人不倦。

从教后，一些领导，正派公道，惜人爱才。同事信任，倾力支持……他们屡屡坦诚夸赏：谦卑质朴，才华出众，文采飞扬。

一条生命的成长历程中，除了需要物质的衣食住行外，更需要精神的有力支撑。每一个不经意的细节，都会改写命运。珠水汤汤，人海茫茫。感谢我的妈妈，一次次点亮那坎坷旅途中的微光。感念老师们谆谆告诫弱不禁风的我："好好读书，改变命运。"

一个人，从一片荒芜坚持到梦想成真，道阻且长。"岂无凌霄志，六翮不得长。"现在，工作顺畅、衣食丰足、购房买车。亲爱的妈妈，我没有辜负您的期望，一直努力着长大。感恩师长赋予我施展才华的平台，感念遇见美好的亲友，给予坦诚帮助和莫大支持，使我的生活充满希望，生命天天向上，坚持着把自己的一丁点美好展示出来。

"清晖能娱人，游子憺忘归。"也感谢自己，圪载如磐，在贫瘠的土壤、匮乏的禀赋中，倾尽所能，扬起风帆，剪出蓝天。"人生可宽窄，诗意任西东。"一事精致不易，但足以动人。

"何当凌云霄，直上数千尺。"我常常对学生说：万里蹀躞，不坠青云之志，一个人唯一要做到的就是让自己变得优秀。一个人要成为一棵树，历经风霜，潜滋暗长，在不经意的某一天，就会发现枝头绽放，满树繁花。

不期而遇，久久望着凌空绽放的凌霄花，强壮有力，花开煌煌。"人生何曾都如意，弱质未必不凌天。"投桃报李，金石同坚。宁做一株凌霄花，昂扬奋进，灿烂耀眼。

原载 2022 年 6 月 26 日《忻州日报》"文化旅游周刊"

逆风飞翔

今日的风
吹不散昨日的愁
昨日的恨
也不过是波里的浪

不懈跋涉
追逐梦想
一程一程
逆光而前行

10. 狗尾草

"离离原上草，一岁一枯荣。"从小生长在山村里，时常去田野里拔草、放牧，熟识很多小草。山坡沟壑、田野荒漠、墙根路畔，狗尾草无处不在。

狗尾草，全称狗尾巴草，又叫"谷莠子"。它是禾本科一年生草本野生植物，根系发达，花期长，耐旱耐贫瘠，适生性强。花穗柔软有细毛，状似狗尾，故名。

冬去春来，万物萌动。五月来临，狗尾草萌发破土，一簇一簇生长着，绿意盎然，生机勃勃。

六七月里，草木葱茏。顶着烈日骄阳，狗尾草肆意生长，且悄悄地伸出尾巴，细长的茎秆摇着一弯浅月般的毛绒球，柔顺滑润，清秀别致。"细茎软尾敢对风，狗尾舞动韵无穷。"晚风徐来，弯出优美的弧线，亦梦亦幻。

八月的天空，满目翠绿，狗尾花热烈奔放，灿烂无比。夕阳斜照，狗尾花散发着金色的光芒。不需要蜂蝶关顾，那毛绒球上很快开着微小的花，继而结出成千至上万粒种子。黄叶飘零，狗尾草把种子随风播撒开来。

狗尾草的秆、叶可作饲料，是牛驴马羊爱吃的植物。干草可作燃料生火烧水做饭，还能清热利湿、祛风明目、解毒杀虫。

年复一年，繁衍生息。狗尾草名字中有一个"狗"字，一种朴素的绿色，一个毛茸茸的尾巴，仿如一粒微尘。春发冬枯，亭亭玉立，朴实无华，不追名逐利，不炫耀展颜，散发着一缕缕原始粗犷的野香。

在那清贫的童年日子里，我常常独坐于山隅，孤寂落寞，细数着自己的心事……一路跋涉奔波，懵懂过，叛逆过，迷茫过，更多却是凭空的幻想。也曾倾心于牡丹的富贵，感叹芍药的艳丽，觊觎水仙的清纯，仰慕向日葵的灿烂……天下故事大多雷同，牛眼看花，花如草；狗眼看花，草无色。纵然卑微如草，也要挺直腰杆，亭亭度过自己丰盈充沛的一季。

沧海桑田，万物华盛。与其坐井观天，不如珍惜当下。我妻子恰恰属狗，是一位农家女孩。她朴素无华，热情温和，在我兵荒马乱时，倾心倾力，给以无声及有声的支持，让我把一地荒芜捡拾，渐渐蜕变成温暖的海水，变成一束光明的火焰，变成一只属于灿烂日子里的蝴蝶……落子无悔，妻子是一棵狗尾草。她把过去冬日的疲倦以笑容和明亮的眼睛焚烧殆尽，以爱抚千万遍亦无法忘记的温暖，成为铭刻在骨骼里的芬芳，成为向往更好明天的珍贵时光。

扯一根狗尾草茎秆嚼在口中，略带丝丝清甜青草味儿。一个乡里人，可以没有城里的月光，但绝不能没有乡里的狗尾草。

草木绽放，花叶同芳。而这，恰如千千万万、祖祖辈辈的父老乡亲。他们像漫山遍野的狗尾草，自生自灭，起个名字都是猫儿、狗儿、猪儿……环境贫瘠，艰涩粗陋，其貌不扬，平凡素朴如泥土，不被宠爱，却顽强执着、生生不息。平凡的，往往伟大。无论是花还是草，并无贵贱高低之分，都值得被尊重和珍惜。

广袤的大地上，到处生长着不被注意的狗尾草。"野火烧不尽，春风吹又生。"一棵棵平凡的小草，诠释着更多共同的心声。平凡，但绝不平庸。

铭记平凡者的善良，感恩素朴者的美好。世间有一种草，它的名字被称作狗尾草。

原载 2022 年 9 月 19 日《繁荣》"梦都笔谈"

思念

在枫叶的背面
写一行昨天
刻下
你清丽的模样

季节的风吹过
掌心里的笔迹湿润着
你的脸庞
依然那么动人

11. 向阳花

"青青园中葵，朝露待日晞。"从小至今，我一直非常喜欢向阳花。

向日葵，别称朝阳花、向阳花。向阳花是盛夏的馈赠，把根牢牢地扎向土地，笔直的秆，耀眼的花，累累的果实。向日葵既开花也结果，不像牡丹、芍药、月季等只供观赏。

蓝天、白云、旷野，满眼葱绿上，金黄参差间，向阳花的头状花序，像一个笑脸娃娃，心存希望，信仰太阳。"阳春布德泽，万物生光辉。"绚烂的金黄，是太阳的颜色，是黄土地的颜色，也是高贵的颜色。花开向日，向阳而生，是一种勇气，也是一种力量，有着火热的激情，有着昂扬的青春。

"更无柳絮因风起，惟有葵花向日倾。"越是籽实饱满的向日葵，越是把头垂得很低。那是谦虚，那是充实。向日葵的垂首，是肩负了太多的责任。凡·高说："好比芍药属于简宁，蜀葵属于郭斯特，而向日葵，属于我。"如此看来，为自己的第一本散文集取名《向阳花》，是恰切稳妥的。

天地有盛意，山水总相逢！深根大地，向阳而生，可以静默，也可灿烂。原来，生命中的遇见，每一个故事，还可以成就一本昂扬向上的书，不失为莘莘学子、跋涉旅人、嗜书者的绝佳读本。捧一本《向阳花》，逐篇浏览，字斟句酌，宛若行走在沙漠里的骆驼见到一片绿洲，爱不释手，悦目赏心。那种欣欣然的感觉，真的很美，很美！

"花开能向日，花落委苍苔。"从此，我更会年年播种一棵向日葵，永远追寻那朵心中的太阳花！

原载 2021 年 8 月 17 日《中国青年作家报》；9 月 10 日《北海晚报》；8月 13 日《临泉报》

12. 卖瓜果记

成长的记忆中，我家的西瓜、桃杏、洋芋等如何出售变现，是父母夙夜忧叹的一件大事。

暑假期间，正是籽瓜、白粉桃、苞谷棒子成熟时段。于是，山坡向阳的沙地里，一片繁忙景象。烈日炎炎，父亲摘，妈妈、姐姐、哥哥和我用蛇皮袋顺着山间小路背到小驴车上。装满车厢，前辕还压上一二袋。

晨曦微露，山路弯弯，徐徐前行。天亮时，我和父亲驱赶着小驴车到达40里外的砖厂门口。卸下毛驴，父亲拿出杆秤，仔细擦拭籽瓜、白粉桃，摆放齐整。那时，一斤籽瓜8分，一斤白粉桃2毛，一个苞谷棒子3毛。

顾客是烧砖民工和路人。那些路过驻车的必是大主顾，不但吃几个，往往还会捎带些。顾客不多，我和父亲一边招呼一边呱嗒着。午时，寻拣出破损的，用小刀切成条块，就着馍馍做午饭。夕阳西下，和父亲徜徉于回家的山路上，盘算着一天的收入。

快开学时，苞谷棒子熟了。妈妈煮熟一些苞谷棒子，装在水桶里零售。有时，我骑车捎着苞谷棒子到西固去卖。铝厂工人工资高，卖得快些。

一次，在西固郊外遇见一群修路民工。那民工们围拢过来，拿起苞谷棒子就吃。临了，一个工头模样的矮个粗胖男子，故意从衣兜里掏出一张新版50元，问找开找不开零头。眼睁睁看着50元大钞无法找零，生气愤懑。那桶苞谷棒子，值10多元钱呢，全被一群狗娃子们白啃啦。

这个暑假，跟着父亲卖了十来趟瓜果，收入260多元现金。

过了几年，我就独自去卖。卖货的日子里，早晨吃些馍馍，用自行车捎些瓜果远赴60多里外的西固福利区、小平房、月牙桥、清水湾零售。我和几位邻居在街角摆好桃杏，等候买主。那时，西固有兰化、兰炼、三毛厂，工人们的钱包鼓鼓的。

有时，嫌西固路远，还捎到兰州城里去。安宁堡、长风机械厂、万里电机厂、十里店、西站花鱼市场、三爱堂医院门口、小沟头自由市场……走街串巷，哪里人多往哪里凑。但凡家属区、市场口、车站旁，都成了我们的临时"游击区"。

一次，在小沟头自由市场，邻居二哥受到一些责骂。起因是这样的：二哥收取钱款时，多收2分零头。发现差额，那文雅秀丽的"上帝"刻薄地说："你们这些山里人真差劲，说好价钱，却多收人家2分钱，太没素质啦！"几句尖酸生硬的普通话，弄得二哥满脸通红。我的意外收获是，曾被一位年轻女子热情称呼："老汉，你这瓜咋卖啊！"天哪，那时我刚刚22岁呢。

为适应市场形势，父亲试种些甜瓜。因为干旱，甜瓜长得柔不棱登、酸不溜丢。一次一整天只卖了2元钱，我协助父亲把四五篮子甜瓜，一篮一篮倒进路旁的臭水沟里。

其实，用自行车驮着瓜果去卖，杯水车薪。大多瓜果无力运到市场，兼之个头瘦小、品相不好，任其成熟落地，腐烂成泥。父亲用背篼捡拾些背回来，给小毛驴、绵羊、猪娃子们吃。三顿五食，奢侈地度过一整个夏秋日子。

西瓜成熟时，已然开学。父亲和二姐用小驴车拉到兰州城里去卖。其过程未曾经历，想来同样不会顺畅的。

二哥买回一辆"三马子"后，自然承担卖货的全部苦差。二哥是"师傅"，我是"跟班"。每次出行，二哥驾驶着"三马子"，我坐在副驾上，"突突突、锵锵锵"……来去自如。到了地里，肩挑背扛、连抬带推。次日凌晨出发，前去市场零售或批发，简便省力，只是惧怕为"上帝"送货上门。一次，扛着60多斤西瓜，跟着"上帝"前行四五百米平路，拐弯抹角，又"哼哧哼哧"着背到六楼，腰酸背痛、头晕目眩。那"上帝"和蔼可亲地说："一个山里娃，不好好念书，看看累成啥样。"

有一年，风调雨顺，二哥家洋芋丰收，2亩多地挖了5000多斤，足足装满几十个麻筋袋子。我们开着"三马子"前去安宁桃海市场批发。洋芋产自红沙地，个头饱满，淀粉含量高，别有风味。"小贩"贼精，物美价廉，纷纷抢购。

一天早晨，"三马子"刚到市场，就被"小贩"们呼啦啦包围。你争我抢，十几袋洋芋转瞬间被抬走。而后，"小贩"们逐个过来付钱。最后发现，一袋200斤重的洋芋被一个微胖小贩窃走，白白损失100多元。从此认定，天下"小贩"中好人不多。他们不但挑肥拣瘦、短斤少两、压低价钱，还总是欺诈庄稼人诚实本分。

大哥当了工人后，常常利用开车机会，多年来把瓜果批发给几家工厂，无论质量优劣，价格上并不吃亏。

有一年，二姐家的西瓜丰收了，我去帮忙。姐夫租来一辆东风车装满西瓜，趁着天黑送至西站机车厂门口。听人说那里价格高，销售速度快。当夜，我们把整车瓜下到街角。果然，第二天即卖出三千多斤。一行三人在小饭馆里吃碗炒面、喝瓶啤酒，乐滋滋地谋算着。照这样的话，四五天即可卖完，收入肯定不错。

天黑了，我们睡在瓜堆旁看护。孰料，夜里忽然下起雨来，我们就把铺盖卷挪到附近公园的亭子里，睡在长条凳上。第三天，整整下了一天雨。第四天早晨"啪嚓"一声，把我从睡梦中惊醒，被子上面全是水。原来，夜里雨大，头顶悬挂帐篷的绳子绷断，兜着的水全部淋到被子上，卖瓜人成了正宗的"落汤鸡"。无处可去，我当逃兵跑了。

后来听说，这车瓜姐夫俩卖了十多天。

成家后，也曾帮着妻弟去市场零售西瓜蔬菜。我们在兰州西站浴池附近摆摊，夜晚睡在路旁的道牙上。早晨起来，一身灰尘。赶忙寻找些冷水擦擦脸，继续"战斗"。

就这样，断断续续参与零售批发20多年瓜果后，由于工作和家务繁忙，渐渐远离与市场相关的一切营生。

原载2022年8月6日苏里南《中华日报》

13. 白粉桃红了

家乡处处桃林，盛产"白粉桃"，肉质嫩、甜味浓、果汁多。"仙桃养人"，驰名金城，远销鄂尔多斯或转出口。

小时候，屋后园子里，爸爸栽植着几株桃树。

3月底，阳光灿烂，桃花开了。"桃之夭夭，灼灼其华。"一树桃花，姹紫嫣红。那段时日，桃园是兄弟姊妹们的天堂。晏晏谈笑，尽情享受童年或少年的乐趣。

桃花落了，一颗颗青涩的毛桃脱颖而出，缀满枝头叶底。

炎炎夏日，绿荫浓浓，枝叶蓬勃，毛桃不言不语，悄然生长着。

七八月，桃子熟了，白里透粉，芳香飘溢。哥姐们摘下又大又红的白粉桃，随手递给弟弟妹妹们。"天上蟠桃，人间白粉桃。"那白粉桃用手轻轻一拨，整个皮儿脱下，果肉吃到嘴里，汁水甜到心底。

渐渐长大，姐妹们出嫁，哥哥们分家，我也远赴异地求学。一家成8家，自奔前程。父母留守家园，望眼欲穿，任桃子腐烂成泥。

匆匆30年，父老母去，断壁残垣。我家桃园满目荆榛，荒草丛生。可，心底始终牵念着这片桃园。

现在，生活好了。再返家乡，十里桃林，灼灼芳华，树染胭脂，枝挂红霞。吃一枚白粉桃，香甜脆嫩，任汁水流到胳膊肘。

爱，其实是一件简单而平凡的事。血脉相连，亲情如水。衷心祝愿，我的兄弟姊妹们，和谐快乐，幸福安康！

原载 2020 年 9 月 2 日《兰州日报》"兰山"副刊

14. 家乡红枣甜

我的家乡地处西北，属于干旱山区，适宜枣树生长。我家有七八棵枣树，院子里的一棵是爸爸栽的；院门外那棵是爸爸和我一起从先前的自留地畔移栽过来的；村西山坡上的四五棵，是1982年年底"包产到户"时摊分的。

"簌簌衣巾落枣花。"五月，榆钱飘香后，枣树吐出黄黄的嫩叶，绽放出一串串喇叭形的小花，细密娇小，花香飘飘。院子里外、山坡上甜丝丝的。枣花落，小枣登场了，一树珍珠，圆润澄碧。

每到夏天，枣树枝繁叶茂，翠绿深深。烈日炎炎的午后，小伙伴们簇拥在树荫下，赶毛驴、摔泥炮、弹蛋儿、"官兵捉贼"（一种游戏）。伸手攀摘一颗绿枣喂进嘴里，苦涩中有一股青草味儿。

临近中秋，红枣斑斓一片，玲珑剔透。灿烂的阳光中，枣儿安静地红着。爸爸去放羊，妈妈忙着琐事。我看书、写作业，不时摘一捧尝尝，脆脆甜甜。

打枣那天，兄弟姊妹们俱在。先是院内的，接着是门外的，最后爸爸领着大哥、二哥和我，去摘山坡地里的。

"妙味宜天人，色香绝凡俗。"人多手多，摘的摘，拾的拾，装的装，欢声笑语。这段日子里，乡邻们大人小孩，架梯子、铺毡布，满山满洼捡拾。夜幕降临，羊肠小道上，肩扛驴驮，把喜悦连同红枣带回家。

采摘来的红枣自然要精挑细拣。那些个大红透的，洗净，白酒浸过，放进坛子用一块干净的塑料布将口扎紧、泥封，放在阴凉处，腌制为"酒枣儿"。有些红枣，妈妈用针线穿成圆圈，挂在门楣、窗框上风干。剩余的成堆红枣，就盛放在簸箕或布篮里，晾晒多日，变成干枣。这段日子，红枣成了我们的"零食"。

冬天，妈妈把干枣煮进稀饭里当调味品，嵌进馒头里做"枣鼻子"。过年了，妈妈启封坛子里的"酒枣儿"，招待亲友，酒香飘飘。

"行行无别语，只道早还乡。"后来的后来，因为种地辛苦、收入少，乡邻们大多撂荒外出，匆匆踏上进城的步伐。工作后，每至国庆放假，我就立即赶回家去，帮助爸妈料理些家务农活儿，兼顾吃些红枣。一年又一年，只是再也不见人们打枣儿的灵动身影，听不见那悦耳欢快的嬉笑声。

岁月荏苒，一晃卅载。远在他乡，躬耕杏坛。定居县城后，就很少吃上自家红枣了。山大沟深，路途遥远。每当红枣成熟时，妈妈打电话说：枣儿红了，回家来拿些吃。

自从离开，从未放弃。如今，村道硬化，有了自来水，生活条件好多了。每到中秋，就想起家里甜枣红透的景象。拮据的二哥电话里说，兰州新区征地补偿的"安置房"钥匙刚刚拿到手中，已托人着手装修，估计春节前夕即可搬迁入住。

"悠悠天宇旷，切切故乡情。"月光溶溶，清辉如水，该回家看看啦！

原载 2021 年 9 月 18 日《贺州日报》

期望

眷恋着一缕阳光
田野里诗意芬芳
风清爽云也温柔
眸光里皆是希望

27

15. 小小喇叭花

假日的清晨，踱步行至一农家院门口，不经意间抬首，一长溜的喇叭花映入眼帘。绕篱萦架，成串成簇……迎风摇曳，绚丽灿烂，水灵鲜活。

驻足欣赏，平凡朴实，倍觉亲切。一股田园气息油然而生，一种无可言表的惬意直抵心底。

爱花或许是天性吧，我从小在农村里长大，嗜好种植花草。八九岁时，就曾种植过一窝窝喇叭花。夏秋时节，喇叭花缠绕着细绳攀爬到屋檐上，蓬蓬勃勃。多年如是，给贫寒的家庭带来诸多朦胧的憧憬和希望。

春寒料峭，冻风飕飕。在土屋廊檐下台阶前的滴水处，用拔草的小铲轻轻剖开土皮，浇些水，埋下几粒黑色的喇叭花种子。而后，不时地扒开土层看看。阳光和煦，气温升高，喇叭花生根发芽，破土而出，长出"心"形绿叶，碧绿澄翠。跟着，开枝散叶，长出毛茸茸的藤蔓茎秆。

看着青枝绿叶，满怀期待。星期天比较安闲，挑满水缸后，特意挑一担水浇给喇叭花。寻找几根细竹竿插在土壤里，并在竹梢拴上一根麻绳挂在屋檐的椽头上。细长的藤蔓围着竹竿绕着圈儿向上奋力攀爬，郁郁葱葱。

春末夏初，藤蔓叶腋内长出一个个小花苞。终于一天，第一朵喇叭花开了，朝气蓬勃，清新迷人。接二连三，一朵朵喇叭花，灵动秀气，美丽质朴……温和的妈妈也来看看，耕地归来的爸爸呵呵笑着，兄弟姊妹们不时浏览注目。

长长的夏日里，喇叭花绿叶披身，姹紫嫣红，美艳动人……一簇簇盛开，层层叠叠，错落有致。"弱体攀高拼尽力，绝代风华人未识。"上午张扬开放，下午闭合内敛，夜晚悄悄入梦，别有一番景致。有时，则以柔弱娇嫩身躯抵挡狂风暴雨。风过无痕，晴天丽日，玲珑出彩，从容淡然。

浅秋时候，喇叭花枝蔓缠绕，片片绿叶相牵相簇。"名在星河上，花开晓露间。"五颜六色的喇叭花如点缀在绿色瀑布里的浪花，闪烁着娇美绚丽的光彩，舒展身姿，风姿烁人，天真无畏。

岁至深秋，霜打叶落，喇叭花茎秆上挂满一个个小骨朵，孕育着新的生命——种子。"秋云轻兮秋月寒，万木落尽惟朝颜。"西北风呼呼刮来，骨朵的外壳裂开了，黑色的种子随风撒落在泥土里。

年复一年，花繁叶茂。寒冬过去，喇叭花又破土而出，淡雅动人。

喇叭花，学名牵牛花，又名"朝颜"。花色繁多，生命力顽强，常开不败，属一年生蔓性缠绕草本花卉。

喇叭花平凡朴素，却明媚灿烂。它没有牡丹的富贵、茉莉的清新、玫瑰的雍容、桃花的娇艳、海棠的妩媚、莲的淡雅……尤其不像阳台上的盆花，需要精心呵护。朝开夕落，清新脱俗，亮丽舒展。

人生一世，草木一秋。喇叭花朴实勤劳，坚强勇敢。它谦卑自省，不居高临下，不低头服输，不慕他人富贵，不恃强凌弱，更不嫌弃粗茶淡饭。"仙衣染得天边碧，乞与人间向晓看。"即使生命短暂，依然奋力成长，不屈不挠，充满朝气和生命力，在万绿丛中开得美丽烂漫。

心如花木，向阳而生。人生本如喇叭花，既要朴实无华，更要勤奋努力，积极向上，不屈不挠，绽放精彩，让卑微的生命绽放出绚丽多姿的色彩。

原载 2023 年 7 月 8 日《北疆时报》；7 月 8 日《清远日报》；7 月 10 日《利辛周刊》"西淝河"；7 月 18 日《菲律宾商报》；7 月 21 日《滁州日报》；7 月 30 日《山东大学齐鲁医院》

牵牛花

明·徐渭

叶似青云剪，花如碧玉凌。
鸟来栖不响，朵朵巧垂铃。

16. 打沙葱

生长在农村，对沙葱有着特殊的感情，那是儿时的味蕾，家乡的味道……

——题记

入秋以来，细雨绵绵，一场又一场，该打些沙葱了。

生活在小县城，日子有些单调。想着到附近山上转转，趁机打些沙葱。于是，邀约几位同事，却皆因操持家务，不肯光顾。唉，人与人，谁与谁又不是陌生者呢。

沙葱，学名蒙古韭，多年生草本植物。富含维生素，开胃消食，清新可口。亦有较高药用价值，被誉为"菜中灵芝"。尤其腌制，色泽深绿，质地脆嫩，口感清爽，是煲汤的佳品。

我是土生土长的山村人，对打沙葱情有独钟。"打"沙葱，其实就是"撅"（或"掐"）其地面圆柱形茎叶食用，本地语言习惯称作"打"。

第二日早晨，独自驱车前往。

"气收禾黍熟，风静草丛吟。"沐浴着初秋温煦的阳光，享受那宁静秀美的野外风景。山间茂盛的野花，幽香淡淡。登上一座小山，沙葱挺多，纤细清秀，叶色翠绿。不长时间，打了不少。西风习习，蓝天邈远，遂坐于山巅，任思绪驰骋。

"相顾无相识，长歌怀采薇。"小时候，父母抚养我们兄弟姊妹七个，日子清苦。秋日的放学路上，提前约定三四位小伙伴，谋划准打沙葱的地方。回家把书包一扔，夹着布兜直奔目的地。

到了山上，伙伴们沿着山巅盘旋，仔细寻找草丛中一簇又一簇的沙葱。苦难的岁月，沙葱也稀缺，往往要转过四五个山头，才能打上小半兜，相互炫耀着。

因为打沙葱，几位小伙伴结下了深厚情谊。有位叫小梅的姑娘，聪慧活泼，很受伙伴们欢迎。下雨的日子，打沙葱是结伴出行的正当理由。徜徉山间，一边打着沙葱，一边聊东侃西。夜幕降临，我们提着小布兜，欢欢喜喜走在回家路上。小梅出嫁时，特意邀我充当她的娘家"稀客"，受到尊贵的招待，很风光哩！

"秋分吃秋菜。"回家后，姐姐们把沙葱晾晒在筛子里，一根根拣除杂草和枯叶。农活儿劳累，妈妈匆匆做好"玉米面疙瘩"，抓把沙葱用沸水焯过后，双手合拢挤去水分，切碎撒点盐，翠绿鲜嫩，吃起来可香啦！剩余的沙葱，清水洗净，放置于一个小坛里，分层撒盐，压上圆石。每次吃饭，捞些腌制沙葱，节省着能吃到来年春天呢。

社会发展，今非昔比。儿时，生活清汤寡水，沙葱是度荒充饥的食物。现在，沙葱成了调节食欲的山珍，囤积冰箱。那个儿时伙伴小梅也搬入楼房，做了我的新邻居。闲暇时光，微信联系，又常常一起溜达、唱歌、打双扣哩。

心有阳光，不畏荒凉。这辈子与沙葱结缘，饿与不饿，都喜欢吃呢。

原载 2021 年 10 月 8 日《中国应急管理报》

南山辞

半生贫寒，少有凌云志。风起云涌，归南山。
白云朵朵，可以幻苍狗。天不降我，任贤能。
知否，远山，我攀援；近岭，我踏勘。
从此，飘蓬遥远，不吟诗；莲坐身旁不见花。

17. 冬天的洋芋菜

儿子从小长到现在20多岁，"无洋芋不成饭"，专吃洋芋菜。其实，我本是吃洋芋长大的"洋芋客"呢。

童年时，家庭穷困，一年四季不是杂粮疙瘩，就是玉米面馓饭，永远的洋芋菜。新麦成熟时，才可吃几顿面条或长面。缺乏经济来源，哪有钱购买肉食和蔬菜呢！

飘雪的冬天，屋子里生着土炉，烧的是西固水煤（提炼石油专用的土煤）或炉渣。炉火温度低，兄弟姊妹们把双手笼在火焰上取暖。炉灶周围放一圈洋芋炙烤着。过一会儿，就把洋芋挨个翻转，继续炙烤。

"瘦狗鼻子尖！"若是火焰中传出洋芋的香味儿，纷纷争抢着取出洋芋，一人一半分着吃。有时先把洋芋外面烤熟部分吃掉，边烤边啃。每个人的嘴巴、鼻子被烧焦的洋芋染黑。寒冷的屋子里，叽叽喳喳，充满欢乐的笑声。

土屋内昏暗的煤油灯光里，妈妈忙碌着做晚餐——洋芋疙瘩或洋芋搅团，炒洋芋片。

好多次，我提上一兜洋芋，跟着爸爸去放生产队的羊。在山洼避风处的土坎边，爸爸用小铲掏挖一个小匍窑般的灶坑，周围垒叠上层层胡墼。而后，就近捡拾些柴草在灶坑里点燃。一堆柴草烧完，那灶膛和胡墼被炙烤得烫烫的。爸爸把洋芋一个个送进灶膛，用小铲砸碎胡墼按压瓷实。

羊群在山坡上吃草。等待的工夫，我和爸爸唠些家常。爸爸羡慕地说，城里人好啊，住楼房领工资，不愁吃喝，旱涝保收，日子过得很舒坦哩。说起怎么才能当上干部和工人，爸爸举例说："你公安局当警察的尕爹，从小聪明勤快，写得一手好字。先在大队（行政村）里当文书，后来被领导看中抽调到公社里，就成了国家干部。至于煤厂工人六哥，那年县上分配一个名额，六哥被大队里推荐去城里当了工人。还有个远房姑姑，也是被大队保送，当了医院里的大夫。"

爸爸说，他20岁那年，曾给筹建的"师大"（西北师范大学）拉运砖瓦。

领导说愿意的话，就留在"师大"里当工人。可是，我家人多地少，若爸爸当了工人，怕是家人会饿死呢，不得不回来种地。"这是我唯一一次可以改变命运的机会。"爸爸接着说道，"现在，农村人只有考上学，才能分配一个正式工作。一定要把书读好，将来才会有一个稳定长期的工作。"说着说着，爸爸扒开土层拣拨洋芋，那洋芋"丝丝"冒热气呢。轻轻掼掉土尘，双手捧着热乎乎地吃起来。

"王侯将相宁有种乎！"吃着滚烫的洋芋，遥望天空中展翅翱翔的雄鹰，暗暗发誓：听爸爸的话，一定把书读好，过上和城里人一样的生活！

其实，在炕灰里"烧"洋芋，也挺不错的。天冷时，妈妈拿几个洋芋悄悄埋在炕洞里的烫灰里。晚上临睡时，扒拉出来，轻轻磕掉灰，用笤帚扫干净。一掰两半，兄弟姊妹们当"夜宵"吃。黑乎乎的炕洞，也让漫长而贫穷的冬季有了些许趣味和温暖。

1982年，包产到户后，家里分到2亩水浇地（人均0.4亩）、20多亩山坡地。水浇地产量稳定，全部种植麦子来维持一家8口人的温饱，不至于挨饿受饥。那些山坡地只能种些洋芋和杂粮。尽管干旱缺雨，或多或少收获些，填补食用。

中秋时节，从山坡地里用架子车拉回洋芋，放进地窖里。这样，整个冬天乃至第二年春天，甚至吃到夏天长芽，又接续吃上新洋芋。

播下种子，总有希望。有几年，雨水丰盈，洋芋长势旺盛。一段时间后，洋芋开花了，蓬勃葱茏。

国庆期间，全家人连续几天集中挖洋芋。拔去洋芋秧，扒开新沙，掏出一串串硕大的洋芋。晚饭后，妈妈挑选些饱满洋芋，洗净放进一个大锅里，围上草圈，煮在煤火上。一个多小时后，水汽蒸腾，一股香香的洋芋味儿飘满厨房。去掉草圈，揭开锅盖，一个个洋芋热气腾腾，白嫩皲裂。

"吃着碗里的看着锅里的。"把烫手的洋芋剥皮，放进碗里，撒些盐，调一勺猪油，搅拌均匀，吃起来可香呢。第二天洋芋冷了，咀嚼时总有一股浓浓的焦油味儿！

每逢星期天，妈妈就煮好一锅洋芋，全家享用。

后来，家里的土炉换成方铁炉子。星期天，兄弟姊妹们特意在小方炉内加些"煤砖",炉盖烧得烫烫的——把洋芋切成薄片,放在炉盖上炙烤。洋芋片熟了,撒些盐和辣椒面子,说说笑笑,争争抢抢。再后来,烤箱取代小铁炉,"煤砖"更换为有烟炭或无烟炭。这样,无论囫囵烧还是切片烤,效果好多啦。只是,我这辈人已没有闲工夫了,烤箱成为下一代人的天堂。

"燕雀安知鸿鹄之志哉!"我时常用这句话勉励自己。有一次上课,因为默写不出"香蕉"的英语单词"banana",被耍拳的英语老师劈头扣了一书,狠狠地责骂道:"你妈把你白拉了!"再后来,初中毕业后顺利考上中师。现在,已是从教 33 年的教师,每月领着固定工资哩。

时光匆匆,蓦然回眸。小时候物质匮乏,洋芋是充饥果腹的东西,养活着全家人。现在,煎炸蒸煮:洋芋丝、洋芋片、洋芋疙瘩……不但小儿喜欢,我更喜欢。顿顿不离,百吃不厌。

"使看不见的看见,使遗忘的抵抗遗忘。"人生总有无尽的怀念和希望……上周,同学青山绿水提说起"洋芋"。于是,就想诚实地注记生命内里的触动,做些留念。

原载 2020 年 12 月 9 日《兰州日报》"兰山"副刊;12 月 11 日《民主协商报》

苔

清·袁枚

白日不到处,青春恰自来。

苔花如米小,也学牡丹开。

18. 压长面过大年

去岁牛牛步锦程，三鞭春讯到；神州虎虎皆生气，一梦彩云归。春节临近，过年压长面，是一项复杂浩大的人造工程。

20世纪80年代中期，忽然兴起过年压长面的热潮。春节前夕，妈妈装好半袋白面和一些玉米面（做面扑），寻一个干净的纸箱，打发我去有压面机的村子里压些长面。

阳光明媚，微风荡漾。早晨8点，捆绑好纸箱，骑着自行车去20里外的村子压面。慢慢悠悠，一路哼唱着。顺着弯曲的沙沟路，来到钱家窑村商店隔壁的压面铺。铺子里人影幢幢，嘈嘈杂杂，一台压面机"哼哼哼"急速运转着。靠墙立稳自行车，把纸箱抱进铺子里，挨着一长溜面袋排队。

中午时分，吃些馍馍，继续等候着。

下午4点多，太阳西斜，还剩四五家，不由得焦躁起来。五点多时，那压面师傅喊我看秤。他说，天黑路远，让外村人先压，晚上再压本村的。于是，和好面，揉搓成面团，送进仓斗里。一遍一遍又一遍，那面皮渐渐变得滑顺滋润。按下关停键，师傅换上切刀，那长面细如瀑布般"哗哗"流淌下来。师傅一把一把揪断面条，抛扔在筐栏边缘。稍稍晾晾，把长面一把把拾入纸箱中，每层撒些面扑，而后匆匆踏上回家路。

天黑时，推车进门。妈妈和姐姐们把面条一把把小心捡拾出来，用一根筷子挑匀晾晒在报纸上。过几天，就成了干面。

除夕晚上，妈妈勾兑好酸汤，准备些油泼辣子、醋，切碎沙葱咸菜。水开后，妈妈拿面条丢入锅里。面条在锅里翻滚稍许，稍加凉水，即捞在碗里，舀上酸汤。汤上漂着鸡蛋片、豆腐、红萝卜、葱蒜叶和韭菜碎，油而不腻，香而不辣。吃完第一碗，返回灶房盛第二碗……全家人围坐在一起，说说笑笑，和乐融融。

第二年，春节前几天，邻人说：小涝池村的长面压得好，细长筋道，还有优待。但凡外村人，随去随压，不耽误工夫。尽管那里距家较远，因为心情好，很快到达。本着先外村后本村的原则，受到贵宾礼遇。压面者是母女俩，手勤脚快，干脆利落。不一会儿，捎着长面回家啦。

第三年，春节前夕，我和邻家二哥约伴同去张家沟村压面。谁知，那天压面人实在太多，有的人开着三马子压整袋子的面。压面机"吱吱扭扭"响着，人们一箱一箱抱进抱出。从早晨到中午，乃至到了晚上10点多，才轮到我们。显然，这次回家已是凌晨1点多啦。

劳动是快乐的！如是多年，早去晚归，并不疲累。

1992年，我家买了一台小型手动面条机，就没有出外压面。妈妈和好面，揉搓成絮状。我将压面机靠案板边缘卡牢，妈妈往仓斗里送放面团，我摇动滚轴。手摇压面机吱吱响着，粗糙的面饼变得光滑结实。连续重复挤压，面片渐渐光滑、细腻。而后，压好的面条晾在案板上，长短齐整，厚薄均匀。

迁居县城后，春节前压长面的习惯不变，且有增无减（家用电动面条机赋闲在橱柜里）。压面铺就在居家附近，很方便的。有一年，我把半袋面粉放在铺子里排队，自己去广场转悠。谁知，一连几天都没有轮上。延至后来，竟连自家面袋、纸箱也不见了。

日子火红，窗花堪比春花艳；小康甘美，家梦争随国梦甜。纤尘繁华，内心一直感动于长面，带来生命里最为生动的真实，成为伴随我少年、青年至今最为鲜活的见证。

天增岁月人添寿，年味淡雅总相宜。过年过的是一种心情，一种年意，一种文化，一种传承。我想，生活本来简单朴实。压长面，过大年，长长久久，岁岁年年，足矣。

原载 2023 年 1 月 4 日《金昌日报》

19. 鞭炮声声

除夕迫近，家里忙碌起来。

淘麦子、磨面粉、缝补洗刷、剪窗花、贴年画……"噼里啪啦"的鞭炮声时而响起，空气中弥漫着幽微的火药香。一年又一年，我在鞭炮声声中长大。

"天增岁月人增寿，春满乾坤福满门。"大年三十早晨，父亲不去放羊，清扫院落和门口小路，妈妈在姐姐们帮衬下蒸馍馍、炸油饼。

傍黑时，二哥和我在门框上贴上对联。妈妈特意嘱咐："三十晚上的笤帚骨爪（方言读：zhua）子都得在家。"全家人吃过手擀长面，父亲领着弟兄仨到十字路旁烧些纸钱、叩拜祖先。回来后，昏暗的煤油灯下，父亲喝茯茶、抽旱烟。妈妈端出几盘盐水煮过的葵花籽和花生，一家人嗑着唠着……

"爆竹声中一岁除，春风送暖入屠苏。"有时，听见邻家鞭炮声，立即循声而去。在满地开花的纸屑里，仔细寻觅没有燃爆的哑炮。衣兜装满哑炮，甭提有多高兴啦。拿出哑炮，挑出导线，再次点燃，我家院子里也响起零星"噼啪"的鞭炮声。若哑炮导线燃尽依然不响，随手拦腰折断，将黑硝倒在纸上点燃，心花怒放。

有一年除夕夜晚，一家人团团围坐，说说笑笑……大哥忽然变魔术般掏出一挂浏阳鞭炮，着实惊喜。大哥慢慢拆开缠绳，把鞭炮一个一个抖落在桌面上。拆开半挂，留下半挂，大哥说是凌晨迎接"灶娘娘"和"开财门"时使用。我5个，妹妹5个；妹妹5个，我5个……我俩各自分到一捧鞭炮。这下高兴坏了，立即点燃一节香头，跑到院子里去燃放。于是，我家院子里也响起"叮叮当当"的鞭炮声。

这时，5岁的堂弟逛门来了。他围着我转，使劲儿问"这鞭炮是哪里来的，谁给的？"很快，我的鞭炮完了，就替妹妹燃放。妹妹胆小，害怕鞭炮炸手哩。直至鞭炮放完，堂弟才有些不舍地跑回家去。

第二天（大年初一）早晨，堂弟早早来跟我玩耍。堂弟中午回去后又匆匆返回。傍黑时分，大哥竟又拿出一挂浏阳鞭炮，化整为零，分给我、妹妹和堂弟。那天晚上，我们仨在院里院外玩了很长时间。鞭炮放完后，我对大哥说，明年一定多多买几挂鞭炮，让我们放个够啊。

渐渐长大，妈妈常常打发我和妹妹去村里的大商店里，买些火柴、食盐、纸张和肥皂等物品。大商店里摆放着浏阳鞭炮，100 响的一挂 0.5 元，200 响的一挂 1 元。囊中羞涩，悄悄咽下渴慕的涎水。

有一年，妈妈多给 2 元钱，让我买些鞭炮、大炮（威力大的单个炮仗）、"两响炮"和"冒花炮"。

"除夕更阑人不睡，厌禳钝滞迎新岁。"除夕夜里，时不时去院子里燃放。有时用手指捏着鞭炮末端，点燃后使劲儿抛向空中。有时还把三四个鞭炮引线缠绕在一起，算是"连环炮"。那"两响炮"的威力可大啦，拿香头触燃引线，先在地面上"砰"一声，然后"嗖——砰——"冲上高空炸响，声震云霄。"冒花炮"很贵，有 5 角、8 角、1 元和 2 元的，只能买一二个。燃放时，必定邀约全家人共同观看。那焰火满地开花，光芒耀眼。

后来，浏阳鞭炮变成威力巨大的电光炮。提前买好几挂 500 响或 1000 响的。吃过年夜饭，阖家老少守着电视看春晚，欢声笑语，喜气洋洋。时不时出去院子里燃放一挂电光炮，很是过瘾。此起彼伏，整个山村笼罩在"噼里啪啦"的炮声里。

"灯树千光照，花焰七枝开。"时代进步，天翻地覆。又逢春节，居家附近的广场上，隆隆的礼炮声声震耳，五颜六色的火花腾空而起。那些焰火时而在地面盘旋，时而如信号弹飞射，时而如天女散花。大人小孩们笑着叫着，恋人们牵手奔跑着。既然不再纠结穿新衣，吃点肉食、蔬果之类，谁还稀罕燃放几挂鞭炮焰火呢！

"天地风霜尽，乾坤气象和。"拭净门框栏杆，郑重贴上春联和喜庆的"福"字，燃响千挂电光火炮，祛除疫情，迎春纳福。

原载 2021 年 2 月 22 日学习强国"甘肃学习平台"；2 月 25 日《兰州日报》"兰山"

20. 爱花人

"平生自是爱花人，到处寻芳不遇真。"从小对花情有独钟。童年，青年，直至现在，痴迷着它们的鲜艳美丽。

"养花天色君须记，正在轻云嫩霭时。"天清气朗，经历了一个漫长的冬季，春天来了。居家的阳台比较宽敞，手便痒痒。遂购置十多个花盆连带花土，闲暇时栽植诸多花草：君子兰、龟背竹、麒麟掌、仙人球、金钱树、蝴蝶兰、长寿花、萝卜海棠、令箭荷花……每天的每天，浇浇水、施施肥、松松土、剪剪枝，盼望着生根发芽、吐绿开花。

"不经一番寒彻骨，怎得梅花扑鼻香？"辗转跋涉，跌跌撞撞，匆匆大半生，忙于求学、工作，为一日三餐匆匆奔波忙碌着。多年寄人篱下、客居他乡，折腾到今天，住上真正属于自己的楼房，也算是居有所安。由此，跃跃欲试，操心些花草。

"惟有绿荷红菡萏，卷舒开合任天真。"我想，养花好处多多。一则点缀绿意，提神振气，给自己以信心或希望，改变埋怨偏激的心态；二则平息自己浮躁的心绪，冷静沉着，做好本职工作；三则打发些孤寂落寞的时光，不至于颓废躺平；四则提醒或警示，感受到生命的节奏，不可虚度。

几盆花里，很喜欢橡皮树。叶片阔大，绿意葱茏。早晨，认真看看是否比前一天长得旺盛，是否露出明显的绿意。傍晚，仔细瞧瞧一天长势……纵使人生荒芜，也要内心繁华。我已做好充分且长期的准备，坚持再坚持。

有时，看见别人家的花，旺盛鲜艳，自己养得却蔫不唧、干枝败叶，甚至凋零枯萎。除了怨怪温度低、阳光不足、土质贫瘠，也屡屡归结为不专注的缘故。如此看来，花草养好不易。只有用心呵护着，或可周全。

那花若是长得鲜艳，则生命力旺盛，自会爆发出勃勃强劲。我们每个人，对待工作、家庭，何尝不是养花呢。平和对待得失，稳步努力进取，学会感受那些微小但真切的满足，让内心充满向往和梦想，把每一天过得踏实快乐……凡事认真，持之以恒，绽放属于自己的精彩，必然取得丰硕的成果。

"真正的快乐是内在的，它只有在人类的心灵里才能发现。"爱花赏花，本是对生命的尊重。凝视我家的花，芳草萋萋，新枝吐蕾，绿叶婆娑，鲜丽娇媚。心，忽然变得柔软而缠绵，美就是美，喜欢就是喜欢。忙着，累着，奔波着；省着，攒着，储蓄着。凡事不努力，怎会有收获呢？

"宁可枝头抱香死，何曾吹落北风中。"落地窗外，蓝蓝的天，几朵白云，我已习惯于坐在花畔静静地看书写字。路，仍在脚下延伸；希望，依然在心中升腾。我愿，每一天便装轻履，静心追梦，快乐前行。

这，是我调入县城工作的第一年！

原载 2022 年 9 月 30 日《京九晚报》"新闻导读"

虚构一个角色

南风吹过

我苟且偷安

远方有诗

梦中有光

尘埃之外

我依然天真依然爱着你

21. 山花皆灿烂

爱花者，因人而异，各有彼此。而我，是花都爱，甚至那漫山遍野的山花。要问为什么，却一下子说不出准确理由，怕是天性使然吧。

家乡是一个群山环抱、沟壑纵横的小山村。春夏之际，暖风和煦，坡沟埂洼处，蒲公英、车前子、狗尾巴草、萱草、马兰、稗草……山花遍野，恣肆粗朴，斑斓绚烂着。

农村的孩子早当家。从童稚时代开始，但凡有空儿，我们常常三五成群结伴去田野里拔草或山坡上放羊。"大头""二宝""三拐""四牛""尕胖子""陈家娃""黑蛋子""拴弟儿""花花""兰兰""霞霞""玲玲""珍珍"……朝夕相伴，互助友爱，一起度过清贫却欢乐的时光，我们建立了纯真的友谊……每次回家，往往采摘些含苞欲放的山花，插在盛满清水的玻璃瓶里，让那鲜活灵动的气息长久些。

是土则生，有水则长，山花生命力顽强。过几天，山花蔫巴了，又换上新的。于是，因为山花的明媚烂漫，获得一种心灵的清澈与满足。

好好学习，天天向上。上学后，忙于听课写作业，即便校园里花团锦簇，熟视无睹，只把爱花的癖好深深地藏于心底。

初中毕业后，正处于十五六岁吧，伙伴们在这片干旱贫瘠的土地上流淌汗水和泪水、憧憬未来与梦想、又破灭着一个个虔诚而懵懂的希望……彷徨迷茫，前途未卜。"离乡背井长征雁，幸有同群可慰情。"别无选择，伙伴们带着青涩模样三两结伴出行，进城谋生，或远走他乡。

穿梭于高楼车流，辗转在大街小巷……"于道各努力，千里自同风。"勤劳俭朴，精打细算，风餐露宿，奔波忙碌着。

"长风几万里，吹度玉门关。"我是幸运的，初中毕业即升入师范，当了一名乡村小学教师。任教乡梓，搬嘴喂食幼稚蒙童，牙牙学语。

草（花），亦如人。"大头"长年跑长途，"二宝"多年开出租，"尕胖子"批发零售蔬菜水果，"陈家娃"照管一家超市，"东东"自开一家

"KTV"，"拴弟儿"在社区工作，"兰兰"做药房销售，"军军"打理杂货铺，"霞霞"被招录为绿化工人，"花花"是移动公司部门经理，"秀秀"当着网络主管，"明明"在大学做教授，"三拐""四牛""黑蛋子""高乐高"等扎根乡村，躬耕陇亩……

圩载奔波，披星戴月，风雨兼程，伙伴们都长大了。欣慰的是，乘着改革开放的东风，我们这一代山村孩子，揉碎艰辛，辗转跋涉，以不同的方式实践着自己的追求和梦想……

"水流平涧下，山花满谷开。"微风拂面，那迎风绽放的山花，一丛丛、一簇簇，争奇斗艳，透露着一种亲和、尊重和朴实味儿，散发着勃勃的生命气息。伸手触摸那些沟沟壑壑，依然留存着青葱的痕迹。那微风里飘散着泥土味儿，让人感受到时光流逝里隐约的疼痛和细碎的温暖。徜徉田野间，仿佛回到童年。遥遥眺望一起走过的美丽，如今皆根深叶茂，蔚然成林，花开结荫，倩影娉婷。

一路泥泞，只为山花灿烂！登高远眺，除了蓝天，还有梦想。那希望的故事，已在新生的成长中演绎着不凡的传奇！

季节轮回，一年又一年，山花灿烂绽放着。"入目皆花影，放眼尽芳菲。"暗暗祝愿：让那漫山遍野的山花，永远开得鲜艳灿烂、光芒耀眼！

注：

1. 山花，泛指山间田野里的花，文中以山花比拟一代山村孩童。

2. 载 2022 年 3 月 25 日《今日永福》"洛清江"；4 月 6 日《兰州晚报》"兰苑"；4 月 8 日《鲁中晨报》；4 月 11 日《绥化晚报》"雪原"。

第二辑

我爱我家

1. 山里娃

山里长大的孩子，对山有一种特殊的印象。

我的家乡是一个 700 多人的小山村，群山环抱，丘陵起伏，沟壑纵横。山是黄土垒成的，不论雨水冲刷还是锄头刨掘，土下面还是土。

村子四面都是山。村北的山称作"大湾岭"，山势低矮，山顶平坦。生产队时开垦出四五十亩土地，人工覆盖红沙，多年来种植小麦。包产到户时我家承包 2.5 亩，父亲种了几年糜谷和高粱。退耕还林后，连年栽植野杏和绿化树，至今一棵也没有成活，只能荒芜着。

村西是一座高耸的独山，山势陡峭，名为"尕尕岭子"。山脚平缓的山坡上栽着几十棵枣树，四五棵归属我家。村南叫"沙湾岭"，山势平缓，山湾颇多。村东是一座低矮的鲤鱼状小山，鱼头向北，鱼身圆润流畅，鱼尾朝南，谓之"鱼跃山子"。

山外有山，高低错落，延伸至远方。村西有一座山峰，若逢天清气朗的晴好日子，视野开阔。登顶远望，山下蜿蜒的道路变成了一条线，远远望见四十里外的黄河，波光潋滟，有些神奇。

山湾、山坡、沟谷内，但凡比较宽阔平坦的地方都是田地。村人们种着麦子、西瓜、玉米、大豆、洋芋和高粱，有些地里栽植着桃树、杏树和枣树。天气干旱，粮食作物产量低，只能自用。出产的瓜果必得用小驴车拉运到四五十里外的都市里卖些现金。出山的小路狭窄蜿蜒，延伸至沟底，与大路相连。大路贯通南北，沿着洪水冲刷的沟壑拓建，坑坑洼洼，凹凸不平。

出门见山，我们常常上山玩耍、捡拾柴草、打野菜、放牧羊群……记忆中，春天来临，阴面山坡上的紫色马莲花率先绽开。小燕子衔草做窝时，粉的、杏白的、梨红的桃花渐次开放，蜂飞蝶舞，百灵鸟清脆婉转。

5 月中旬，布谷鸟时时啼鸣，金黄的油菜花粉嘟嘟的，田地里绿意葱茏，蓬蓬勃勃。杏子熟时，麦浪滚滚。这阶段的老天喜怒不定，晴天的下午往往会乌云翻滚，电闪雷鸣，狂风大作。雨过天晴，东方天空里出现七色彩虹，横跨山巅。

8月，早晚开始有些凉意。洋芋、玉米、黄豆成熟了，甜枣、苹果和梨也炫耀在枝头，肥硕的野兔奔窜于荒草丛里，几只鹞鹰盘旋着。偶见一队"人"字形的咕噜雁列队南飞。它们一边飞着，一边发出"咕噜咕噜"的叫声，呼唤应答，非常有秩序。

冬天的山村，毕竟有些单调。白杨树、刺槐、榆树、杏树叶落殆尽，皴裂的枝干在寒风中簌簌战栗，几只麻雀"扑棱棱"飞来飞去，叽叽喳喳。

村落建在西山前的一块平台上。由北而南依序排列着二三十座房屋，挤挤挨挨。有的白墙红瓦，巍峨阔大。有的土墙黑屋，锈迹斑斑。我家位于村落中央，房后有一块自留地。一年又一年，乡邻们安静地栖息着。

那时，村里的孩子众多，一家四五个不算多，六七个很平常，最多一家达到九个。山里娃们天真活泼，朴实勤劳，里外一把好手。

男娃们天性顽劣，喜欢到处疯跑。随意寻一张纸、一坨泥、一块石头、一根柳条，就能玩上大半天，不亦乐乎。他们把木块做成小手枪、木棒削成陀螺、掰断树枝做弹弓。他们从小学会喂养牲畜，耕田种地。我的一个堂弟从小开始放羊，连续放牧18年，直至成家时才卖了羊，专意操务庄稼。

女娃们聪明能干，照顾弟妹，洗衣做饭，洗刷缝补，兼做些农活儿。几个堂侄女从小放羊，一直到出嫁为止，为哥哥和兄弟们娶妻成家奠定基础。

山里娃的爸妈们很忙也很穷，这是事实。他们整日忙碌，疲累不堪。一年四季精打细算积攒着，舍不得吃穿，恨不得一分钱掰成两半花。他们白天抬头看太阳，晚上偶尔望望月亮和星星，除了全身心投入土地劳作和呵护儿女成长外，就是养一只小狗或小猫，个别人还养几只信鸽或山雀。

一辈传一辈，他们希望恁多儿女通过读书获得一个稳定而体面的工作，进而成为有文化的城里人，却始终弄不明白，如何才能把书读出头，只能把全部希望寄托于学校和老师。

村里的小学在东山脚畔。上学路蜿蜒狭窄，坡坡坎坎，兼之刮风下雨，来来去去总是一副灰头土脸的模样。山里娃很懂事，脑袋不钝，渴望读书，有的甚至聪明过人，这是真实的。可是，大多山里娃秉承父母的习性及所处环境，有心无力，根本无暇把更多精力用在读书写字方面。哪怕苦口婆心说服，抑或声色俱厉地叱骂，依然不管不顾。但碍于父母的督促和学校规章制度，不敢迟到早退或旷课，这涉及一个人道德品质的好坏呢。

在伙伴眼里，我内向腼腆，人多处一说话脸就红。大多时候，捧着一本破旧小说，躲在黑突突的屋角浏览，津津有味。以至于，人们总是忽略我的存在。

那时，山村里有人考上学，是一件惊天动地的喜事。在我上中师前，整个村里20多年里出过两个大学生。每次听说人家回来，我们就跑去参观。羡慕人家一身崭洁的新装，面容白净，悄悄议论他那盒香烟的奢华价位。

学校是一所六年制小学，两栋砖瓦房。教学设备主要是桌凳、黑板、粉笔、笤帚、水桶、簸箕等。年年如此，每年9月1日秋季新生入校和升级，3月1日春季开学。老师们捧着课本和教案上课，从咿咿呀呀的拼音教学到说话训练，从"0"开始到乘法口诀，都是必尽的任务。初来乍到，娃娃们乖巧素朴且听话……他们把老师看成楷模。每天清晨，朗朗的读书声此起彼伏，成为山村里一道动听的音乐。

匆匆卅载，搜肠刮肚，我为拥有遍布于城镇乡村的数千名学子自豪，亦为自己把美好的芳华岁月留在山村而得意。

时代发展，日新月异。很多山里娃进城买房定居，山里娃的娃娃们和原来城里人的娃娃们一道坐在教室里。这几年，越来越珍稀的山里娃上学跑到别村学校寄宿，村小的三层崭洁楼房教室里布满蜘蛛网，操场的水泥缝隙里长满野草。

小时候，时常眺望天空，想象着山外世界。现在，定居县城十多年，触摸着城市的文明，陶醉于一种新鲜的感觉。却渐渐发现，五光十色、耀眼斑斓的生活中，总有一股带着水泥钢筋的生疏味道，似乎缺乏一种温情味儿。这种感觉让我有些浮躁、虚荣，内心深处又极其渴盼能够逗留乡下。

山，一直矗立着；人，也没有改变。生活里离不开山，家乡的山陪伴我长大。登高望远，温暖而亲切。其实，一直挺怀念山里的日子。山救赎了我，我成了山。

原载2023年第2期《兰花》；9月1日《商丘日报》

2. 往事飘过童年

不能不承认，农村人进城打工，获得相应的报酬，改善了生活条件。很多地方，农民有宽敞的楼房，有了轿车，有了电器，衣食住行与城里人并无二致。这些在部分年轻人看来，理所当然。但，对于曾生活于农村的人或依然生活在农村的人来说，一切并不易。

"意欲捕鸣蝉，忽然闭口立。"谝谝童年俗事吧。

拾 粪

"庄稼一枝花，全靠肥当家。"小时候，常见邻家老人在村前村后、田间地头转悠，仔细寻找牲畜家禽（马、骡子、驴、猪、羊等）的粪便，弯腰用粪叉捡拾起来，投进背笼里。

天蒙蒙亮，妈妈也曾喊我去拾粪。寒风刺骨，转完整个庄子，也不见点滴，倒是迎见几位老人拾粪回家。

拔 草

包产到户后，家里养着几只羊和一头猪。

每天放学回家，立即提着小铲、背起背笼（一种竹、藤编成的器具）去田埂坝楞、水渠边拔草，甚至走到很远很远……

太阳落山，背着满满一背笼青草返回。饥肠辘辘，一步步往家赶。

舔 碗

那时，饭菜简单，不是玉米面糁饭就是洋芋疙瘩。一人一碗，不多不少。

父亲节俭，饭吃光后，他用食指刮擦碗的内壁，有时还伸出舌头舔净。

"舔碗"的习惯，父亲保持好多年。

吃锅巴

家里常吃玉米面馓饭。锅底往往粘着一层黑焦的面皮，俗称"锅巴"。

妈妈把"锅巴"均匀分配后就说："吃了焦'锅巴'，出门会拾钱。"于是，第二天出门，低头瞅着路面，指望捡拾很多钱。

至今，依然想着走在路上忽然捡拾些钱，可能就是那时养成的习惯。

分　肉

村庄靠东的山坡是一排生产队的羊圈。

有一年，生产队杀羊分肉。我拿着一个脸盆去排队。等了很长时间，分得二斤多肉和碎骨头。

煤油灯

夜幕降临，擦一根火柴，点燃昏暗的煤油灯。

为了节油，常常点一盏灯，做饭时放在厨房，吃饭时端到主房。

饭后，家人围坐在煤油灯周围。纳鞋底、补衣裳，读书写字，其乐融融。

热炕头

冬天，寒风凛冽，冰天雪地。

每次回到家中，立即脱下棉鞋上炕。掀起被子（或毛毡），把冻僵的双脚焐在靠窗根最热的地方，暖暖的。

拾柴草

儿时，每天生火做饭、屋子取暖添炕，需要大量柴草维持。

深秋时节，常见放羊人傍黑背着四四方方一疙瘩柴草回家，羡慕不已。

柴草稀缺，兄弟姊妹们只能抽空儿奔赴很远的地方，才能弄些柴草。有时，打扫些山洼间的羊粪蛋或掏挖些洪水沟的柴草，背来后晒晒做添补。

现在想想，柴草真是宝贝！

一缕炊烟

"暧暧远人村，依依墟里烟。"每天早中晚，家家户户厨房房顶上准时升起一缕缕炊烟，表示着妈妈已经回家，正在做饭炒菜。

放　羊

包产到户后，家家户户养着几只羊。平日里父母兼顾照管着，寒暑假或星期天，放羊的光荣任务自然落在我头上。

清晨，早早儿出发。因为放羊，走遍村子周边的田间地头、山洼沟壑。

一次，我和一个侄儿合并，把羊群赶进自家桃树地。谁知，那几天下雨，羊吃了桃树叶后倒地而亡。我家7只；侄儿家6只。

父亲没有怪罪，只是叹气。他说：被雨水淋过的桃树叶，羊吃后树叶发胀，"反刍"不开，胀死了。

挖（或翻）地

挖（或翻）地是个出力活儿。双手抓稳铁锨把，把锨尖插入土里，一只脚用力踏入泥土深处，利用杠杆原理，一手提住锨把中部做支点，一手按压手柄，使劲把锨上的土掘起来翻个身儿。

一锨一锨，将近一个月，要把几块水浇地全部挖翻过来，才算完工。

这段日子，起早贪黑，手心里血泡连连，钻心疼痛，满是泥土的辛辣。

看　瓜

西瓜成熟阶段，为防偷窃，需专人看管。连着几个暑假，我拿着书本前去看护西瓜。

天刚麻麻亮，提瓶水、拿些馍馍匆匆出发。沿着地边转一圈儿，看看昨夜里有没有人或动物的踪影。而后，坐在山坡窑洞里吃喝些，随手翻翻《三国演义》或其他书。

太阳升高时，拿着小铲拔些青草，抑或抓几只蚂蚱玩玩。有时登上山巅眺望。沟沟峁峁、山山梁梁，有种荒凉中的希望。

路途遥远，中午不回家，就在窑洞里的木板上躺一会儿。

傍晚时分，用锄头把地边四周一一锄碎，悄然回家。

瓜瓤见红时，夜晚父亲睡在窑洞里，彻夜巡视。

西瓜采摘后，才不再照管。

背　瓜

家里有块两亩多的沙地在山沟里。西瓜成熟时，父母带领我们兄弟姊妹们去摘。

每人背着一编织袋西瓜，沿着山坡小路小心翼翼地下到沟底。走过一段水沟，又沿着陡峭的小路攀爬到大路上，最后装入小驴车里。

一趟又一趟，肩扛手提，吃力而艰难。

喜鹊和乌鸦

"喜鹊喳喳，灯盏结花，喜事到家！"那时，家乡喜鹊和乌鸦挺多。

我喜欢喜鹊，"喳喳喳、喳喳喳"地鸣叫，给人带来喜庆的感觉。说来奇怪，每年七夕这天，却连一只喜鹊也看不到，据说都去天河里为牛郎织女搭建"鹊桥"哩。深信，这应该是一个真实的传说和故事。

讨厌乌鸦，黑不溜丢。但，乌鸦开会时，成百上千只聚集在山梁上，黑压压一大片。叽叽喳喳，好像在分组讨论。那番热闹场景，值得看看。

"红头蛮子"

家乡鸟雀多，如麻雀、"火石嘚嘚""桩桩鸽""红头蛮子"、野百灵、啄木鸟、猫头鹰等。

有一种头胸部红色的鸟雀，状似麻雀，却会说话，叫作"红头蛮子"。"碧草含情杏花喜，上林莺啭游丝起。"它嘴里像衔着露珠，啼鸣悦耳，充满水意。

那片白杨林

山沟内的沙坡地里，有一片阔达的白杨林。春夏时节，枝叶茂密，绿荫浓浓。

那时，我们常去白杨林里玩耍。躺在树下，风轻云淡，清爽惬意。脱了鞋，光着脚掌蹦跳玩闹。小兰银铃般的笑声里，充满着动听迷人的故事。

一次，语文老师还带全班同学去小树林里玩过游戏哩。

冬季里，有时就去捡拾些枯枝来生火做饭。

露天电影

听说村里当晚放电影，大人小孩喜形于色。

天还未黑，人们提小凳、抬长凳陆续赶来，抢占观影的最佳位置。

电影多在宽敞的晒谷场上播放，银幕绷展在树杈间。人头攒动，吵吵闹闹。

当一束白光打在银幕上，全场鸦雀无声，沉浸于故事里。《地道战》《地雷战》《平原枪声》《南征北战》《少林寺》《无敌鸳鸯腿》《自古英雄出少年》……精彩纷呈，跌宕起伏，荡气回肠。

银幕上出现各种真实人物，太神奇了。换段间隙，曾跑去银幕后面看看。

放电影的夜晚，开心、激动。

跳火堆

"一帆风顺吉星到，万事如意福临门。"正月十六、十七晚饭后，家家门前巷道里，依序放置七小堆麦草点燃，大人孩子在火焰中来回奔跑跨越。父亲说：火焰可以燎掉秽气、疾病、不吉利，祈得身体健康、新年丰收。

"迎喜迎春迎富贵，接财接福接平安。"跳过火堆，父亲手握木锨，将火灰抛向上空，预测当年丰歉。若火星星点细碎，预兆麦类丰收；若火星大而圆，预示豆类收成好。

…………

"故乡何处是，忘了除非醉。"日复一日，年复一年，父母默默劳作着，并不过多责怪儿女们愚蠢懒惰，且总是寄予着充足的信心和希望。

撰写以上琐碎，只为抛砖引玉，记忆犹新着。

3. 犹记那年烧蓬灰

我们村子的田野、堤坝生长着一种草，称作水蓬。一场透雨后，水蓬长势飞快，一团团、一簇簇，蓬蓬松松，单独生长的一棵可达一平方米。

草是农家宝。刚刚分田到户那会儿，家家户户用柴草烧水做饭，冬季夜晚炕洞里煨些柴草粉末取暖。柴草虽然紧缺，但钱尤为珍贵。别无他法，只得烧些蓬灰卖钱贴补家用。

"没有蓬灰，面拉不开。"那时，没有食用碱，做饭和面时用蓬灰水替代，可以增加面的弹性与延展度。也用蓬灰水调节面团酸度，让蒸出的馒头、花卷，色泽黄亮、蓬松绵软、口感筋道，还有一股清香。

秋末冬初，放羊的父亲把干枯的水蓬用铁锹砍下，堆积在山脚下由着风吹日晒。连续多天，父亲起早贪黑，一堆一堆积攒着。等水蓬积攒得足够多了，父亲选择地势高且顺风的畖畔，用镬头、铁锹掏挖一个直径1米、深1米多的圆形灶坑。坑底修成"十"字状小沟，在顺风一侧掏开一个风洞。

选一个风和日丽的日子，父亲领着我们兄弟姊妹们去山沟里烧蓬灰。一行人扛着长柄捣棍、榔头、镬头、铁锹、绳索，提着馍馍和水壶匆匆出发。路面僵硬，寒风簌簌。来到灶坑旁，父亲用火柴点燃些碎草丢进灶坑，接着抛进一抱水蓬。顿时，浓烟滚滚，大火熊熊燃烧起来，热浪腾腾。那浓烟里酝酿着希望，火光中承载着一家人对美好生活的巴望。

父亲、二哥不间断地添加柴草，灶坑里火焰通红。父亲仔细观察火色，掌握火候。我们则去山沟里收集晒好的水蓬，用绳索捆着背到灶坑旁，兴味盎然。

两三个小时后，接近一座小山似的水蓬烧完了。父亲立即用铁棍使劲儿搅拌灼热的岩浆，黏稠的岩浆好像金属完全熔化的状态，圆滑滋润。岩浆搅拌均匀后平铺在坑底，父亲、二哥紧忙提着沉重的铁榔头使劲儿捣筑瓷实，用灼热的碎土掩埋起来，一气呵成。父亲说，岩浆冷却后就会凝结，一时兴奋之情溢于言表。

四五天后，蓬灰冷却了，父亲又领着我们兄弟姊妹们去拉蓬灰。拉着架子车来到灶坑旁，镢头刨开土层，用铁棍撬起坚如磐石的圆柱状蓬灰。笤帚扫掉覆土，蓝白相间、黄中带绿的蓬灰毛茸茸的，像一块玛瑙翡翠。几人合力抬上车厢，绳索捆着拉回家。父亲说，这块蓬灰烧得好，颜色不错。若一公斤一元的话，可卖六七十元钱。等过几天，柴草积攒够了，再烧一坑。

那年腊月里，驾驶手扶拖拉机的小贩来村里收购蓬灰。那小贩贼精，他说蓬灰不值钱，一公斤 0.6 元。好说歹说，恁多蓬灰卖了 100 多元钱，妈妈立即存入她的小木匣里锁起来。

第二年，干旱无雨，秋冬时节不见水蓬，无法烧制蓬灰。第三年秋季，雨水不错，水蓬多。父亲忙碌了两三个月，初冬时连着烧了三块蓬灰。邻家二哥也去挖掘柴草，他忙活好后最终烧成六七块蓬灰，拉回来摞放在大门外院墙上。

孰料，年关将近，一等再等，总不见小贩上门。翻年后的三四月里来过一个小贩，他说市场上早就不用蓬灰了。他按照一公斤 2 角钱的价格收购，买卖没有成交。于是，那些蓬灰只能靠墙搁置着。连续几年，任凭风吹雨蚀，遂无问津者。

20 世纪 80 年代中后期，父亲精心侍弄庄稼，粮食收得多了，家里的秸秆渐渐多了起来。再后来，家里购置了煤炭，渐渐与柴草远离。

如今，偶尔去山沟里转转，山青地绿，野草疯长，任其自生自灭着，当年烧过蓬灰的地方，依稀留有灶坑的痕迹⋯⋯

这，已是 40 多年前的往事了。

原载 2022 年 12 月 3 日《安庆日报》"副刊"

4. 水之殇

水，生命之源，万物之必需。

我的家乡地处黄土高原，丘陵起伏、沟壑纵横。这里十年九旱，水与粮食同等珍贵。一年又一年，天天盼下雨。人们的谈论话题，永远与雨水相关。有语云："斯地地旱禾焦，枯岭干山。唯勤俭苟活，广种薄收，背井离乡者屡屡仰天长叹。"

儿时，院墙外有一口硕大的水窖，提供生活及畜禽用水。父亲说：掏挖这口水窖时，邻居们皆来帮忙，费了很多工夫，可装 50 立方米水。内壁铲平削光，在壁上和底部打上许多小洞，小洞内楔入的红胶泥里拌上丝麻、清油（食用的植物油）和盐巴的楔子，用木槌反复捶打瓷实，才能保证水窖不渗水，长期使用。那时，清油稀少珍贵，堪比黄金。

蓄水完全来自天然雨水的集流或倚靠人工灌注。一旦下雨，父亲急忙提把铁锨堵水放窖。窖旁是一块空地，父亲在空地上掏挖许多小水沟，让水流汇入水窖。雨停了，爸爸湿淋淋地回家，妈妈埋怨着寻找干衣替换。上师范后我第一次回家，从劳保商店专意给父亲购置一件雨衣和一双雨鞋。父亲舍不得穿，节约着使用了很多年。

冬春之季，偶尔下雪。父亲立即清扫收集院子内外和打麦场上的积雪，堆在窖口旁晒化流入窖里，以增补使用。

家里有两口陶制水缸，一根木棒扁担和二三只铁皮水桶。每天早晨，天色蒙蒙亮，妈妈即去挑水。哥姐们在家时，首要家务就是挑水。很快，三姐和我结伴去抬水，以稍微减轻挑水人的负担。

距家四五里的地方有一口井，井深水少。印象中，三姐和我抬过几次。我俩抬着铁皮水桶，沿着凹凸坎坷的沙路来到井旁，用一个破碗刮水。抬来一桶泥糊糊的水倒入水缸，撒些盐粒等候净化。

久旱无雨是常事。水窖贮水永远不足，父亲忧心忡忡。生产队里也曾安排用马车专门到外村拉水，按户分配，于事无补。有一年腊月缺水，父亲领着兄弟姊妹们前去四五里外的拦洪坝里拉运冰块（那年秋天发过一次洪水囤积的）。父亲用镢头刨开冰面，我们把冰块捡拾拉回来，一部分直接放入水窖，大多码在水窖旁，等待晒化。

渐渐长大，经常一人去窖口挑水。挑水必先打水，两脚站稳，右手沿水窖内壁放下水桶，待水桶接近水面，快速往下闪摆，水桶顺势翻底舀水。一次不满，反复下沉一二次，"扑通扑通"几声灌满，双手立即交错用力提上来倒入另一个水桶，再去打水。而后，把扁担放到肩膀一侧，用扁担两侧的铁钩钩住铁桶水攀，弯腰挺身，摇摇晃晃地把一担水挑回家倒入水缸。连挑几担，缸满为止。

每年5月，趁着水渠灌溉浇地的短暂过水机会，父亲带着二哥和我，驱赶着小驴车拉水。父亲把驴车停靠在渠旁，二哥用小桶从低凹的水渠里舀水，我把小桶提高递给父亲倒进大桶（大桶可装12—14小桶）。连续三四天，拉回近30大桶，或可保证家里几个月的生活用水。

11月，部分村庄浇灌冬水，必得拉水蓄存，以备过冬。连续多年，一年2次拉水，成为惯例。

后来，家里添养一群绵羊，用水尤为紧缺。1988年暑假，我曾赶着小驴车远赴20多里外拉水。连着三四天拉来五六桶，解决燃眉之急。

大哥当了开车"师傅"（司机）后，客货两用车承担拉水的苦差。无论远近，父亲、大哥、二哥和我帮衬着，速度快、效率高，甚而屡屡用水管从涝坝（或水渠）抽水灌桶。如此十多年，并不觉累。

参加工作后，一次返校途中遇见一辆罐车，立即雇用其为家里送去一罐水，解决父亲的后顾之忧。

"随风潜入夜，润物细无声。"天若下雨，喜悦激动。坛坛罐罐贮满廊檐上的水，以备取用。雨过天晴，水汽蒙蒙，鸡欢猪叫，生机盎然。有时，鸟儿也从天空中落下饮水解渴。只是，大多年份，从立春到入冬下不了一场透雨。夏日炎炎，禾苗低头蔫拉，渐至干枯，让人揪心。身污面垢、口干舌燥的人们早晚盼着下雨，杀羊献祭祈求上天恩赐……

水，总是要吃的。有时，水面上漂浮着柴草、鸟羽、羊粪蛋，水中游动着小蝌蚪、蹦壳子、小蛆虫……抑或浇地的河水，若够用，就是天上人间！

庄稼人的用水，从来如此，无之奈何。

城里落户后，用上自来水，唯挂念着乡下父母。每次回家，第一要务挑满水缸，问问缺水不？只是，一年的返家次数实在有限。

"芝麻开花节节高。"2000年，村子里安装了水房，可惜仅仅通水一两次即瘫痪。过了几年，更新设施，那自来水时有时无，以至无疾而终。

近几年，惠农、兴农，乡村振兴，村里再次实施人饮工程，把水管安装到户，专人维修管理。一拧水龙头，清亮亮的水流出来，淘米、洗菜、洗澡，畜禽用水，方便多了。

庆幸，漫漫圩载，亲身经历且目睹家乡用水之变，留存些深刻印痕！

原载 2020 年 5 月 13 日"中国作家网"

父亲的黄土地

父亲没有离开过
他守护一生的黄土地
老茧磨光锄把
土地被犁成万道伤疤

汗水把父亲的脸庞
浸蚀成沟沟叉叉
每到收获时分
父亲绽放成一朵向阳花

终有一天
父亲连同他的梦想
全送给那片挚爱的土地
也成了一抔黄土

5. 磨面记

置身车水马龙、高楼林立的县城，穿透迷离的灯光，过滤喧嚣的繁华，独处一隅，凝眸静思……今天，说说关于磨面的事儿。

民以食为生。磨面是一项伟大的工程。

记忆中，村子中央的露天方坑里（人工掏挖）有一盘石磨。坑道边缘有一条狭窄的台阶小路，供人们背着粮食下进上出。可惜，至今没弄明白那很深的磨坑是如何做到排水的。

那时，父母白天按时参加生产队里的劳作。傍晚下班回家后顾不得吃喝，立即找齐磨面所用的一应物品：玉米、糜谷（麦子非常稀少）、口袋、簸箕、笤帚等，急忙来到磨坑里磨面。

月光溶溶，扫净台面上的尘土琐屑，爸爸把麦子倒在磨盘上面，使劲儿推搡着沉重的石磨徐徐转动，妈妈边扫边搭帮儿。一圈又一圈，饥肠辘辘的兄弟姊妹们皆来帮忙。麦子从磨眼（石磨上的圆孔）里慢慢流下，石棱相错磨合粉碎成颗粒，再沿着磨缝一点点淌出。

等所有粮食磨成碎粒后，再把碎粒倒在磨盘上。磨完面粉，还要抬开磨盘清扫缝隙中残留的粉末。回家后，妈妈用箩儿（一种竹制生活用具）把面粉、麸子或玉米糁分开，分别装进布袋里。

推磨很吃力，冬天寒风刺骨，手脚冰凉；夏天汗流浃背、口干舌燥。"不当家不知柴米贵。"我家人口多，整整一晚上，也就磨二三十斤粮食，只够全家人吃上三五天。即便隔三岔五磨面，日子依然过得惶然而窘迫，一家人艰难地与饥饿抗争着。

村子小，只有一台石磨，供人们轮换着使用。玉米磨两遍，麦子要磨六七遍。"精打细算半年粮。"其实，麦子十分有限，推磨的大多是玉米、糜谷、黄豆、荞麦等。

20 世纪 70 年代末，村里通了电，邻村有人安装了电磨。妈妈提前淘洗麦子，捡净麦粒里的砂石，扎紧蛇皮袋口子，把磨面时间安排在人多的星期天

（星期六不放假）。

星期天凌晨四五点，全家总动员，起身把四五袋粮食抬在架子车上，匆匆出发。山路弯弯，坑坑洼洼，所有参加磨面者深一脚浅一脚摸黑前行。天刚麻麻亮，到达七八里外的磨坊里。

我们把麦子抬到磨坊里过秤。拆开口袋，倒进漏斗仓里，电磨高速运转起来。几个人手忙脚乱地把面粉装入面袋，麸皮倒入漏斗仓。六七遍后，高高兴兴地拉着面粉回家。当然，这种运气好的情况，是很少碰到的。设若人多，只能口头约定另行磨面的准确日子。

"劬劳辛苦尽，儿年十五六。"这样，人工来回拉运着磨面的日子持续了六七年。

包产到户后，在父母的勤劳操持下，粮食慢慢多了起来，还买了一头小毛驴。从此，小毛驴担任拉运的主将，常常拉着粮食远赴邻近村庄磨面。

"粗茶淡饭，细水长流。"又是十来年，好在饥饿的日子逐渐地远去。

1992年，农用"三马子"接替小毛驴的拉运工作，走东串西。

再后来，村里有人安装一台电磨后，磨面就方便多了。

2000年前后，小麦产量低、成本高，入不敷出。田地里纷纷改种西瓜、洋芋、大豆、胡麻，栽植桃树、果树等，自产粮食有限。偶尔磨面，也是一两次就可告罄。家里面粉光了，就从小贩手中或市场上直接购买"雪花粉""高筋粉""标准粉""富强粉""特一""特二"……

现在，生活条件越来越好，不但石磨闲置无用，连电磨也早就不见了。进了城，住进楼房，不但不为磨面发愁，甚至差点儿淡忘那曾经的一切。

"母爱无痕，父爱无言。"磨面时，全家动员，劳力费时，苦累多多，刻骨铭心着！

注：石磨最初叫硙（wei），汉代才叫作磨，用人力或畜力把小麦、玉米、豌豆等粮食研磨成粉末的石制工具。相传，石磨还是鲁班发明的哩。

原载2022年9月26日《联合日报》"人文副刊"；9月27日《读友报》"读友圈"；10月10日《石狮日报》"人在旅途"

6. 三孔窑洞

这几年，屡屡开车返回老家（乡下的家）。经过村口一段平坦如砥的水泥路，就看见路畔右侧崖壁下方的三孔窑洞，倍感亲切。

"近乡情更怯，不敢问来人。"三孔窑洞中，独立且无门的一孔是我的，相邻并排挨紧的两孔，安着木门的是大哥的，安着铁栏的是二哥的。

我的那孔窑洞，是 20 世纪 80 年代初挖掘的。记忆中，父亲用镢头掏挖，妈妈和我坏土，协助父亲用架子车把土块推送出窑门。断断续续四五个月后，挖好窑洞，父亲仔细修好门前小路。

那时，一日三餐完全依赖柴草烧火。久旱无雨，荒山秃岭，柴草稀缺。遇上刮风下雨天，零碎的柴草湿软，有时连口热水也喝不上。刚刚包产到户，有了属于自家的田地。连着几年，父亲在田埂上、水渠边栽植些白杨树、柳树，田地里种些麦子、玉米、高粱、洋芋和糜谷。秋天时，就把柴草拾掇贮存在窑洞里。从此，妈妈早晚背着柴草来去，不再担心雨雪。

过了几年，父亲决定再挖一孔窑洞。恰值春节期间，父亲起早贪黑、饭前饭后使劲儿掏挖。土坎是黄胶泥的，干燥坚硬。父亲用镢头一小块一小块掘进，进度很慢。有时，妈妈、哥姐们和我前来帮忙。可我心里却不以为然，闲得没事干，又掏挖窑洞？用得着恁多窑洞贮备柴草。

父亲忙碌不停。3 月，我上学去了。暑假回来，窑洞已然完工。父亲把一个废弃的小木门安在窑门上。

孰料，暑假开始，父亲竟又在刚刚挖好的窑旁开挖第三孔窑洞。看来，父亲挖窑洞上瘾了。元旦放假回家，第三孔窑洞又竣工了，正晾晒着。这孔窑洞，不但宽敞，还在里面掏挖了一个小偏窑。父亲说，偏窑暖和些，冬天装些白菜、洋芋。父亲让在农具厂上班的大哥焊了一个铁栅门安上。

这样，我家一下子拥有三孔窑洞，乡邻们羡慕着。

1987 年除夕，吃过长面晚饭，父母和我们兄弟仨坐着聊天。一会儿，邻家二哥也端着罐头瓶茶杯来我家串门。

印象中，聊着聊着，父亲忽然一一叫出大哥、二哥和我的乳名。他说："趁着你们兄弟仨都在，有些事儿得说清楚啦。自古以来，树大分枝，人口多了就得分家，各自谋划生产生活吧。今晚把你们亲房二哥请来，做个见证。"

而后，父亲仔细说起分家事宜。6间土房（20世纪80年代初新建）、3间草房（20世纪50年代的）。靠北1.5间土房归大哥住人，搭配1间草房做饭。靠南2间土房归二哥，1间住人，1间做饭。中间2间土房、2间草房归父母和我。父亲说，三孔窑洞，木门的归大哥，铁栏的归二哥，没门的归我，用来装些柴草和杂物。至于家里的米面油、锅碗瓢盆以及不足百元的现金，均一分为三。大哥温和地笑着应答，二哥点头应承。

原来，父亲挖掘这三孔窑洞，早就做了深远谋划。家里人口增多，房屋严重缺乏，根本无力翻盖。父亲只能凭借勤劳，赶挖两孔窑洞填补使用。父亲说，分家后，我们还是一家人。妈妈坐在炕沿上，父亲不停地抽烟，和大哥、二哥商讨起田地分配细节。

听到分家，忽然有些伤心。父母生育我们哥姐妹七人，仅仅吃饱穿暖就是滔天大事。何况，十多年来，在父母操持下，接二连三完成大哥、二哥结婚成家，打发三个姐姐和小妹出嫁，家里早就一穷二白，有什么可分的呢。

"屋上松风吹急雨，破纸窗间自语。"第二天，妈妈和嫂子们商量着，把面粉、面柜和锅碗瓢盆一分为三，包括几张方桌和几把小凳子。当晚，原本一起吃饭的一家人，就各自去自家厨房做饭吃。

分家后，父母依然帮衬着打理全家的田间事宜。平田整地、耕耘播种、锄草施肥、采摘销售等，妈妈还兼顾着照看哥俩的孩子。

捉襟见肘，入不敷出，日子在恓惶中度过。那几年，每当看见大哥、二哥，心里就有一种流泪的感觉。我们本是亲兄弟，一起互相关心帮助着长大，从此却成了三家人。

大哥是汽车司机，常年在外奔波谋生。三四年后，大哥另外盖了一院红砖瓦房，继而买楼进了县城。我在外村教书，居无定所，二十多年后终在县城安家落户。二哥留守在老家院子里，辛勤耕耘，拉扯儿女，这两年也在城区买了楼房。

生活永远不是平静的，生活条件刚刚有所改观……父亲患病，兄弟仨早晚守候着。父亲走后，兄弟仨又操心母亲的生活起居，直至病危送终。

"天行健，君子以自强不息。"现在，我们兄弟仨安居乐业，儿孙满堂，其乐陶陶。站在久已荒废的窑洞前，心依然战栗着。那三孔窑洞淳朴厚重，温暖亲切，记录着沧桑和岁月，见证着我们兄弟姊妹的点滴成长。

"一朝辞此地，四海遂为家。"心里默念着，无论何时何处，我必然回来。

原载 2022 年 8 月 2 日《中国应急管理报》；2022 年 8 月 5 日《今日花都》"文艺"

我的北方

北方有山
绵延而伸，伸而蜿蜒
山头有雪
白而净，银而洁

更深处
梅印点点
少年有梦
梦里飞仙

我的北方
弯弓射大雕
寻仙不辞远
问亲不知苦

7. 乔迁新居记

春节前夕，二哥电话里说：乔迁新居的日子已确定，就在大年初一。他说：写好一副对联，届时驾车前来接送入住，捎运些物品。

二哥家的新楼位于兰州新区，距乡下老家约 60 公里。两年前因为整体拆迁，遂购得一套 124m² 楼房。2021 年 5 月，拿到钥匙后，即包干装修事宜。现在看来，一应俱全，只待搬迁可矣。于是，欣然承诺，跃跃即去。

1982 年，父亲翻建老家房屋，是那种砌着两个砖墩的土阶茅屋。大哥、二哥成家后，人口增多。1987 年除夕，父亲主持给我们兄弟仨分了家。一家三户，所有房屋一分为三，在一个院子里各过各的生活。尽管分了家，因为父母的牵念关照，在生产生活等方面，依然是一家人，不分彼此。

1990 年，大哥另择宅基地自盖新房。1997 年 8 月，大哥又在县城买房，乔迁新居。搬家那天，人很多，坐满屋子。这在当时是一件破天荒的事，一个庄稼人竟也住上楼房。

大哥搬出后，老家院子里住着父母和我、二哥一家 4 口，一住多年。后来，迫于房屋狭促，二哥添盖 2 间简易房子。1996 年，在二哥、大哥帮衬下，父亲给我在院子北面新盖三间红砖瓦房。

2005 年，同事们兴起买楼热潮，纷纷在城里购楼，接二连三搬迁入住。当时，我每月工资 1400 多元，望"楼"兴叹。

2007 年 3 月，与亲友聊天时提说起购房事宜。既然省城楼价飙高，县城或可接受。即便贷款，也很划算。盘算再三，痛下决心。一边打探房源信息，一边筹集钱款。接着，选中县城一栋新楼。确定楼层房号，签订协议，办理贷款。新楼竣工后，立即装修。

2007 年 9 月 28 日，搬迁入住。住上楼房，温馨舒适，四通八达，那种开心无法言喻。可，父母常常提说起二哥，何时才能盖上新房，让人揪心。

寒来暑往，春去秋来。二哥住在乡下老家里，操持耕耘，勉力供养一双儿女读书成长、结婚成家。老家房屋也日渐破旧，上雨旁风、千疮百孔……

吉日良辰，阳光和煦。2月1日（正月初一），侄儿提一满桶水溢洒着、二哥端一盆旺旺的盆火进门。沿客厅和房间转转，将水火送至厨房，点燃炉灶。随之，我们搬进面米油等一应杂物。

二哥的楼房三室两厅，坐北朝南，房型好、位置好、阳光足。开门出行，一箭之地是菜市、商店、公园、教育园区，周边还有高铁站、公交站、人民银行、飞机场等。算起来，二哥住上楼房，我们兄弟姊妹七人（小妹已购未住）均有了楼房，也算圆梦祖孙三代之夙愿。

"开福门八方进财，居宝地四季平安。"围着茶几，嗑瓜子、喝普洱、品"五粮春"，兄弟姊妹们述说着楼房构造、布局设施，乃至装修的细微之处……抚今追昔，喜气洋洋，暖意融融！

山里娃

我的文字里有麦芒 谷穗
青草 萤火虫
以至于蒲公英的种子 飞在风里
还有孩提时手心里散发的膻味……

弯弯山路上
花蝴蝶无拘无束
裤管上 袖口上沾满泥巴的气息
一个谦卑的小男孩在田野里痴迷

8. 我家交通变迁记

生活的每个阶段，总得有个具体的目标。比如，自驾一辆心仪的轿车，准时上下班，安然回家。兼或走亲访友、处置紧急事宜，省时省事省力多啦。

我的家乡坐落于一个远离城镇的偏僻山村。这里，四面环山，丘陵起伏，山路弯弯，出行艰涩。

我的有效记忆，应该从 20 世纪 70 年代中期算起。那时，六七岁，我以为一个人的出生地即终生地，天命注定，不容更改。于是，心安理得，吃喝玩耍，兼或协助父母做些家务。时常跟着父母、哥姐们到田地里帮衬，播种锄草，缺水时就到距家七八里的涝坝（蓄积洪水的池塘）里抬水背冰。大多时候，徜徉在羊肠小道，甩打着羊鞭放牧七八只绵羊。9 岁上学后，每天匆匆往返奔走于凹凸不平、尘土飞扬的砂土路上。但逢雨雪天气，山路泥泞湿滑，战战兢兢。小学如此，中学亦然。

山路漫漫，举步维艰。印象中，父母早出晚归，赶着毛驴扛着耧犁，在峭拔的山坡地里耕耘操持，收获些干瘪的麦子、糜谷、西瓜、桃杏、洋芋等。除了肩挑背扛驴驮外，木制架子车是主要的运输工具，用来拉运粪土、柴草、砂石、粮食和瓜果等。

弯曲陡峭的山路上，父亲（或哥姐们）站在架子车车辕中间，两手握紧车辕，身体前倾，双脚蹬地，肩膀绷紧攀绳，努力前行。母亲和姊妹们在侧旁双手使劲儿推搡，促使架子车缓缓上坡。必要时，侧旁增添副绳，协力并进。下坡时，驾辕者身体后仰，腿脚绷直蹬地，用瘦弱的身体抗阻载重车子的推力。帮衬者在后面用绳索用力拉住，慢慢下行。

包产到户时，家里分到一头青色骒马。那骒马刚从天祝草原买来，桀骜不驯。父亲屡屡调教，终不驾辕。一年后，父亲卖掉骒马，买回一头藏青色小毛驴。此后，小驴车响着铃铛，四季徜徉于沟岔蜿蜒的小路上，成为父亲毕生的骄傲。有一年暑假，少雨缺水，我还独自驱赶小驴车，远赴 30 里外拉过水呢。那时，一家 8 张口，生活清苦，一贫如洗。

1990 年 7 月，参加工作后，第一要务是合凑两月工资购买一辆"永久"牌自行车。整整 12 年，骑着加重自行车，匆匆往返。但凡运送行李及物品，又百般无奈。

成家后，一家三人，携妻将子，自行车力不从"身"，超负荷运转。一次返校时，天降暴雨，汪洋恣肆，无计可施。天黑时，只得央求远房侄儿的"东风"车，我才安全抵达学校。此后，长期逗留于 40 里外的学校，每逢周末或节假日，踟蹰路畔山巅，望家兴叹，无之奈何。

后来，二哥买了一辆农用"三马子"，承担拉运的全部苦差。若有紧要运输或出行，二哥责无旁贷，驱使"三马子"前往。

红尘渺渺，九曲连环。2002 年春，痛下决心，用多年的全部积蓄购置一辆"嘉陵"牌摩托车。一骑 8 年，风驰电掣，引来不少羡慕的眼光。

2006 年 3 月，在县城按揭楼房后，路途遥远，摩托车派不上用场，我成了长途客车的熟客。

2010 年 10 月，工作调入县城学校，距家五六里，10 分钟公交车程。朝夕往返，结伴同行，说说笑笑。雨雪天气，举伞共步，平添一分唯美与浪漫。只是，乡下家人亲友若有重大事儿，依然束手无策，望路叹惋。

"长脚好看，谁还走路？"2015 年，欣然学车。2018 年，遂购置一辆纯白 SUV！大道宽敞，带着家人，自驾飞奔，无惧山高水远，南来北往，走东逛西，快意如风，心情美美。

人生长勤，希望长长。原来，努力着，吃住安暖，并不是奢望。

原载 2021 年 9 月 15 日《兰州日报》"兰山副刊"；4 月 21 日《市场星报》"百味"；2021 年 9 月 10 日《精神文明报》

9. 追光逐影

日出而作，日落而息，山村的夜晚总是笼罩在寂寥与黑暗中。我五六岁时，家里照明的是几个铁质圆筒煤油灯。

夜幕降临，擦一根火柴，点燃煤油灯。饭后，一家人围坐在昏暗的煤油灯周围，纳鞋底、补衣裳、喝水聊天。若要摸黑儿出门的话，就提着纸糊的灯笼照亮。

为了省油，早早儿钻进被子进入梦乡。

1978 年，村里通电是一件惊天动地的喜庆大事。整整一年，人们口耳相传，喜气洋洋。三四月，一大帮人扯线栽杆。六七月，挨门入户拉线。腊月里，我家也安装了开关和灯泡。除夕前，通了电，一拉开关，灯泡亮了，黑乎乎的屋子顿时通明敞亮。神乎其神，那玻璃灯泡不用油就能发亮，纯粹就是一颗小太阳。父亲喝茶抽烟，母亲缝缝补补，我们看书写字。于是，一家人陶醉于"楼上楼下，电灯电话"的憧憬里。

灯变了，生活也变了。除夕的夜晚，奢侈的照亮到深夜，一家人说说笑笑，下象棋、打扑克。

只是，但逢刮风下雨，灯泡就不亮了，摸黑儿的夜晚很不习惯。人们说电线负荷重，跳闸烧了保险丝。令人发愁的是，月底要收电费。为省电费，每个房间安装 15 瓦的钨丝灯泡，使用一会儿立即关灯睡觉，每月也得四五元。

20 世纪 80 年代初，大哥买来一台黑色收音机。午饭前后，准时收听《杨家将》《岳飞传》《隋唐演义》……过了几年，家里有了录音机，借来几盘磁带，就可随时按下打开键聆听悦耳好听的时髦歌曲，津津有味，痴迷陶醉。

20 世纪 80 年代中期，邻居家买来一台十四寸黑白电视机。那年暑假的夜晚，厚着脸皮去人家屋子里观看电视连续剧《八仙过海》《霍元甲》《陈真》……炕上、地下、台阶上坐满了人，热闹异常。

我家里有电视时，已是 20 世纪 90 年代初期。大哥家买了彩电，把他的黑白电视送给我家。当时，恰好电视剧《雪山飞狐》《血疑》热播。督军的女儿熊鹰翘英姿烁人，衣袂飘飘。浅浅的笑容、纯情似水的大岛幸子吸引着庄稼人们每天准时守候在电视机旁，怅惘唏嘘，甚至泪流满面。美女加英雄的爱情故事轰轰烈烈、纯洁无瑕。整个暑假，一集接一集，不亦乐乎……

两年后，二哥家买来一台黑白电视。可是，父母和我们却因为忙碌，总是没空儿看，电视又成了孩子们的专利品。他们热衷于《西游记》《射雕英雄传》《还珠格格》和《黑猫警长》《葫芦兄弟》《喜羊羊与灰太狼》等，乐此不疲……

这个阶段，学校里有位老师嗜好电子游戏，遂与之结伴，陶醉于"魂斗罗""红警""英雄无敌"……时常听说，那些跑运输的人腰里挂着小小 BB 机，"嘀嘀嘀、嘀嘀嘀"响个不停。听说那有钱的老板们还拿着砖头样的大哥大、二哥大晃悠……

1997 年，家里同时购买彩电、冰箱、洗衣机……短短几年，电器一件件地增多，生活也好多了。

2002 年，电信公司办理业务，预交 100 元话费，每人配送一部灰色直板小灵通，装在上衣兜里，方便简捷多了。一年多后，小灵通更换为墨绿上翻盖的，美观大方。2003 年，移动公司办业务，人手一部下翻盖银灰手机。

2010 年，小学四年级的儿子反复提说，该买一台电脑了。我明白他的用意，一口承诺："等你六年级毕业时考个好成绩，我们立即去买。"2012 年寒假期间，我和儿子兴高采烈地拉回一台联想电脑。电脑连了网，且约法三章：周末允许玩游戏，每次一小时为止，不可越雷池一步！

小窗口，大世界。有了电脑，娱乐、查资料、交友、发邮件……天南海北，神奇无比，乐趣无穷！

时代变迁，科技发展，翻天覆地。现在，电脑、QQ、微信、K 歌、快手、半夜三更的抖音……眼花缭乱，应接不暇。

运筹帷幄，决胜千里。这几年，一部智能手机，天下便览。工作、上学、交友、存款、购物、医疗、外卖、打车……原来，"楼上楼下、电灯电话"，不是做梦，而是真切的生活。

原载 2023 年 4 月 7 日《常宁报》；2023 第 2 期《皋兰教育》

10. 妈妈

一

站在五月的山巅，眺望家乡，思绪多多。

春节时，妈妈来县城我家住了十多天。正月十五后返回乡下。

妈妈今年80岁，多年的哮喘总在春季来临。那咳嗽一旦发作，彻夜连绵，不得卧躺。尤其怕冷，无论白天夜晚，无法安卧。即便捂压两件被褥，电毯开到高温，添加一个热水瓶，依然瑟瑟发抖，无法抵御那悄无声息的寒冻。

医生一筹莫展，束手无策。

妈妈说，在乡下，升火炉、填热炕，暖和些，不冷不咳嗽。可，老家里独自生活，无人陪伴照顾。即便左邻右舍，亦十室九空。

我的妈妈，身高1.50米，皮肤粗糙，眉眼间沟壑纵横。她吃饭随意，面条、稀饭、馍馍即可。妈妈对钱看得稀松平淡。她说，钱财其实没有多大用处，挣来就是为花费。该花就花，不要太惜。

夕阳西下，妈妈常常站在门口的小路上，翘首以盼……

二

大哥把妈妈从老家接来，理由是帮着照看大哥的小外孙。

一住一年多。大哥家离我家不过百米，可我上班在外，家里平时一直没人。一推再推，妈妈很少在我家吃住。

放寒假当天，妈妈电话里唠叨着要来我家住几天。于是，立即前去迎接。

妈妈背着棉衣，在冬日的寒风中踯躅前行，缓慢挪动。看见我，竟露出羞涩的面容。妈妈说："我来你家'蹭'几天饭。你忙你的，迎这么远干什么。"

当年的妈妈，不是这样。为一家人吃喝，早晨四五点钟，屡屡背着鸡蛋徒步三四十里山路去刘家堡、孔家崖、十里店换面。半夜三更，背着捡拾的一蛇皮袋菜花叶、莲花菜叶，口干舌燥，饥肠辘辘返回……

妈妈来我家"蹭"饭，我心里有一种踏实，却也有微微愧疚。

11. 二婶

二婶，您在天国还好吗？

清明节，细雨飘飞，素花淡淡。学校没有放假，侄儿我不能前来祭拜，只好写封信，问声好！

春节里，我来拜望您。您的遗像依旧一副微笑的模样，好像说："孩子呀，谢谢你们来看我。"二婶再也不能倒杯热水，端上松散的馒头，让我的娃们吃喝些啦。

亲亲的二婶，真没想到，匆匆走过 76 个春秋，您突然安详地离开。

印象中，在那极其艰难困苦的岁月里，我妈妈望着一无所有的灶台发呆时，您曾端着一碗白面，步履蹒跚，帮妈妈熬好一锅稀粥。

过年时，还给我做了一双黑色条纹布鞋。

有一次，我跟着小伙伴们玩耍时，把一些山土推进别人家的自留地水沟。那主人家怒气冲冲找来。您来了，踩着小脚说："来，我看你把这孩子咋样！不就一点土，让他爸回来收拾干净就是了，还要咋样？"

您把饥渴劳累、惊吓过度的我招呼到自家，喝水吃馍馍。那次，我分明看见您眼里滚动着疼爱的泪水。

现在，生活好了。我每月领到 2600 多元工资，足够买米买面倒油的花销。今年，我搬进宽敞的楼房。楼下就是肉菜铺，想吃的话随时可以买些新鲜的。

二婶，今天是您的十周年祭日。祝您：天国如意，生活富足，万事随心！

12. 端午话亲情

"每逢佳节倍思亲。"又是端午，浮想联翩。

端午节（又称端午），每年农历五月初五，是中华民族四大传统节日（春节、清明节、端午节和中秋节）之一。

从小喜欢过节，吃喝玩乐，留下许多欢快，让人怀恋。

端午前几天，三姐从摇拨浪鼓的"货郎子"（走村串户的小贩）的挑担里买回几把彩色丝线，合并在一起搓成五彩（红、黄、蓝、白、黑）花绳。妈妈寻些零碎布片、丝绸，包入艾草和几味中药（川芎、白芷、苍术、冰片、薄荷），缝制成"虎头"状香包（俗称"荷包子"），惟妙惟肖、栩栩如生。

端午的前一天，妈妈耐心地烙些小花馍、蒸襁饭。她把面团弄成"蛤蟆""蜈蚣""壁虎"等形状，放在鏊子里烙着。又把糯米淘洗干净，冷水浸泡后蒸在"托笼"（一种竹编器具）里。待糯米八分熟时，洗些红枣摁进去，继续蒸一会儿。襁饭蒸好后立即倒在面盆里，上面铺一块干净毛巾，趁着烫热用手掌摁压瓷实。

三姐和小妹轮换着包指甲。拔几株凤仙花，撒上白矾，用小锤捣烂。而后，捏些花泥按在手指背上，用一片硕大的向日葵叶小心翼翼地包好，再用棉线缠紧。天刚蒙蒙亮，三姐和小妹立即拆开叶片，看看指甲红不红。

端午当天，妈妈忙碌着做凉面（预示天热了）。趁着空儿，我去山坡上攀折几枝沙枣花、柳条，特意摘几枚核桃般大的绿杏子。修枝剪叶，选几枝繁茂的沙枣花插在水瓶里，摆在桌子上。再把一些沙枣花和嫩柳枝插在屋檐下，绿意茵茵，满院馨香。

"癞蛤蟆避端午。"接近中午，大姐、二姐徒步领着孩子们回来转娘家。他们提着糕点、菜蔬和一些粽子。

"玉燕钗头艾虎轻。"姐姐们给孩子们的手腕、脚腕上系上花绳，脖子里挂上"虎头""荷包子"，吊在身后，额头涂抹些白酒。说是为了"驱除"五毒（蝎、蛇、蜈蚣、壁虎、蟾蜍），防蚊防病，逢凶化吉，平安无事。

中午时分，父亲从地里匆匆赶回来，煮一罐茯茶、拿出一瓶酒。

阳光透过枣树的青枝绿叶，洒下点点斑驳。短短一天，一大家人聚在一起，吃糕点、馕饭、粽子、花馍馍，端饭吃菜，唠些家常，和和乐乐。嬉闹的孩子们时时被绿绿的青杏酸得龇牙咧嘴。有时，还能吃到凉粉、凉皮、甜醅子（预示生活甜甜美美）哩。

穷日子穷过，也过得开心。那时，兄弟姊妹七个，张口要吃饭，伸手必穿衣。父母肩挑背扛，脚步匆匆，艰难地维持着生计。聆听着父亲娓娓讲述的生活故事，乐观自信，轻松快乐。就这样，与父母一起，安然度过了自己的童年、少年、青年时代。

工作及成家后，回家过端午的机会少之又少。工作忙，端午没有假期，兼之陪媳妇转娘家。偶尔回家，妈妈忙前忙后，泡茶拿糕点，弄得我像个客人似的。父亲倒几杯酒，自言自语："回来就好，回来就好！"虔诚地给父亲敬上一杯，脸上火辣辣的。

团聚的时光总是短暂的。临走前，妈妈把茄子、辣椒、番瓜、西红柿给我装好。他们把我和孩子送到村口，千叮咛万嘱咐……"儿行千里路，亲心千里逐。"每一次离别，都是无法言说的揪心。大音从来希声，父母永远呵护着儿女们的健康成长，何曾奢望过有所回报？

回顾过往，展望未来。"丹心照凤昔，鬓发日已改。"人丢了，无可奈何；心丢了，哪里去寻？"人情大如天。"走亲访友，珍爱亲情，恰逢其时。端午不光是对节日的期待，对美好生活的祈愿，更是对亲人的深深感念。

吃着粽子、馕饭、花馍、糕点……节日不是一个符号，有着实在且丰厚的意蕴。暗暗祝愿：五月"端午"，艾叶飘香，家人和乐，亲友安康！

"虎符缠臂，佳节又端午。"但凡节日，值得想想。

13. 走亲访友

"过年言好事，出口称吉祥。"春节期间，拜亲访友是一幕重头戏。主客热情相聚，嘘寒问暖，追忆往事，憧憬未来。而后，依依惜别，以念暖心。

"相知无远近，万里尚为邻。"记忆中，小时候父亲曾领我徒步30多里山路，前去看望大娘（父亲的大姐）和孕娘（父亲的孕姐）。

正月初二的早晨，妈妈用纸包住四个花卷，细线扎紧，准备同样的两份礼品装入一个黄色帆布提包里。提着帆布包沿着山沟里的小路，我和父亲边走边聊。父亲说：两个娘娘均在平岘村里，大娘在下沟，孕娘在上沟。大娘命苦，大姑父早逝，拉扯着一对儿女，一辈子受不完的罪！孕娘命好，2子6女，孕姑父勤劳善良。孕娘平时做些家务，轻闲自在。

中午时分，我俩来到平岘村下队大娘家。小脚的大娘招呼父亲脱鞋上炕，把小茶缸里的废茶倒掉，加入一块茯茶，抖抖索索地搭在火炉上。姑舅哥（表哥）递给父亲旱烟荷包和卷烟纸，喝茶聊天。

大娘从蛇皮袋里掏出一个卷心白菜，除去干叶，淘洗切碎。趁着火势稍旺，大娘在铁锅里倒入清油炒菜。一会儿，大娘把白菜盛在碟子里，拾上白面馒头，热情地招呼我和父亲吃喝。大娘说，他们一家刚刚吃过早饭，还饱着哩。不再推辞谦让，父子俩狼吞虎咽，一扫而光。

父亲和大娘、姑舅哥絮絮叨叨着。我呆呆地坐着，坐立不安。这要在我家里，玩头太多啦！放鞭炮、打三角板、弹蛋儿、"拾电报"（一种类似捉迷藏的儿童游戏）……现在，日头偏西，倘若今晚驻留，怕会急疯呢。

早晨出发时父亲承诺，当天一定按时返家，绝不留宿。于是，当着大娘和姑舅哥的面，说出立即返回的打算。大娘一个劲儿劝阻挽留。她说：一年忙到头见不了一面，无论无何住一晚。明早回去，也不耽误事儿。父亲有些犹豫，我就哭闹起来。无奈中父亲终于起身出门。沿着来时的土路，大娘和父亲一边走一边呱嗒着，姑舅哥跟在侧旁。

"离恨恰如春草，更行更远还生。"走出村口，大娘才停下颤巍巍的脚步，目送我和父亲渐渐远去。

擦干眼泪，我对父亲说，尕娘家必定少待会儿，不然回不去啦，父亲一口应承着。

走进平岘村上沟尕娘家。尕娘泡了茶，端出一碟花卷、一碟油饼，拆开一包点心，还塞给我一捧糖。笑呵呵的尕姑父拿出一盒卷烟，坐在凳子上寒暄起来。

唠着唠着，四姐（我的堂四姐，是尕娘的大儿媳）端来几碗喷香的羊肉臊子面片和一碟咸韭菜。吃过饭，父亲站起来，一而再告别。尕娘包了几块点心，装在帆布包里。

暮色苍苍，我和父亲匆匆走在枯草丛生的山间小路上。

我家人口多，家境贫寒。兼之农活儿忙碌，饲养的鸡、狗、绵羊、小毛驴，早晚需人照料，父母无法脱身，奢谈在亲戚家驻留一夜？加上山路艰涩，父母很少走亲访友。徒步走亲戚，和父亲仅有这一次，和妈妈倒是有过两三次看望二舅的经历。还有一次，受妈妈委托，我和三姐前去看望二姐。为防止沿途遇见野狗伤害，妈妈让我提根木棍。这样，拄着木棍，一路打听着，大半天徒步40多里山路，才到达二姐家。

上学期间，因为看书、写作业和交通不便等正当理由，很少去亲戚家转动。

"人生无奈别离何，但使亲情千里近。"后来，因着乘坐大哥的车，连续多年和父亲逐一拜望亲友，甚至远赴100多里外拜望伯父。每次前去，父亲装着一盒卷烟或香烟，呈敬给他的哥哥，实现一年见一面的愿望。每次从尕娘家离开，尕娘偷偷塞给父亲一张百元大钞，成为惯例。

工作后，骑着自行车就方便了。春节期间，走东家、串西家……"室内酒正酣，窗外雪花飘。"逐一拜望岳父母、尕娘、舅舅、姨娘、兄弟姊妹们。再后来，摩托车替代自行车。礼品也与时俱进，由当初的四个花卷，升格为一盒糕点，后又增添一个水果罐头。直至现在，攀袭为一箱饮料或牛奶。偶或添加些水果、烟酒之类，不为奢侈。

如今，日新月异，天堑通途。"血脉永相连，亲情铭心田。"又值春节，自驾纯白越野，携妻将子，后备厢盛满长寿面、食油、烟酒、蔬果和礼盒，进城入乡，风驰电掣，任由来去。

14. 勤俭，是一根接力棒

一代传一代，勤俭是一根接力棒。

我的爷爷奶奶都很早过世，没有给我留下什么印象。父母是农民，兄弟姊妹是农民，亲戚朋友是农民。关于勤俭，深有体会。

"人勤地不懒。"这是父亲的口头禅。农活儿繁忙，一年四季，矮小瘦弱的父亲早出晚归，播种耕耘，勤耕细作。温和的妈妈喂鸡饲猪、担水做饭、洗涮缝补……妈妈说："碎毛儿攒毡呢，钢要用在刀刃上！生活中用钱的地方很多，不积攒些，一旦有事儿，谁会帮你呢？"妈妈柜子里长期锁着一方红手绢，包裹着一沓人民币。但凡家庭开支取钱后，马上锁起来。

生长于山村，温饱是压倒一切的滔天大事。家庭收入完全依靠那些沟茬地，一分一厘从土坷垃里拨拣出来。无非卖些菜籽、胡麻、瓜子、洋芋、高粱笤帚或几只羊。然而，十年九旱，土地贫瘠，粮食、瓜果年年歉收。日常除了购买油盐酱醋及肥皂洗衣粉等生活必需品外，几乎没有鸡鸭鱼肉等副食品，遑论其他。敝帚自珍，兄弟姊妹们的衣服穿了又穿，补丁摞补丁。

上师范期间，有一次我回家取生活费，带上20元匆匆返回200多里外的学校。家中无钱，20元刚好是来回的路费！记得1988年夏季，父亲去土炼油厂打零工。暑假里我去看他，当时，父亲在崖畔下的窑洞里吃住，脸上被黑油烫伤，斑斑点点。父亲笑着说一天能炼两锅油，挣上7元钱，下学期学费不发愁了。

积沙成塔，聚少成多。父母是朴实的农民，千辛万苦。在父母早出晚归、辛勤劳作的倾心倾力操持下，一家人吃住安暖，其乐融融。在他们手中，先把20世纪50年代的茅屋翻新为砌着两个砖墩的土坯房，后又新建三间砖瓦房，终被宽敞明亮的楼房替代，并先后打发三位姐姐和一个妹妹出嫁，为两位哥哥和我完成结婚成家的隆重体面事宜。

勤俭，是一根接力棒。父母不辍劳作，精打细算着过日子。在完成自己平凡却伟大的使命后，他们把勤俭的接力棒传递给我。

言传身教，润物无声。父母的勤俭习惯深深地影响到我。从小至今，挑（抬）水拔猪草、放羊喂牲口、间苗锄草、拔麦子、摘瓜果、碾场磨面……成为我生命历程中的常规动作。量入为出，细细盘算，从来不敢讲究吃穿，更不奢侈地花钱。在父母耳濡目染下，我深深地理解生活的真实质朴，养成勤俭节约的习惯。父母是我一生的骄傲，更是一束令我肃然起敬的光。

"三更灯火五更鸡，正是男儿立志时。"在父母的谆谆鼓励下，小学时的我努力学习，专心听讲，屡屡评为"三好学生"。初中阶段，成绩优异，遂被本地中师学校录取。四年师范，孜孜以求，有机会读了一些书。

身为人师，一如既往。坚持自学，先后取得大学专科、本科证书，加入光荣的中国共产党。又，笔耕不辍，抒写生活，在《甘肃日报》《新民晚报》等报刊发表 130 多篇习作，公开出版随笔集《向阳花》。

勤俭，是一根接力棒。当年，父母把这个接力棒安稳地交到我手中，使得我在求学、工作、成家、购楼、置车等方面，一步步顺利实现着自己梦寐以求的愿望。

"逆水行舟，不进则退。学习是自己的事，同龄人里我读书最多。"听着小儿的话，我为他的懂事而欣慰。十年寒窗苦，难与外人道。从入学始，小学、初中、高中，小儿起早贪黑，勤学苦练，成绩不断攀升。水滴石穿，铁树开花，14 年的坚持，小儿志气昂扬地走进大学，谦虚谨慎，静心追梦！

"常将有日思无日，莫把无时当有时。"我对儿子说，无论时代如何发展，凭本事吃饭，诚实勤俭，本分做人……儿子从不挑食，开支有度，亦不奢侈地讨要玩具、衣物乃至更多奢侈品。

勤俭，是一根接力棒。如今，儿子已经大学毕业。现在，我握着勤俭这根接力棒的白色这头，把红色那头坚定地放到儿子手中，接续发力。

"百尺竿头，更进一步。"三代人，物质环境天壤之别，逐梦之路却殊途同归。路虽远，行则将至。我们一家将齐心协力，珍惜今天的幸福生活，脚踏实地，踔厉奋进，让未来的日子更加美好。

原载 2022 年 4 月 27 日"学习强国""人世间"征文；10 月 24 日《学习时报》11 月 24 日《甘肃日报》"文化·阅读"

15. 筑梦前行
——一家三代的奋进之路

百年华诞，普天同庆！想起父亲、我和小儿小炳，我们一家三代那坚定执着的向阳之路，不禁盈盈激动！

言传身教，信仰坚定

小时候，没有电灯、缺少书籍。劳作的间隙或闲暇的夜晚，父亲常常给兄弟姊妹们讲述自己的亲身经历和"扫盲班"的故事。父亲说，他12岁时完全担负起家庭重担，打短工、种地放羊、操持里外。1949年全国解放时，我们家生活清苦，一贫如洗。印象中，他的故事除了杨家将镇守边关、岳飞精忠报国、薛仁贵征东、"包青天"判案等历史人物故事外，主要是西路红军兵败祁连山和西北野战军解放兰州的故事。

父亲一遍又一遍地述说，不厌其烦。徐向前将军个子高，相貌魁伟，率领的红军队伍对老百姓可好啦。天气寒冷，滴水成冰，单衣薄衫的将士们借宿在庄户人家的屋檐下，帮助庄稼人干活儿，不拿群众一针一线，临走时还为住户打扫院落卫生、挑满水缸。后来，部队在临泽、古浪、高台，与马步芳的白匪军血战几个月。敌众我寡，损兵折将，最终失败，几万将士英勇牺牲。一些战士被抓去后修筑工事、放羊喂马、当伙夫和勤务兵，受尽了折磨。好在，徐向前将军化装成算命先生（或江湖郎中），一路乞讨辗转，躲过匪兵搜捕，历经千难万险才回到延安。红军失败后，我们这里流落失散的红军战士，被当地老百姓收藏保护起来。

父亲说，1949年，解放兰州的仗打得可凶啦，隆隆的炮声响了一个多礼拜。他说，马步芳的队伍把碉堡建在窦家山、马家山、营盘岭、狗娃山、沈家岭，山势陡峭，悬崖绝壁。从望远镜里看到马步芳的士兵多是穷苦娃子，破衣烂衫，彭老总不忍下令开枪开炮。战争开始时，解放军吃了大亏，牺牲几千人，血液染红山坡。后来，解放军改变战略战术，封锁黄河铁桥，分割包围，阻断敌人退路。敌人慌了神，马步芳坐飞机从天上跑了，部队成了一盘散沙，东躲西跑，有些士兵过铁桥时被挤入滔滔黄河冲走了……

记忆中，我曾跟着父亲多次去山里放牧生产队的羊。在山洼避风处，父亲耐心地给我讲述他的故事。他一脸自豪地说，他是 1952 年 7 月加入中国共产党的。1954 年担任村里的民兵队长，背着"快枪"（步枪）参训打靶，夜间站岗巡逻，维持全村治安。那时，土改工作队的干部朴实温和。白天参加田间劳动，夜晚就坐在炕头拉家常。父亲讲了参加"互助组""土改运动""农业合作社""大跃进""全民大炼钢铁""三年困难时期""忆苦思甜""大沙沟水利提灌工程""十一届三中全会召开""土地自由承包"……

"土地自由承包"后，生活就好多啦。父亲不断地说，相信党，相信政府，一切都会好起来。他坚决地希望我一定要把书读好，考上大学，成为对国家有用的人才。遥望天空中翱翔的雄鹰，我暗暗发誓：一定要把书读好，成为有用之才，如父亲一样加入中国共产党！

上学后，我从书本里读到父亲的故事，实在佩服他阅历浩繁，记忆力惊人。他的故事虽然有些苦涩，但内容精彩，真实感人。现在想来，憨厚素朴的父亲是在用讲故事的方式，给予他的子女们启蒙教育，希望有所启发或警醒，以实现或达到他为人之父的神圣责任。

"老骥伏枥，志在千里。"总之，我那可敬可爱的父亲，根正苗红，勤劳朴实，骨气执着。终其一生，为着全家人生计，披星戴月，风来雨去，匆匆忙忙……在干旱贫瘠的土壤里耕耘收获，养家糊口，拉扯七个儿女渐渐长大，成家立业……

就这样，在父亲言传身教、耳濡目染的故事里，我悄然长大着。

向阳而生，砥砺奋进

"书山有路勤为径，学海无涯苦作舟。"父母是农民，即便早出晚归，省吃俭用，家里依然捉襟见肘，苦涩拮据。清光亮水、饥渴劳顿的乡村生活里，父母安排兄弟姊妹们依序走进学校。

小学时，没有课桌和板凳，我端坐于土块搭建的木板上认真听讲，夜晚则趴在小炕桌上的煤油灯前看书写字。升入初中，住宿校园，勤奋刻苦，废寝忘食。升入中师，一如既往，努力学习。

"师者，人之模范也。"1990 年 7 月，师范毕业后，我成为一名平凡的小学教师。循规蹈矩，勤勉努力，紧张繁忙。两年后调入乡属中学，任教两班语文兼班主任：备课授课、批阅辅导、学习培训、值班查夜……整整 30 年，任教乡梓，恪尽职守，让数千名莘莘学子遍布城镇乡村。1995 年、1996 年和2000 年，先后三次向所在学校党支部郑重上交入党申请书，只是均未通过党组织的考核。我深深地知道党的要求，自己的差距很大，还有很多缺点和不足，如政治理论水平不高，为人民服务的本领不强，奉献精神不强，处理问题不够成熟等。我在努力，我要用共产党员的标准严于律己，自觉接受党员群众的帮助和监督，克服缺点，弥补不足，争取早日在思想行动上，进而在组织上入党。工作烦琐，默默守望。

2009 年 9 月，工作调至新的学校。任教数学课，兼职办公室干事。取送处理文件通知、组织安排会议、撰写文字材料、打印摄影编简报……每天匆忙的身影穿梭于师生活动的各个角落，紧张忙碌并快乐着。2010 年 6 月，再次向党支部郑重交上第四封入党申请书。这次，我终于通过了党组织的考核。2011 年 12 月，教育局党委批准了我的入党申请。宣誓时，激动万分，心潮澎湃：我加入了光荣而伟大的中国共产党，我没有辜负忠厚善良的父亲的夙愿！

行中有信仰，脚下有力量。入党后，我找到了一种生命存在的归属感和价值感。严格履行党员义务，谦虚谨慎，爱岗敬业，身体力行。教育即播种，把那些善良的种子播撒到生命体里面，让孩子们看到希望，看到未来，看到自己的努力方向。2021 年 7 月，有幸抽调至县委史志办，参加《全面小康建设志》的编纂工作。

"灯火常在，行者不孤。"近年来，笔耕不辍，100 多篇生活随笔发表于《中国青年作家报》《甘肃日报》《新民晚报》《兰州日报》等报刊。《七月，家乡的杏子红了》等习作获得市县征文比赛等次奖。

春风化雨，润物无声。2021 年 3 月，文集《向阳花》公开出版，为皋兰地域文化的积淀和传播做出一些积极的努力。我想，用文字的方式来感染或影响更多的人，或许稳妥久长些。

积极向上，筑梦时代

小炳（我儿子的学名）从小喜欢听故事。他不满足于那些虚幻的童话寓言和《三国演义》《水浒传》《西游记》，极为嗜好革命英雄故事。于是，茶余饭后，我把自己了解的故事，一一讲述给他。从《鸡毛信》讲到《青春之歌》，再到《平凡的世界》。我给他讲述了中国共产党的成立、大革命失败、工农红军两万五千里长征、中国人民十四年抗战、解放战争、抗美援朝、改革开放、走进新时代……为他购置许多书籍。

"三更灯火五更鸡，正是男儿读书时。"小炳起早贪黑，发愤忘食，勤学苦练。小学、初中、高中，成绩不断攀升。有一次，提说起读书的事，他还骄傲地说，同龄人里他是读书最多的。天真的言语里，对人生和前途充满无限憧憬和向往。

"长风破浪会有时，直挂云帆济沧海。"2017年6月，小炳同学参加高考，被西安科技大学录取。可是，开学入校后觉得不如自己心愿，立即毅然返回高中复读。金蟾折桂，一举题名。2018年6月，小炳以超过一本线84分的高考成绩被大连理工大学提前批次录取。今年，大学四年级的小炳同学，屡屡提说起他已向学校党支部上交入党申请书。还一再踌躇，大学毕业后，立即去服兵役，甚或考入军校，保家卫国。

回首辉煌百年，往昔已展千重锦；展望崭新征程，明朝更进百尺竿。正值中国共产党成立100周年之际，作为这个伟大时代的见证者，必当不忘初心、牢记使命，兢兢业业，用思想和行动，做一名会学习、不生气、真心爱孩子的老师。且，笔耕不辍，弘扬正气，讴歌新时代，颂扬党的丰功伟绩，携全家人稳步走好新时代的长征路。

原载2021年7月23日《中国水运报》；同年7月，获皋兰县"百年恰风华，奋进新征程"一等奖

16. 山里娃的爱情

早晨起来，阴云淡淡。打开手机寻一个可以随时聊说几句的电话号码，翻来覆去有些踟蹰。微信亦是，总怕打扰。遂打开相册浏览近期活动轨迹，希望寻觅一二张悦目赏心的图片看看，却也枉然。只好伏案写段文字，慢慢忆及过往的艰涩时光……

人生如逆旅，我亦是行人。我是一名地道的农家子弟，生活俭朴，诚实善良，还有些犟！那些年，在乡下小山村里，同窗十载，我和小芳一起学习、工作，相处甚好，我们建立了纯真的友谊。

小芳美丽聪慧，学习一等，工作上进。在我心里，小芳就是一个落入凡尘的仙子，远远地仰慕着。我凭着对她的了解，知道她也喜欢我。不然，小芳怎会屡屡说起我的优秀呢。

每次遇见小芳，心情激动，赏心悦目。那时的我，春风得意，风华正茂，一直默默地关注着小芳，幻想着有朝一日，她为我轻轻一笑。总以为时间很长，她可以等我，功成名就。而后，盼望着一个又一个明天，明媚的彩虹轻轻叩响门扉。我也做了无数次甜美的梦，天作之合，靓丽的小芳非我莫属！

孰料，工作一年后的一个秋天，仙子般的小芳订婚，很快嫁人啦。顿时，乌云密布，所有的自信和虚荣撒作一地鸡毛，美梦剪成泡影。我知道，心里有什么东西碎了，彻头彻尾地碎了。原来，我的喜欢，仅仅是喜欢。胆小怯懦，优柔寡断，迂腐怠惰，甚或一无所有，都成了名正言顺、冠冕堂皇的理由。

落花有意，流水无情。我悄悄撕烂焚毁四五本日记和几十封不敢发出的信，一页一页扒拉着化为灰烬。总也想不明白，小芳说过的那一句句鬼话。或许，可能，差不多吧。反正，真的，其实她的一切，原本跟我没有一毛钱的关系！

一无是处，一向自信阳光的我，自惭羞愧，无地自容，且无可挽回。现实的社会，在小芳眼里，我只是个流浪者，一个爱情的乞讨者。满心守望着一个梦，还没有开始，就彻底醒了，泪水涟涟，成为一生难以痊愈的伤。

"云中谁寄锦书来，青笺匆匆画流年。"我不知道自己该怎么办？再也没有喜欢的人了，连唯一的笔也失去了灵性。世人笑我，命比纸薄，心比天高，只能淡然一笑。只是，那曾经的梦，始终不愿接受现实的吞噬，忍受不了世俗的喧嚣与嘈杂……

清贫的日子里，常常独坐于山隅，默默无语，细数着心事……那时，山村的男孩若想找到心仪的对象，犹如登天般艰难，有的男孩做上门女婿，个别人终生未成家哩。山村女孩少，优秀者更是凤毛麟角。女孩找对象就容易多啦，优中选优，若经济条件好，即便男方相貌粗糙些甚而懒惰愚笨些也无关大碍，很多女孩还被城郊人娶走哩。生活是现实而物质的，容貌粗陋，亦没有丰厚的富贵，始终不受女孩待见，人家凭什么喜欢你呢？不足为怪！

兵荒马乱，寻寻觅觅，满心指望邂逅一位蕙质兰心的女孩，却又百般无着，无可奈何。"欲将心事付瑶琴，知音少，弦断有谁听？"远远望着同龄人出双入对、伉俪情深，独自揉揉吹进风沙的眼睛，恨恨地自语：早熟的麦穗瘪着哩。

徜徉街头，仰望苍穹，岁月的沧桑时刻剥蚀着那曾经仰望天空的夙愿……秋风劲起，落叶飘零，枝丫战栗着。清辉铺地，沉沉长夜，单衣徘徊。从此，默然无语，一个人步履匆匆，来回奔波于孤寂清冷的山路上。远远地逃避着，学会了抽烟，学会了喝酒，学会了迎风疯跑，一切似乎被人遗忘……

几番挣扎，几番奔波。一路追寻，在尘土中保持卑微，在每一个寒风吹拂的日子，一遍又一遍擦拭理想。终于，习惯了迎风奔走，任凭风狂雨骤。

山重水复，柳暗花明。又是秋天，终是觅得一位农家女孩，犹如春风拂面，驱走料峭寒意。从此，孤寂的心，多了诸多踏实，我的心空充满了绿意。无数的日子，连接在一起，繁花满枝。

很多事情，岂能皆如意？不要将就你的爱情，在自律中成长，在自励中突围，在自洽中通达，在平凡中寻找活着的意义。生命是一只蝶，何不翩翩起舞？舞出自己的旋律和风采，使自己在有能力爱的每个日子里闪闪发着光。

一路走来，一些梦想实现：衣食日渐丰裕，置楼购车，生活温馨。漫长的旅途上，风，记得花的香；雨，知道叶的想；天，依然会蓝；叶，仍然会绿。生命卑微，但，眼睛里绝不只看见柴米油盐，更不全为着吃喝拉撒……生活，不仅有琐碎苟且，亦有诗意和美好，更有那铁马金戈、荡气回肠的故事。

又是深秋，登高望远，温暖而亲切。天下故事大多相似，我接纳一切发生在我身上的事，正如山上长的那些草，当然也有花。它们点缀了我，一片绿意盎然或是五颜六色，为单调的我带来生机和活力。现在，我开始沉默，沉默着思考，沉默着看生命的演化，且在沉默中得到了力量。这力量，使我也成为一座可以给人依靠的"山"。

原载 2022 年 11 月 25 日《达州新报》"凤凰楼"；2022 年 12 月 24 日《兰州日报》"兰苑"

想 你

想你
是我千载珍藏的回眸
此生，已经很满意了
喊过你的名字
听过你的声音
牵过你的手

转眼
夕阳悄悄落下
冷月寂寥无音
再也不会炫耀
自作的多情
和那悄悄藏（刻）在心底的疼

17. 兰花嫂

五一放假，乘坐大哥的车一起回老家看看。

中午时分，趁着家人小憩，即去田地里转转。

烈日炎炎，土地连片荒芜，树枝干枯，莎草蒿子丛生，麻雀偶尔飞落着。十年九旱，雨贵如油，庄稼依如往年不景气。无怪乎乡亲们烧香跪拜、献羊祭天，企盼生命之水！

远远发现一个身影蠕动着。渐渐走近，原来是兰花嫂正在种花生。一大块干净沙地里显已播种，却不见禾苗踪影。但见她用宽大的锄头刨开干硬的土皮，再拿土铲使劲儿刨开底土，种下一粒花生，轻轻覆上沙土。兰花嫂说，就盼着早晚下点儿透雨，种子生根萌芽，多少结些花生，秋后卖点儿零花钱，贴补家用！

暗自思忖：播下种子，总有希望！

兰花嫂是我40年前的初中同学。"清水出芙蓉，天然去雕饰。"当年她面容清秀，五官精致，身材匀称，说话时显出几分天真。

初二时兰花同学辍学了，帮助家里去放羊。不几年，就嫁到我们村上。

媒人是村小的校长。校长能说会道："自古以来，男大当婚，女大当嫁。亮亮魁伟，聪明勤快，一表人才。家底殷实，四五十头绵羊，光羊毛能剪几百斤，卖出十几头大羯羊，加上庄稼收入，一年最少超过一万元。这几年算下来，估计存款不下这个数（校长喷着酒味儿叉开五指）。庄前岭后数一数二的头户富裕人家，有啥可挑剔的。"

"一个独子，没人分家产。老人年轻，帮攒放羊种植兼带孩子，一切不发愁。这事儿就这么定了，过几天扯衣服订婚，腊月里把婚事办了，一家子好好过日子！"待在隔壁房里的兰花不停地搓着汗涔涔的手掌，脸庞红红的。

在庄户人眼里，校长博学多识，文化水平高，说的都是大道理。"一口吐沫一个钉。"庄稼人实诚，说一不二。兰花爹抽到几盒好烟，喝过几回美酒，立即答应校长的保媒，把天仙般的兰花许配给了养羊大户家的亮亮。

遇面（相亲）时，校长领来亮亮。果然魁伟挺拔，谈吐儒雅。趁着倒茶端饭的机会，兰花偷看几眼阳光帅气的亮亮，心里甜甜的。这是兰花同学第一回看见可能成为自己男人的亮亮。

"父母之命，媒妁之言。"于是，简化风俗礼节，扯衣服、一次性上足干肥礼，择定吉日良辰。整个礼仪过程中，兰花同学近距离又看了亮亮几眼。

那时，娶亲都在晚上。揭开盖头，兰花发现新房里属于自己的男人，五短三粗，粗壮矮胖，黑不溜丢。兰花明白，人家使了"罩眼法"①。

"嫁鸡随鸡，嫁狗随狗。"第二日，婚宴奢华，嘈嘈杂杂。兰花修长的身材像杨树般苗条，一张生动的脸流露出内心的温柔和多情，长睫毛下的两只大眼睛扑闪着。亲友散去，兰花同学正式做了我的兰花嫂！

那时，小小的我，暗暗发誓，长大后一定要娶兰花般模样的新娘。

斗转星移，日月如梭，30多年过去，今天忽然看见兰花嫂。兰花嫂说："烂泥扶不上墙。自家男人没本事，庄稼地里找不着趟头子。别人家一个个搞生意跑运输，走南闯北，发家致富，买车置楼。自家却连口干净水也喝不上，30多年不曾去城里转过一回。儿女们也不让老娘省心，女儿打工跟着外地人跑了，儿子在外地打工，四五年寄不来一分钱。两口子守着土房子，这日子哪年才算到头呢。这辈子算是毁了，彻底毁在这个窝囊废手里！"

看着兰花憔悴的面容、破旧的服饰，听她粗俗的唠叨，心里很不是滋味儿。地分南北，人有俊劣。如今，很多地方已为了发展得"好"，而我的家乡还为着吃"饱"，差距何止千里？播下种子，真的就有希望吗！暗暗祈祷，愿风调雨顺，五谷丰登！

结局：3年前，兰花嫂在马路边照看孙子时，卒于一场车祸。

注：

①"罩眼法"：农村一些地方因为男子丑陋，常在相亲时寻找他人冒充顶替。一旦娶进门，生米做成熟饭，即无可更改的民俗（当然，秘密进行，一般不会外示于人）。

②习作写于5年前。人物、故事基本真实，细节虚构，尤其人物形象外貌存在美化的成分。

18. 偶过小山村

周日早晨，一行五人自驾，远赴一个小山村随礼。

一路飞驶，微风轻拂，绿意葱茏。田地里，麦苗初长，大豆成簇，给人无限喜意。

在一个叫王家沟的小村驻车歇息。村落稀疏，破败凋敝。一座小山顶上静默着一孔半圆形的箍窑，小巧玲珑，寂然不动。时代发展，"箍窑"这类建筑物已很罕见。此处保留一座"箍窑"，似乎为了留证：一些历史确实不该被彻底遗忘。

当年，物质匮乏，缺衣少吃，可热闹从容的乡村，并不缺少丰腴的欢乐。那土坯的墙、高高垛起的草、清晨喔喔打鸣的公鸡、夜晚的汪汪狗叫声，甚至冬天围在院子四周的麻雀，让乡村自然而灵动，充满着活力和梦想。后来，农村人却不得不携妻将雏，进城谋生，而后扎根城市。

现在，生活水平略有提高，道路通畅，水流潺潺，却依然不可阻挡人们进城的步伐。村庄里却独独没有了人？我不知道，这是村庄的历史命运？还是时代悲哀的嘲讽？没有人的村庄，没有鸡鸣狗叫的村庄，没有庄稼满场的村庄，没有披红戴绿的村庄，没有新媳妇和新女婿的村庄，没有唢呐鞭炮的村庄，没有……这还叫村庄吗？失去的多还是得到的多？莫非从我们这一代开始，将永远抛弃那乡村的家吗？我们的灵魂到底归根于何处，何时才得心安！

下车时，一股浓烈的羊粪蛋的骚味儿扑来，同行者不禁捏捏鼻子，惊诧道，这地方还有这种怪味儿。

城市化的今天，难道我们真的应该遗忘乡村所有的美好吗？

注：箍窑，（gūyáo），用土坯和黄草泥垒成形似窑洞的建筑物。

19. 再见了，小毛驴

　　包产到户后，父亲喂养着一头青灰色小毛驴，用来播种、耕地、拉运，是我们家不可或缺的劳力。

　　小毛驴毛茸茸的，温驯乖巧，行走时"踢踢踏踏"。添草、喂料、饮水等工作完全由父母承包。

　　小毛驴，吃得不多，干得不少！早晚去田间时，佝偻着身子的爸爸，驱赶着小驴车。温和的妈妈坐在车上，一路说笑着，徜徉在弯弯的山路上。

　　父亲去世后，小毛驴的喂养成了问题。养吧，谁养呢，何况也没有实际用处。卖了吧，心中有些不是滋味。

　　2014 年清明回老家扫墓祭祖。一进院门，就有一种冷清的预感。进屋说起，二哥已把小毛驴卖了，有些惆怅和失落。想起近几年老家生活的诸多细节，连睹物思人也不可能了。思念似乎一下子变得空蒙和飘虚，徒增凄凉的感觉和绵长的余恨。

　　现在想来，小毛驴倒也陪伴父母度过了一段幸福美好的时光。我分明意识到，和蔼可亲的父亲连同熟悉热闹的故乡，怕是都会渐渐地远逝。

　　小毛驴的消失或是永远的。再见了，小毛驴！

20. 守望花开
——抗击疫情日记

　　明天和意外，真不知道哪个会先来。2020 年 1 月 29 日开始，疫情突来。居家防疫，坚决执行安排……

　　希望在前，我在守望。早晨醒来，立即关注疫情，恨不立即投入战斗。

　　站在窗前，宽阔的大街，寂寥无声。街道冷清，商场超市、饭店酒吧、公园广场，全都关闭。走亲访友，禁止；同学聚会，不容；朋友相约，不准。人们，均是同一个装扮——戴着口罩。有些彷徨，怎能心安……总以为灾祸离我们很遥远，总以为病毒和我们这座小城无关，却不知道近在咫尺。

　　医生护士逆流而上，奔赴现场；志愿者下沉社区、村镇，24 小时值班值守。每个路口有人站岗，查验绿码、询问去向、测量体温——封城，封路，封不住爱；隔山，隔水，隔不断情。这场没有硝烟的生死阻击战，已然打响！

　　在严峻的疫情面前，没有人是一座孤岛。而我，一名普通的党员志愿者，立即用手机微信群联系学生，核查行程去向、接触人员、身体状况。谆谆告诫：不串门、不聚会、勤洗手、戴口罩、多通风。扪心自问，除了这些，我还能做些什么呢？

　　面对疫情，除了战胜，别无选择。凌晨 2 点了，一点儿睡意也没有。天亮时，沉沉欲睡。办公室通知：立即到单位，参加家属小区的值班工作。

　　责无旁贷，立即行动。困难显而易见：妻子忙于蔬菜零售，肯定脱不开身；儿子明年高考，得按时吃饭，安静复习；妈妈高龄需人照料；我的腰椎隐隐疼痛，何况值班还要接触很多人……既为战役，就没有局外人。作为一名党员，一名志愿者，责无旁贷，立即行动。参加工作以来，只要是单位安排的事，从来用心尽力做好，这是本分。天亮时，简单处理好近期事务，立即准时到岗。

　　防控是一种责任，"社区"就是战场。冷风飕飕，寒气逼人。小区值班主要是蹲点值守，做好门口出入人员的绿码查验、行程登记和体温测量，摸排住户人员近期行程动向，做好宣传引导工作。戴好口罩，立即开展工作。建立防疫工作群，传达通知消息，有问必有答。为小区居民购买蔬菜、酸奶、药品等，步履匆匆，热心细致。

中午一包"老坛酸菜"、一截香肠，吃得清淡开心。

"凡事啊，就怕用心。"小区人口不多，一天出入不过 50 来人。大多时候，安安静静，给人一种清冷寂寥的感觉。一个平凡素朴的人，有幸成为一名志愿者，参与抗击疫情值班守责，我的心是踏实的。此时，我是和千千万万的中国人一起，一路同行，并肩作战。

"爱在左，同情在右，走在生命的两旁，随时撒种，随时开花，将这一径长途，点缀得鲜花弥漫，使穿枝拂叶的行人踏着荆棘，不觉得痛苦，有泪可落，却不是悲凉。"生命、时间和爱，至为珍贵。与其费力地追寻，不如守住身边所有。学会原谅，学会宽容，不过于拘泥、刻板，用行动证明，爱的高尚！

因为需要，逆而风行。我家阳台对面是县疾控中心。几天来灯火通明，彻夜不息。早晨六点，睡梦中的我，忽听窗外传来军队集结的口令声，立即跑到窗边观望。

白衣执甲，逆行出征。狭窄的疾控中心门口，排列着 4 列全副武装的医护人员。铿锵的口令声传来："各组长注意，立即出发。"数声口令，"唰唰"的脚步声匆匆奔向侧旁的"人民广场"。想到这个队伍里，有我曾任教过的数名学生，丽敏、兴花、辛霞、文莲……不禁心生自豪，为他们由衷加油！

"迟日江山丽，春风花草香。"默默祈愿：疫情遏止，人间皆安。待风和日丽，踏歌而行，去看想看的风光，去见那美好的人，去做那喜欢的事。

守万家灯火，候春暖花开，希望的故事，必将在新生的成长中书写、演绎！

人心齐，泰山移。冬天来了，春天还会远吗？

原载 2020 年 2 月 15 日 "江苏紫凝文苑"

21. 厚厚的茧

冬至来临，想起父亲，亦想起他手掌心那厚厚的茧。

生不逢时。3 岁时，父亲的父亲去世了。父亲说，他 12 岁时已经完全担负起家庭的所有重担。

印象中，20 世纪七八十年代，吃饱穿暖是一种奢望。"扬鞭扶犁耕日出，烧水打担夕阳煮。"一身旧衣衫，一顶破草帽，一个旱烟袋，一条牧羊鞭，一把"簸箕锨"……矮小消瘦的父亲早出晚归，播种耕耘，平整土地，掏挖泥沙，翻建老屋，垒猪圈，盖羊圈……

烈日炎炎，风吹日晒。年复一年，春夏秋冬。父亲永远匍匐在家乡这片贫瘠的土地上，浑身有使不完的劲，不知疲倦。且，努力开垦承包地周边的沟沟坎坎、犄角旮旯：麦场边，沙沟沿，山坡角，堤坝畔，种几行麦子、一株苞谷、一垄西瓜或洋芋、栽几株柳树或白杨树。

父亲有四五把铁锨、一把镢头和几把锄头。铁锨有两种，一种圆尖，一种方头。方头的是那种小簸箕形的，一锨就可以铲起很多沙土。那把镢头的锤头和刃刀是分离的，刃刀分为尖刃和方刃两种，根据实际情况更换使用。刨挖松软的土壤时用口面宽的方刃，若掏挖坚硬的砂石，就更换为尖刃，省力些。铁锨、镢头的木把选用结实耐用的槐木或青冈木，不易折断。当然，只是这些工具全凭一双手来操作，手是无法更换的。

细数过往，艰难困苦的岁月、食不果腹的年代，家中一切生活运转全部依靠田地作物来维持。农活烦琐，父亲总是步履匆匆地奔波于田间地头。也曾屡屡跟随父亲参与劳作，平田整地、拉运粪土、锄草施肥、打农药、拔麦子、掰苞谷、摘瓜果……父亲时而用衣襟擦擦汗，时而往手掌心吐口唾沫，搓两下，继续干活儿。

由是，多年长时间劳作磨损，积日累劳，掌心的茧愈来愈厚。

父亲的双手是养家糊口的源泉，凭着一双粗糙的手填饱一家人辘辘的肚肠，不至于受冻挨饿，为一家人带来温馨、欢乐和生活的希望，亦为儿女们铺平成长的人生之路。

父亲性格开朗，为人和善，通情达理，真诚热情，克勤克俭，从不讲究吃穿，只是有点急躁倔强。父亲不识字，他热心支持我们的生活学习需求，毫无怨尤。劳作的闲余，父亲用温和的言语鼓励我们，好好学习，争取考上大学。

记得有一次周六下午我放学回家路上，暴雨倾盆，电闪雷鸣，匆匆奔跑着。突然听见一声洪亮的咳嗽声……抓着父亲那布满厚茧的手，踏实了许多。现在的我，身为人师，怕与父亲日常言行举止的潜移默化是分不开的，笨鸟先飞，未雨绸缪，甚而完全继承了他倔强的秉性。

回想点滴，恍惚如昨。想起父亲，必然想到父亲的双手，想到父亲那粗糙并坚硬的茧。从打短工到贫下中农，从生产队接续包产到户，山路弯弯，呕心沥血，父亲一生倾力于干旱贫瘠的土地，垦殖并收获着微薄的果实。父亲手上的茧，温暖而有力，成为生命力顽强的一种见证。

日出而作，日落而息，面朝黄土背朝天。短暂的84年生涯，辛劳贯穿父亲整个生命始终。从贫穷到富足，父亲是农民（俗语谓之"提铁锨把的"或"捋驴尾巴的"），一生与土地为伴。最后时刻，父亲强撑起身体从县城回到老家，安眠于自己无数次劳作过的山坡上。

农村生活中有一种现象，手掌若长时间接触外物摩擦，掌心肌肉的突起部分就会生出一层肉状凸起，粗糙坚硬，谓之茧。其实，茧是老死的肉，突起的皮，艰辛磨出的结，劳动留下的痕。针扎不疼，刀割不疼，火烤不烫，却让人看着心里很痛！

身为人子，扪心叩问。父亲不辞辛苦，勤劳善良，是一棵大树，遮蔽风雨，呵护我度过童年、少年、青年，成为我毕生的骄傲。父爱是一座大山，巍峨伟岸，肃然尊敬，永远仰望着。

原载 2023 年 2 月 17 日 "甘肃学习强国平台"；2 月 17 日《华夏孝文化》

第三辑

菁菁校园

1. 青海玉云

——我的小学故事

头沟村是九合镇辖属的一个行政村，包括头沟口、孙家头沟、白石头、赵家二沟、张家沟五个自然村。头沟口是村委会所在地，"皋兰县头沟村学校"坐落于村子中央。

1977 年 3 月，8 岁多的我在村校正式报名上学。主课是语文和算术，其他都是不考试的副课。

学校里大约有 12 名教师。听说校长、教导主任和另一位老师是公办的，其他是民办教师。一年级全班共有 27 名学生，其中头沟口 15 名，白石头 6 名，赵家二沟 6 名。班主任是朱老师，他教语文。算术先由校长担任，一个月后调换为一名年轻男教师（据说刚刚高中毕业）。自然、体育、音乐、图画等课程由其他老师兼任。

既然生长于头沟口，上学立即占尽地利之便，好处多多。这是全村最高学府（一年级至初中都开设的学校），设施设备优等（比较而言），科目开设齐全。有时听到预备铃声，都可匆匆到校。偶尔，充分利用课间十分钟，小兔子般飞也似的跑回家取上忘带的课本。"外地的沙子盖不住本地的土。"即便别村最为蛮横霸道的同学，也不敢轻易招惹本村学生，除非他不念书。

显然，其他村子的同学就没有这么幸运。不但出发早、回家晚，长途跋涉，还得饱受挨饿受冻、风吹雨淋之苦。孙家头沟、张家沟好些，一二年级时村子里设有复式班，一名老师在一间教室里分年级分科目完成所有教学任务，升入三年级时才来我们学校合并。白石头、赵家二沟的同学们就倒了八辈子霉啦，得把大量时光荒废在上学路上，早晚往返竞走。中午，本村同学按时回家吃饭了，他们只能待在教室里啃点儿馍馍，怕是连杯开水（或冷水）也无从寻觅。

刚刚入学，同学们很听话，规规矩矩。大部分同学按时完成作业，书写工整。少部分同学的字写得歪歪扭扭，十以内的加减法总是弄错，作业不能按时完成。于是，有些同学开始被老师批评、罚站、斥责。

老师在时，课堂安安静静。老师不在时，教室里相当于圈养着一群小动物，鸡争鹅斗、筛锣擂鼓，甚至鸡飞狗跳墙。

"骡子不死，毛病不改。"有时，老师站在讲台上滔滔不绝地讲课，个别同学猛然低头在桌下偷吃一嘴馍馍，一本正经坐端悄悄地咀嚼。有的同学上午丢盹、下午打瞌睡，永远一副睡不醒的样子。有时，老师突然临时提问，张口结舌，结结巴巴……老师立即大声呵斥道："头像是烧熟的雀（方言读qiao）儿，饿死鬼投胎转世，癞蛤蟆跳姜窝子——找着挨锤锤子着哩……"

为了免受责罚，有些聪明的同学不得不慢慢学会"参考"（抄袭）作业，不至于天天被老师责罚……老师也干气无奈何！

全班同学大多为同宗同族的本村人。早听人们说过，只有姓氏不同的人才可结婚。20多名同学，10名女生不是姊妹就是侄女，别姓的只有赵家二沟的小英和小芬，白石头村的小蕙、小兰。小英有些胖，说话声音大，性子急，我不喜欢；小芬不说话，个子高，岂敢仰望；小兰走路磨磨叽叽、娇声嗲气；小蕙个子小，面容清秀，为人热情，说话和气。

那时，同学们大多腼腆内向，男女生很少说话。值得一说的是，冬季教室内生火炉取暖时，老师把我、小强、小蕙、小兰安排为一组，按时生火、抬水洒地、打扫教室、擦拭讲桌……由于一周一次做值日生的缘故，我和小蕙接触频繁。她也常常问我当天算数作业的答案，还翻看我写的作文呢。不知不觉，每次看见小蕙，脸有些发烧。

每天认真听讲，按时完成作业。相安无事，日子就这样安静地过着。偶尔，也可远远地看看小蕙同学在干什么。

连续两学年（5学期，二年级设为3学期），每次考试我的成绩名列全班前茅，很少受到老师批评责罚，连续被老师评为"三好"（思想品德好、学习好、身体好）学生，沾沾自喜于自己的聪明与勤奋。

寒暑假里，认真完成家庭作业，帮助家里锄草看瓜、放羊挑水，干些零活儿。

升入三年级后，孙家头沟有10名同学、张家沟2名同学与我们合并。原班5名同学留级，5名同学辍学，小蕙也没来报名。班级人数扩至29名，人影憧憧，嘈嘈杂杂。

重新安排座位，我和小玉同桌。小玉个子矮，身体胖，圆脸模样，内向话少，学习也不好。我俩不说话，保持着一定距离。

班主任刘老师是一位知识渊博、和善民主的老师。语文课讲得生动，声音洪亮，板书工稳。他不厌其烦地讲解学习的重要性，可大多同学调皮捣蛋，冥顽不化，"耳朵里塞驴毛——装聋"。有时连课本、作业本都弄到爪哇岛去哩。

很多同学虽然不爱学习，粗枝大叶，但诚实朴素，善良温顺。那时，因为年龄小，男女同桌很正常。但有一种风气不太好，不论男女同学，只要一方帮助了对方，马上就有人窃窃私语，指指点点。这种人有一种无师自通的天然特长，擅长发现，精于制造故事。譬如，众人聚拢谈天说地时，他会说谁谁谁和谁谁谁好上了，是郎才女貌、天作之合的一对。他曾屡屡看见他俩互相帮着写作业，长大了肯定能成两口子。添油加醋，言之凿凿。"跟屁虫"们立即阴阳怪调地感慨一番："猪八戒做梦娶媳妇——想得美。""癞蛤蟆想吃天鹅肉——不知道天高地厚。"当然，他们所说的对象永远是几个温顺腼腆的人。在那些身体强壮、性格粗暴的人面前，唯唯诺诺、夹紧尾巴。

一天中午，聪明的小林忽然说出一个谜语，谜面是"青海玉云"。大家无从着手，小林认真地提示：打一同桌姓名。马上，有人大声喊出名字：玉清和海云。众人哈哈大笑，一下子弄得我俩面红耳臊。从此，我俩只敢占据桌子一角，任中间宽阔地带白白浪费着。小心翼翼地坐在长条凳两头，稍不留意凳子就翘起来。好在，"青海玉云"的风波传播一周多，就烟消云散了。

说实话，心底暗暗羡慕的是小花。小花个子苗条，瓜子脸，大眼睛忽闪忽闪的，声音清脆悦耳。课余时分，不由自主关注着她的美丽灿烂。每日看见她的身影，新的一天开始了。放学后走出校门，目送她的背影远去，我知道，今天结束了。匆匆一年，远远地望着小花摇曳的身影，始终没有说过一句话。反正，小玉与我没戏。要是小花的话，不定发生多少美好的故事呢。

四年级时，刘老师根据成绩高低，再次安排座位。新同桌成了小军，一个秀气俊俏的男孩。小军脑子灵活，学习踏实，尤其写得一手极为方正的钢笔字，令人羡慕嫉妒。于是，我俩认真学习，取长补短。课余时间一块儿玩耍，一起上厕所，形影不离。

有一次，我俩双手手指相扣，玩一种来回推送的游戏。连续推送几次后，难分胜负。谁料，小军在推搡的过程中，猛然用劲儿往怀中拉了一把，顺即丢开双手，一下子把我摔在地面上，下巴都被磨破了，鲜血直流。从此，心怀芥蒂，提防着他。知己知彼，我俩不近不远相处着，直至小学毕业。

时光匆匆。小学五年，语文老师更换过三位，数学老师更换过四位，同桌调换过三位。拿上毕业证书和毕业照，同学们就分别了。我最大的收获是成绩保持在班级前三名，家里土墙上贴满奖状。

几年前，在安宁瓜果自由市场上，偶遇小玉。我们亲热地说些分别后的话，提起"青海玉云"的故事，她笑坏了。从她的电话里，查到小花的电话号码。小花现在开着一家超市，生意兴隆，早就当了两个孙子的奶奶。我们仨添加微信，随时沟通着，逢年过节互相祝福。

2021年疫情期间闲看抖音，忽然发现小蕙村里的人，遂查询到小蕙电话后添加微信。小蕙说，她多年前购房定居都市，孩子出国留学、老公在大城市发展。"一人吃饱，全家不饿。"目前在一家药企打工，挣钱不多，但也饿不死哩。照顾好自己，就是赢家。

至于小军，高考落榜后，远赴外地打工，继而自开一家杂货铺，定居外省。小军是40多年来保持联系至今的小学同桌。

岁月如歌，家里珍藏着一帧毕业照，闲暇时看看。想起同学们，想起那些年一起学习、玩耍、嬉闹的场景，栩栩如生。只是不知道，他们是否记得这段纯真美好的友谊。

整个小学阶段，我们班应该存在过40多名同学，五年级毕业照合影仅31名，是因为小学期间部分同学辍学、留级或转学。辍学和留级的比较多，转学的有2名（1名随父去了新疆，1名随父转入兰州）。

毕业照上的31名同学，约10名小学毕业后辍学了。剩余同学上初中后又陆续辍学，真正完成初中学业的约10名。这些小学同学中，初中毕业时2人升入师范当了教师；七八名升入高中者，1人专科学校毕业后当了国企工人，2人成为公职人员、2人为国营工人，其他人去向不明。

小学的故事多，也很冗长，暂且为止吧。

2. 摸黑生火炉

1977年3月开始，我在村小上了小学。印象里，那时，冬天格外冷也很漫长，教室内冷如冰窖，裂缝或糊纸的玻璃窗户附近，更是寒风刺骨。最冷时段，教室里依靠生燃一个煤炉取暖。

11月初期中考试后，班主任朱老师领着几位男生，从学校库房里抬来一个陈旧的圆形铁皮火炉（当时家里是土块盘垒的火炉）和几截铁皮火筒。

"自己动手，丰衣足食。"中午，趁着阳光暖和，老师安排全班男生有的提水，有的挖土，有的捡拾柴草。用榔头砸碎土块，倒水搅拌和泥。而后，人手一疙瘩黄胶泥，在教室门前平地里使劲儿揉搓掼摔，增强泥巴的黏性。力气大、技术好的俞树春同学（大家习惯称呼其小名"二宝"）自告奋勇，把泥巴一坨一坨小心粘在炉膛里，用手掌蘸些清水把炉膛涂抹光滑。"众人拾柴火焰高。"最后，在炉膛里点燃柴草，火筒里冒出滚滚浓烟，直上天空。

整个下午，"二宝"同学守着火炉时时添加柴草，把炉膛烘干。课外活动时，众人把火炉抬进教室，放置在教室中间靠前位置，安装固定好火筒。大家心里喜滋滋的，掰着指头盘算着生火的日子。

第二天，课间操后，有些男生贡献出自己的草稿本，一张张放进炉膛燃烧取暖，喜气洋洋。

星期六下午，朱老师指派"生活委员"（专门负责班级卫生的同学），前去库房领回六块煤（每天一块）和一水桶煤球。为安全起见，老师以居家离校远近为依据，调整搭配每天的值日生。每组4名，除了负责日常卫生外，更要轮流按时负责生燃火炉。小强、小蕙、小兰和我一组，安排在星期一。小兰性格孤僻，有些娇气。小蕙面容清秀，说话和气，为人热情。放学时，4人做好准备工作。用砖头砸好煤块，在炉膛内撑上均匀的土块，商定下周星期一的生火事宜。我和小强离校近，负责拿柴并提前到校生火，约定搭伴出发时间。小蕙、小兰是白石头的，居住地离学校很远，早晨迟来后负责擦桌面、倒煤灰。

星期天上午，我去附近山坡上捡拾些干枯的树枝。回家后锤头砸成小段，用布条捆紧，放在屋门的侧近。再三叮嘱妈妈准时叫醒，绝不能耽误第二天早晨前去生火的大事，而后早早儿钻进了被褥。

第二天凌晨（家里没有钟表），妈妈叫醒我，说启明星升高了，赶快去生火。穿好棉衣棉裤，脖子里套上钥匙，背上书包，抱上那捆柴，匆匆出门。一会儿，小强与我会合后，立即向学校走去。夜深人静，满村的狗大声叫唤着。

天色阴沉，冷风飕飕，黑咕隆咚。进入校园，高年级的教室里火光闪闪。打开锁子进入教室，点亮煤油灯，点燃几张草纸丢进炉膛，小心翼翼地插入引柴，再把硬柴掺进去。炉子很快蹿出火苗，熊熊燃烧着，火筒呼呼作响。最后，炉内放入一些煤球和煤块。渐渐地暖和了，我俩说说笑笑，等待天亮。

天麻麻亮时，小蕙和小兰来了。我们一起动手，把炉子周围打扫一遍，用抹布擦拭桌面。又来到教室外，挥舞扫帚，将遍地落叶清理干净。

下课后，我们立即跑到火炉旁，添加些煤块。老师说，一定要节约煤块，炉子燃到第四节课就行了，中午任其熄灭。

正式生火后，教室里顿然变得暖和。同学们巴望着尽快调换座位，离火炉近些。一下课，同学们蜂拥围住火炉。个别同学还用火棍穿着馒头烤焦后啃着吃。当然，烤火大多是男生特权，女生远远地羡慕着。

课间操跑操回来，同学们围紧火炉，搓手跺脚。几个捣蛋鬼趁机使劲儿推搡同学，去碰撞那位爱笑的女生。有时，"扑通"一声，火炉轰然倒地。乌烟瘴气，一片狼藉。老师进来一顿臭骂，组织重新安装火炉。烟雾散尽后，第三节下课铃声就响了。

天气越来越冷。星期三一过，煤块完了。星期四及以后，火炉芯死乞白赖地燃着，温不突突的。老师鼓励同学们从家里抱些煤块，记在"好人好事簿"上。

有一次生火，我和小强摸黑到校。生着了火，在炉盖上烤吃洋芋片。天色发亮时，小强忽然走出门，重新锁好门，从窗户上翻进来。不一会儿，听见门外传来细碎的说话声。原来，小蕙、小兰看见门还锁着，就在门外徘徊着。我俩在窗户里边偷偷地观望着。

忽然，小蕙摸索着拉开一扇没有插销的窗户，使劲儿爬上窗台。伸手拉住小兰，让她也站到窗台上。小蕙翻进来，下到地面上站稳，伸手搀扶小兰慢慢下窗台。爬在地面上的小强忽然"哞——"怪叫一声，吓得小兰"啊呀呀"尖叫着掉下来。那天早晨，小兰趴在座位上一直哭到上课，小蕙怎么搞哄也不乖。

小兰胆子小，有过先例。夏天时，小强在上学路上抓住一个蚂蚱带到教室。趁小兰出外时，悄悄夹在她的算术书里。下午写作业时，小兰打开书，那蚂蚱爬了出来，吓得她扔了书，哭了好半天哩。这回，故事重演。至于，小强为什么偏要跟小兰过不去，我也不好胡乱瞎猜。

由于多次一起做值日生的缘故，我和小蕙接触频繁。她常常和我说话，研究作业答案。二年级升三年级开学时，小蕙却没来报名。用现在的话说，可能辍学了。

小学、初中乃至师范学校里，冬天时教室内一直以火炉取暖。生火炉很平淡，没有过太多故事。即便火炉熄灭，也无关紧要，挨冻的又不是我一个人。

岁月如歌。闲暇时，偶尔想起那些年摸黑生火炉、学习玩耍的场景，历历在目。这几年，我曾逢人打听小蕙的行踪近况，却无人知晓。不知，她是否还记得我们那纯真美好的友谊。

有一种遇见

有一种遇见
一眼万年
心动处
都是爱怜

看花绮陌
风绿春山
唯你才是我眼里
最美的春天……

3. 芳华岁月
——我的初中生活

岁月的风轻轻吹过窗台，如洗的天空在雨后明亮，不经意间抖落同学照片，悠长的思绪峰回路转，停留在那些年少时的花间巷道……不知这么多年，你是否想起，想起我们曾一切走过的欢乐时光。

初来乍到

1982 年 7 月，收到"皋兰县中心中学"新生入学录取通知书，忐忐忑忑。

那时，刚刚包产到户。暑假里跟着父母、哥姐们拔麦子、挖（翻）地、摘瓜果，兼顾着放羊拔草、拉水磨面，起早贪黑忙碌着。

开学前十多天，妈妈从商店买回几斤棉花、一条粉色被面，趁着夜晚在昏黄的电灯下缝制被褥。二哥抽空儿制作一个枣色木箱，三姐带我买回饭缸、毛巾、钢笔……因为平时喜欢看故事书，他们坚定地认为我天生热爱学习，不断的鼓励使我上中学后更加努力。

9 月 1 日和 2 日，是通知单上明确要求到校报到的日子。

早晨起来，妈妈在沸水中打入两个鸡蛋，让我吃饱喝足。估计当天就得留校住宿，一周（6 天）后方可回家。她协助我收拾好所需物品，再三叮嘱我要管好东西。听邻家同学说过，学校里有宿舍和灶房，早中晚能按时喝水，星期三、四的中午，甚或打一顿热饭吃。"人生地不熟。"第一次出远门，离别家人，惴惴不安。

紧迫问题是行李如何弄到学校。农活儿忙碌，父亲也不会骑自行车。唯有自己骑着那辆"永久"牌加重自行车驮运，最为可行。暑假里，也曾屡屡在打麦场上练习过。但，要把行李和木箱运到二十里外的地方，绝非易事。

行李必须带上，还得早点儿前去抢床。若迟了，恐怕连床位也没有哩。父亲不放心，坐在台子上抽旱烟。日上三竿，不由急得流泪。百般无奈，父亲把书包和用品装入小木箱，扎紧被褥卷儿，紧紧捆绑在自行车捎货架上。父亲推车，我擦泪推搡着出门。在分岔路口，父亲再三告诫：下坡时一定要推着走，万万不可疏忽大意。

山路蜿蜒，凹凸不平。推着沉重的木箱和铺盖，加紧脚步，努力前行。偶见一辆"解放"牌汽车拉着一车学生飞尘而过，不由急躁起来。

推车走完上坡路，来到"攀道岘"。这是一段从山巅豁岘绕行下山的"S"形盘山土路。左拐90°，右拐45°，再左拐45°，坡度最陡处倾斜度达到60°左右。捏紧车闸，身体极力后倾着下坡后，穿过俞家湾村子，又走过一段平路，终于进入蓝色栅栏的学校大门。

校园里，秋风肆虐，黄叶飘零，三五栋白墙旧瓦的教室默然肃立着。找到班主任朱老师办公室报到交费后，来到山坡前一排陈旧破陋的宿舍门前。倚墙靠稳车子，解开绳索，背着行李卷进入初一（1）班宿舍。

宿舍是一排平房，顶棚黑乎乎的，墙面苍黑，一溜土台上面铺着碎草渣渣，地上抛撒着砖头纸屑，凌乱不堪。十多位早到的同学已抢好风水宝地，正坐在行李卷上说话。于是，在土台空着的地方铺展帆布、褥子和床单，摆齐被子枕头。到了傍晚，约10米长的一溜土台加上两个拐角转弯，硬生生挤下30多副铺盖，每人恰好一砖多的宽度。老师进来检查，临时安排几位诚实些的同学寻找工具打扫卫生。

晚自习上，老师清点人数，提出许多纪律要求。遵守校纪校规，按时作息，认真听讲，好好学习，团结帮助，集合迅速，云云。而后，安排同学们随意看看书，转身走了。

那晚没有电，叽叽喳喳，同学们陶醉于初来乍到、邂逅新友的喜悦中。两节自习课，我们在黑兮兮的教室里，谈天说地，聊叙故事。9:00，下课铃响了，立即飞速跑回宿舍，提着饭缸转悠着寻些水喝！

幽暗的宿舍里，人影散乱，嘈嘈杂杂。吃几嘴干涩的馍馍，不脱衣裤地挤进被褥筒里。熄灯后，同学们意犹未尽，依然窃窃私语。值班查夜的老师拿着手电筒进来呵斥一番后，宿舍才安静下来。

第二天早晨6:30，起床铃响后，操场里响起振聋发聩的《运动员进行曲》。6:50列队跑操，尘土飞扬。四五圈后下操返回宿舍，用湿毛巾擦擦脸，吃点馍馍，匆匆奔向教室。7:40，早自习。

　　学校设有水房，早、中、晚定时供应适量开水。上课期间不喝水，晚自习后若口渴的话，必得忍耐着等待天亮。胆大的同学也会去老师办公室碰碰运气，偶尔讨来一缸生水，几人分享。

　　班主任朱老师和蔼可亲，给我们教代数课。他声音很大，只是吐字不太标准，听不明白讲课内容。他反复强调，同学们一定要明确学习目的，端正学习态度，树立远大理想，长大后成为国家和社会的有用之才。可怎么算得好好读书，读书又有哪些好处，能吃饱喝足穿暖吗？当肚子咕咕叫唤的时候，读读书、写写作业就不饿了吗？夜深时，同学们在被筒里感慨万千，连口水都喝不上，老师说的都是屁话。

恓惶懵懂

　　第二周星期六班会课上，朱老师让同学们背着书包到教室门口站队。一队女生，一队男生，稍作调整，同学们成双依序走进教室，从前往后轮流坐座位。

　　我和一位女生坐在第一排第三列。印象中，那女生个子比我大，面容黑瘦，梳着一条长辫子。第一天，她用右手食指画了一条没有痕迹的"三八线"。这样，我俩各自占据着半边桌子，互不越界。一次自习课上，正专心写作业，突然一书打在我右胳膊肘上，夹杂着粗言俗语的责骂声。原来，我无意中过界了，一下子弄得面红耳臊，无地自容，默然无语，任凭泪水咽进肚里。

　　座位不固定，每周按照竖排轮流滚动，说是为了防止眼睛近视。好多次，人家要走出座位，我让身迟了，她就叱骂着踢凳子。而我走出座位，必然要等人家愿意后站起让身，方可贴紧桌沿走入。若出现擦身，必定受到白眼或辱骂。下课后默默坐着，除非尿实在憋不住了才出去。后排同学们却从不这样，他们不但亲热地聊天说地，嬉闹玩耍，还随意调换座位。于是，心底盼望着老师赶快重新调整座位，把我和她分开。

　　学校有灶房，每周二、三、四中午，供应些杂面（不白不黑）馒头、白菜萝卜或洋芋疙瘩。一个馒头四两饭票（饭票必须自己交面换取），一勺菜1

角钱，数量不足，质量难说。打饭盛水不需要维持秩序，那些人高马大、利索麻利的角色，永远你争我抢、推推搡搡。肥胖的大师傅（我们把做饭的人称为"大师傅"）常常把硕大的饭勺伸出窗口，击打那些可能挤破的头。轮到后面，要么剩菜残汤，要么空手而回，不足为怪。

国庆节前夕，全校举办为期三天的运动会。身体瘦弱的我没有适合的项目可报，就坐在凳子上傻傻地看热闹。中午时，宿舍门前熙熙攘攘、肉香浓浓，那白菜萝卜或洋芋疙瘩里飘着数粒猪皮蛋蛋。"运动员"们蹲在墙角，津津有味，大放厥词："恁贵的价钱连块正儿八经的肉也没有，好肉一定是被狗娃子们偷吃了，让爷们喝汤、啃骨头渣渣！"

有一天，同学们幸灾乐祸地争相传说，中午时盛饭的勺子被人从窗口凭空夺走，平日里傲慢的"大师傅"骂着出门追打肇事者，竟被几个初三年级的"侠客"联合收拾了一顿。

星期五的夜晚，老师往往不查夜，30多人的宿舍里吵翻了天。牙碴客们讲些雅俗共赏的故事，同学们哈哈大笑，其乐融融。

仔细想想，那时的我刚好13岁，个子小，面黄肌瘦，头发乱蓬蓬的。黑兮兮的黄布制服，膝盖鼓包的灰色裤子，脚尖顶破窟窿的"牛眼窝"条纹鞋。不会花钱，一根3分的"豆沙"冰棍、5分的"奶油"雪糕、5分一勺的"酸沙枣"不闻不问，亦不奢侈地打饭吃菜。提着饭缸排队近1小时，打回60℃的热水，泡块馍馍，撒些盐，连喝带吃，肚子就饱啦，有时还自备一瓶咸菜呢。星期四时，馍馍发霉了，依然严格执行分配计划，将就着吃几嘴，不至于断顿。一瓶墨水、一支钢笔、一块橡皮擦、一副三角板、一个圆规，连用几学期。衣兜里存着几元钱，长期原封不动，以备不时之需。

我们初一（1）班，有个叫小玲的女孩，衣着时新，身材瘦削，眉清目秀。她学习好，成绩高，令人羡慕。我侄女小梅，成绩第二名。几位男生，成绩也高，接下来是我。对亭沟的小宏、小惠哥俩学习很认真，晚上拿着手电筒在被褥里偷偷地学习（怕老师发现亮光）。我不知道学习到底有什么好处，为什么要受罪读书。于是，极其渴盼回家，吃饱喝足，一觉睡到自然醒。

一天傍晚，全校同学去小涝池村看电影。我们在乡政府门前肆意游逛，聊天闲谝。牙碴客小坤当着众人的面，大声地喊我的小名逗趣。欺人太甚，好友小旭看见，一个耳光打得他瞠目结舌，灰溜溜走了。

11月底，蓄水池临近枯竭，池底蹲跳着几只癞蛤蟆，浑浊不堪。连着几周，端着半缸滓泥味儿水凑合着。

这段时间老师疏于管理，晚上放学后不上晚自习，就跟着村子里早晚走读的同学偷偷地跑回家去。繁星满天，踏月归家，还能赶上吃顿妈妈的苞谷面馓饭或洋芋疙瘩。第二日早晨5:30，晨曦微露，摸黑出发，小跑着按时到校。令人高兴的是，亲戚的八哥弄到一辆没闸（刹车）的破旧自行车。他骑车把我捎在货架上，一路飞奔。一天早晨，地面有些雪，下"盘道岘"时，坡陡路滑，操控不当，"脚闸"突然失灵。车子冲下四五米高的悬崖，两人被甩出十几米远。八哥脸色蜡黄、汗珠滚落。现在想起，心有余悸！

岁月如常，平平淡淡。每天的每天，老师们按部就班讲课，布置作业。我们勉强听讲，努力完成作业，懵懵懂懂，日子不咸不淡地过着。

转眼，天寒地冻，期末考完试，立即收拾行李卷儿打道回府。后来，又骑着自行车取回通知单。我的成绩总分排在班级第七，不好也不孬。

短暂的寒假里，帮助家里做些家务，完成寒假作业。

1983年3月1日，报名抢床铺，班主任换成辛老师。辛老师身材匀称，白白净净，温和善良。一切如常，同学们自由散漫，课堂纪律涣散。

开学时老师说过，座位暂行自由组合，待稳定后重新安排。盼星星盼月亮，第四周星期天晚自习上，辛老师调整座位。同学们暗自喜悦着在门外列队，一双一对走入教室，依序坐好。那些头脑灵活、眼疾身快的同学，立即选择自己中意的同学捉对站位，甚至男男、女女自愿结对同桌，老师也不计较。当然，大多数同学听话温顺，服从安排。

艰难抉择

幸运的是，我的同桌更换为小兰。小兰身材高，短发，大眼睛，圆脸模样，是一位热心善良的女生。有时我占用大半边桌子，摆放很多书本，抑或擦身进出座位，从不计较。她学习一般，若有作业题不会做，就主动向我讨教。

晚自习上，她拿来几枚绿杏悄悄给我吃。桃子熟时，又提着几个桃子一起分享。星期六放学路过她们村庄时，甚至邀我去她家喝水。于是，默契相伴，留下了深刻的美好印象。喜新厌旧，完全忽略原来的同桌，以至于后来都不知道她什么时候辍学了。

20 年后我的工作调入县城后，曾在社区遇见小兰。"受宠若惊，谢谢你记得我，当年没有藐视我们这些差生。"她开心地说。于是，保存电话号码，添加微信联系着。

当时，宿舍潮湿阴暗，同学们把装馍馍的布兜横七竖八地悬挂在房梁上。突然有一天，班主任要求必须把布兜装入木箱里，使宿舍干净整齐，迎接学校每周的卫生检查评比。天气热，装在木箱里的馍馍很快就发馊了。无奈中大哥在食堂给我交了二十多斤面，换回一些饭票。这样，我就可以在没有食物吃时，用饭票兑换几个馒头甚至打顿面条吃。

一次中午下课后，尽管我如兔子般跑回宿舍，拿上饭缸去打饭，灶房门口却早已排着两列长长的队伍。原来，有的班级是体育课，同学们在课前已把饭缸放在食堂窗台上。还有一些第四节课不上的同学，他们专门等着打饭呢。队伍慢慢前进，不断有人插队，或把饭缸捎托给队伍里的战友。一个多小时后，终于轮到我把饭缸从窗口投进去，从另一个窗口端出自己的饭缸。喜滋滋地端着香喷喷的面条返回，筷子一扒拉，忽然发现里面漂浮着一只"潮虫"。一下子，吃饭念头顿消，悄悄把饭倒在宿舍旁的垃圾堆里。那些饭票，只能打些馒头吃。

1983 年 9 月，升入初二（1）班，胡子拉碴的颜老师接替班主任。小兰个子实在太高，被颜老师调到了后排。新同桌腼腆内向，不声不响，以至于我总是忽略她的存在。这个阶段，班上转来一位兰州女生。她衣服时髦，身材匀称，五官精致，眼睛好看，立即引起同学们的目光。那女生活泼可爱，经常和同学们围坐着说笑，一块儿跑步、打篮球。甚至晚自习后，趁着朦胧的月光，和几位同学去马路上溜达到半夜三更。

颜老师任教地理，脾气好。地理是副课，正式招生不考试，没人认真听讲。同学们说他啰里啰唆，是个纯粹的"榆木疙瘩"。颜老师主编校刊《小草》，他鼓励我投稿，在《小草》发表处女作《我的理想》。

课堂纪律涣散，吵吵闹闹，无休无止。初二临近结束，我的成绩总分依然徘徊在全班第七八名。寡言少语，迷迷瞪瞪。偶然一天竟破天荒地冒出一个想法：既然成绩低，何不留级重学一遍，保不准提高成绩。这鬼主意一旦产生，即与身畔同学商讨，得到很多响应。回家后，又把这个打算说给父母，他们坚决支持。回到学校后，约伴寻求校长、颜老师同意我的想法。开明的韩校长听清理由，一口应承下来。

1984 年 9 月，我当了光荣的留级生。20 多名留级生和 30 多名新生组成崭新的初二（4）班。班级人数猛增为 60 多人，且多为一些虎狼（学习方面的厉害角色）之辈。学区校长的聪慧女儿、校长的大千金、班主任李老师的亲弟弟、学区会计的小儿子、数学老师的尕兄弟、物理老师的小妹妹和各村领导的儿女或弟妹……他们吃住安暖，专心致志，岂可小觑？

班主任李老师二十出头，相貌魁伟，说话干练。他教数学（初三时增带化学）课，口若悬河，如数家珍。讲着写着，下课铃响，意犹未尽。上数学课时，同学们全神贯注、聚精会神。李老师擅长检查提问，设若谁没有完成作业或回答不出名词解释、定律、公式，就用细长的教鞭说话。那些"一问三不知"的人只能哭鼻子、抹眼泪、腿肚子发颤……李老师怒气冲冲，仿佛欠他八辈子债似的，不依不饶。

英语课俞老师也是男的，20 来岁，年轻体壮，穿一双白色球鞋，早晨在小树林里偷偷"耍拳"。但凡上课，万分威严，提问单词、短语、句型和课文背诵，一句不合他意，疾言厉色、责骂呵斥。同学们噤若寒蝉、诚惶诚恐地写保证书，唯他"金口玉言"，马首是瞻！要命的是，中午或傍晚放学后，俞老师特意安排十几个人蹲成一长溜，用小木棍在地面上画画写写，"叽里呱啦"地背诵。俞老师吃饭回来后逐个检查，不厌其烦。

其实，语文、物理、政治等老师，大多不错，抑扬顿挫，幽默含蓄，但与上述二位比较，温和多余，威严不足，就不费笔墨啦。

李老师平日里一副凶神恶煞模样，常常拿着教鞭生气发火。按照他的要求，不得不反复背诵名词定律、概念公式，劳心费力地思考演练习题，一遍又一遍。从此，慑于呵斥责骂甚至教鞭威力，再也不敢偷跑回家。

孜孜以求

从此，住宿校园，认真听讲，摘抄笔记，起早贪黑，背背记记。李老师安排我坐在第一排，老师们提问时首当其冲，舍我其谁。留级的感觉是，新生们愚笨痴呆、幼稚单纯。留级生们早晚爬守在课桌上写写算算、背背记记。我们泾渭分明，没有默契可言。

三坪的小玲学习好，她身材微胖，不善言谈，并不讨人喜欢。同桌是个秀气的新生，我俩基本没有共同语言。每天晚上两节自习课，用心处理作业，复习精要内容。有时停电，转身凑在后桌小珍的桌旁，沾点蜡烛的余光随意翻阅课本，心底充满不安和歉意。

第二学期，同桌换成男生小林。小林的综合成绩与我接近，令人不安。他是走读生，每天按时回家吃饭，骑车来去如飞，羡慕着他的潇洒和自由。同桌关系仅限于白天，晚自习时，我独占桌面，无拘无束。

那段时间，恰好流行武打小说：《倚天屠龙记》《白发魔女传》《神雕侠侣》《萍踪侠影》《绝代双骄》《碧血剑》《鸳鸯刀》《侠客行》……一本又一本，同学间秘密借阅传读，神乎其神。延至后来，同学们用课本书皮作封面，公然在课堂上浏览，津津有味、痴迷如醉。小林就是典型的代表之一，书包里时时更新着武打小说。我俩各行其是，互不干扰。

一学期下来，他的成绩一塌糊涂。参加工作后，我专意骑车去他们村庄拜访，意图恢复那纯真的友谊。寻到田间地头，小林背着水壶正给莲花菜打药。

笨鸟先飞。那些时日，养成早起晚睡的习惯。天刚麻麻亮，立即起床，顾不得洗漱吃喝，赶紧背诵名词解释、定律公式、单词或句型课文。晚上10点多了还不肯入睡，担心明天老师会检查提问。这样，每天痴迷淹没于"数、英、理、化、语"的题海练习中，不敢丝毫疏忽。

一马当先。一次，我奢侈地花去3元人民币，一次性买足50张"麻纸"（祭拜祖先专用的粗糙灰褐色草纸），订了五本草稿。一个阶段后，我的数学、英语连带其他科目测试成绩突飞猛进。期末考试，成绩总分排名如黑马般蹿上班级第一名，不但超过聪慧的小玲，甚至夺得初二年级冠军，威名大震。

9 月，全校举行表彰大会，灰容土貌的我胸戴一朵红花，气宇轩昂地走上领奖台，从校长手中庄重地接过鲜红的奖状和一个装着 7 元钱的信封。从此，李老师骄傲自豪，把我看成一件珍宝，认为自己知识渊博，教学水平高。

俯首是秋，仰首是春。事实证明，初二留级的选择是英明而伟大的。此后，每天沉浸于学海王国，沾沾自喜。这期间，很多同学甘愿做我的死党。先是三道湾的小文，晚自习后早早弄好床铺，等我合铺睡觉；兰沟村王家庄的兴河，按时为我盛水打饭；小烟洞沟的元昌星期天下午早早盼我到校，形影相随。几位学习好的女同学时常围在身畔研究习题、讨教问题，笑容灿烂。

滴水穿石

强手如林，虎视眈眈。1985 年 9 月，升入初三（3）班。班级新增从嘉峪关市转来的小凯、二班拆散后的小英等 10 多名同学。除了本班藏龙卧虎、枕戈待旦外，多次听老师夸说起同年级三（1）班的小红、三（2）班的小德等聪慧绝伦，厉兵秣马，岂甘人后？

乾坤未定，不敢旁骛。生活简单到匆匆走进教室做题、急急回宿舍吃喝、小跑着上厕所尿尿，不再有饥饿冷暖的感觉。原来，人一旦专注于某事，就会特别忽略身边一切。

此时，同桌换成小军。小军曾是小学同桌，多年前我俩已建立纯真友谊。此时他一身戎装（他四哥是解放军），五官俊秀，英姿勃发，吃住在三哥老师的办公室。不但学习认真，成绩优异，且写得一笔工稳流畅的钢笔字，令人羡慕。而我一介贫民，形貌猥琐、灰头土脸。没有证据表明，这次座位调整是否与他三哥老师有关。

我俩坐在第一排。我的眼睛近视，黑板上的字和习题纯粹看不清楚，困难多多。小军即为少年好友，乐观爽朗。他主动给我翻译黑板内容，把整齐的课堂笔记拿给我抄。我俩共同研究习题、商讨作文写法。形影相伴，默契配合。停电或口渴的夜晚，一起去他哥哥办公室里复习，看书做卷子，免费用灯喝水。

争分夺秒，默默努力。那段日子，同学们的身影早晚徘徊于教室周围的林带里，背课文记单词……因为忙碌，同学间熟视无睹，来往不多。

时光匆匆，第一学期结束，张榜公布期终考试成绩总分，我依然是年级第一名。老师们笑容满面地鼓励：百尺竿头，再接再厉，前途可望。

狭路相逢，勇者胜。当麦芒闪着亮光时，我们积极备战中考。老师常说："中考决定你能不能跳出农门。它就是千军万马过独木桥，决定你将来端铁饭碗还是瓦钵，穿皮鞋还是穿草鞋……"填报志愿时，我是茫然的。不管啥学校，考上就行了。李老师说："你成绩好，报考师范吧。师范费用低，还有生活补贴。四年毕业后直接当老师，就有工资了……"

1986年6月初，李老师一脸喜悦地当着全班同学说：上级给学校分配一个直接保送中师的名额。他已向校长竭力推荐，据理力争，保送名额确定下来是我。保送意味着不必参加预选和正式考试，直接去上师范。毕业后即可分配当老师，一辈子的饭碗挣哈佬。喜从天降，春风得意。同学羡慕，爸妈和哥姐们为我高兴。感谢李老师，为人公道正派！

6月中旬，李老师神情沮丧地说：那个保送名额作废啦。上报的审批表成绩一栏中，漏填体育成绩（初三年级时学习时间紧张，体育课实际不按课表执行），审核没有通过！晴天霹雳，明明说定保送，谁料鸡飞蛋打，空欢喜一场！四处打探，有人说是保送的人委托他人填写表格、撰写鉴定时，无意中遗漏体育成绩。诉求无门，暗自发誓：狼心狗肺，伤天害理，毁我一生。若遇见填报表格的，必定讨问个究竟，狠骂一顿，以解此生心头之恨！

6月下旬，按期举行初三年级中师中专预选考试。考场严肃隆重，单人单桌，两位老师巡考。三四天后公布成绩，17名同学（其中一名同学因户籍不符要求被剔除，增补第18名）光荣入围，我的名字赫然列在首位。6月底，17名同学乘车远赴县城参加正式中师中专招生考试，其他200多名同学则赴另一所中学参加高中招生考试。

"十年磨一剑，出鞘必惊人。"7月的一天，捷报传来，金榜题名，喜极而泣。诚恳赠送李老师一支钢笔和一本日记，略表感念之意。那天，骑着自行车徜徉在取回通知书的弯弯山路上，风驰电掣，几欲飞翔。

1986年9月，升入师范。岁月柔和，阳光明媚。此后过往，皆为序章。

友谊之树常青

初中毕业出了校门，同学们各奔东西，只能依靠书信与小军等同学来往。（此处节选小军的一封来信摘录如下）

一别天涯，近来可好？

我的学习情况想来你也知道，不是很好，但我一直努力着。我要好好学习，争取考上大学，以报答那整天背朝烈日、面朝黄土的爸妈。学校管理混乱，教室纪律混乱，老师讲课听不懂……我烦恼、痛苦，可这一切又能向谁诉说呢？我悔恨自己，悔恨自己在小学、初中时没有打好基础。我也说不上到底应该怎么办？

同桌相伴，也算有幸。相聚匆匆，分别后才觉得时光短促。你的热忱、正直、勤奋给了我深刻的印象。"苟富贵，勿相忘。"无论走到天涯海角，我会永远记着你，希望你以后不要忘记我。

前路漫漫，不知何日才会相逢？满腔留恋化作一腔祝福。

友谊之树常青。祝你：一帆风顺，学业早就，前程似锦，生活幸福！

书难尽言，见字如面！

也曾应同学书信邀约，前来高中相聚过一回。

时值隆冬，天寒地冻，宿舍门前坚冰盈尺，里面火炉冰凉，冷如洞窟，乱七八糟。记得那是一个雪花飘飞的周天，四五位男同学，披着棉被、学着抽烟。我们含泪鼓励对方，好好学习，努力奋进，永不言败。

"落在孙山后，榜上终无名。"后来，大多数同学屡试不第，回家务农，继而加入打工浪潮，游走于社会各阶层……初中时段邂逅的二百多名同学中，升入中师2人，中专4人（含1名技校），进而毕业后就业。近30名同学升入高中，最终三五名因考入大学获得工作。另有4名同学因其他原因谋得公职（公务员或国企工人）。如此算来，真正完全依靠读书走上谋生之路者，二十不及一。唯其珍稀，人人向往之，值得一搏。

知行合一

滴水穿石，千淘万漉。窃以为，读书升学不外乎平静向上的家庭、民主管理的校园、博学热心的老师、孜孜不倦的努力，还需三分机遇。相辅相成，缺一不可。

读书升学，需要平静向上的环境。自入学始，尽管家庭极端贫困、劳作繁忙，但父母兄弟姊妹们倾力支持。他们乐观坚强，无怨无悔，为我提供一个安静向上的家庭环境，成为我努力学习、提高成绩的坚强保证。一路跋涉，强手如林，与诸多出类拔萃、条件优越者奔跑，最终谋得一席工作，实属侥幸。

学校并不神圣。好的学校不但体系成熟，管理到位，服务齐全，民主平等，知行合一，永远从实际出发，充分尊重每一位莘莘学子，以保证他们有所思考、自由学习的权利。让学子们目标明确、信心十足、持之以恒地努力奋进。此所谓"校风正、教风浓、学风厚"是也。不至于抛弃主业，无序折腾，"东一榔头西一棒槌"，"眉毛胡子一把抓"，到头来"竹篮打水一场空"。甚而，唯利是图、任人唯亲，把规章制度贴在墙上、挂在嘴上，却从不落实在行动上。

一名好老师不仅平易近人、博学多识，更需勤奋上进。他会认真讲课、耐心指导，负责任地鼓励学生进步。入学以来，遇见十几位老师，有些真的不错，知识渊博，作风民主，管理严格。而我因着成绩颇高，屡获"三好"桂冠，完全得益于老师公正民主。

只是，部分老师学识水平欠缺颇多，实在不敢苟同。有些老师是小学（或初中）毕业的民办教师，抑或后来转正的，有些是"工农兵"大学生或部队复员安置的。兼之本身不爱学习，得过且过，岂敢恭维。除了骂人，还会干什么。有位政治课老师，身材魁伟。一次他在隔壁班讲课时，忽然一脚踢开我班教室门（没有老师，吵闹厉害），大步跨进来大声斥骂，手指直接指向坐在第一排的我，命令我站起来说出吵闹学生的名字。我吓坏了，红着脸不敢说话，他一个耳光打得我头晕目眩。更有一次，早上第一节课，我班依然没有老师，嘈嘈杂杂。隔壁上数学课的老师推门而入，大声呵斥着把全班同学赶到教室后面的屋檐下罚站。天寒地冻，地面积雪，一站两节课，同学们瑟瑟发抖，无人解救……当然，一切不可一概而论，尤其忌恨那些呆板冷漠、不闻不问的老师，永远一副与己无关的模样。

明确目标、有了追求，生命就有了动力，自会竭尽所能。求学路上必然遇见各种问题，但内心坚定，把全部心思用在学习活动上。三人为众，对手就在身畔。学习本是与同龄人赛跑，名额有限，舍我即你或他（她），不可兼容。只有超过他（她），才有资格和新对手进行下一轮竞跑。你的点滴进步，哪怕微乎其微，也是进步。若不能超越，至少紧随其后。或许，他是冠军，那你还可成为亚军、季军……

"只要功夫深，铁杵磨成针。"学习是一个漫长的过程，持之以恒，总有收获。其间，若是受到干扰，甚或较为重大事件（可理解为一句话的伤害及以上）影响，必然前功尽弃，一无所成。至于学习所具备的条件，如聪慧程度、物质供给、精神鼓励等，岂可同日而语，等量齐观。

无奋斗，不青春。我是幸运的，即便初二学习成绩差，校长、班主任开明通允，也算遇到属于个人的良好机遇。更多学生辍学、留级、转学，乃至毕业落榜，原因多多，错综复杂。初二时曾遇见2名留级同学，后来初三又连续复读2届，终至成功升学。高中曾有2位8年复读的同学最终考学。当然，这些个例背后，必定有着一定的深厚背景。

"世上无难事，只怕有心人。"总体而言，凭借读书就业者十分有限，当是一个不争的事实，少说些吧。

心花碎念

悠悠岁月，风住沉香。蓦然回首，仿如昨天……初入校园，恓惶懵懂，饥渴劳累；奋勇争先，水滴石穿；报送未遂，破釜沉舟；"千淘万漉"，金榜题名，博得生命的华丽绽放。只惜，四年匆匆，还没来得及看清同学模样，我们就散落天涯，兜兜转转，末路殊途。读到《芳华岁月》系列初中生活记后，文友们纷纷留言夸赞。

微信读友"心念芊芊"说："书到用时方恨少，事非经过不知难。系列佳作总是让人忆起过往的点点滴滴。只恨自己当时没好好读书，现在有想法也无法用文字表述一二。

"想起初中同桌的他，那时的我太豪横，不让同桌（男）碰。若他不小心碰我一下，必定遭我狠狠地瞪几眼。他小心翼翼，每次下课活蹦乱跳，上课昏昏欲睡。考完试，老师拿我和他对比羞辱一番。后来他放弃学业参了军，突然觉得自己有愧于他，他的弃学可能就是因为我。

"高一时的同桌才可怜，他说：'我怕看见你那牛眼睛，一瞪吓死人。'可惜至今没联系上。

"高二时一次偶遇初中同桌，他不再是当年的鼻涕糊着嘴皮、脏兮兮的邋遢鬼，而是干事雷厉风行、英俊潇洒的帅小伙啦。当时匆匆，聊了寥寥数语，觉得他言谈举止已不是当年的他，我的内心才稍稍有所安慰。再后来他退伍当了老板，似乎觉得参军也是出路，改变了他的命运。也许那时我真的太豪横，以至现在和他说话，他都小心翼翼，说怕我'骂'他呢，我给人家心里埋下了恐惧的心理阴影。

"'三百六十行，行行出状元。'现在同桌的他，过得如鱼得水，我的负罪感减少许多。我知道读书可以改变命运，但不一定所有的人只有上大学才是出路。"

一位多年前的同事"荷叶田田"（微信名）读了《芳华岁月》后，有感而发，洋洋洒洒。兹录全文如下：

"读了你的'芳华岁月'系列故事，让我重回少年时代。尼采说，哪个少女不怀春，哪个少年不多情。想起自己当年，忽而忆及一男生，竟自羞红了脸……想他何用？瘦高似麻秆，学习无长项，成绩只我之二分之一甚或三分之一，便要弃之不想。

"偏偏这大我几岁的哥，气场强大（今知风趣幽默），哄得清纯女生开心不已。无奈中自己只好暗自神伤，枉然生气。心中不由得怨恨他身边那些胖女生们，以为男生都喜欢肥美，而自己太瘦太高。

"不知何故，有一天老师竟把他安排成了我'同桌的你'，噢！天啊！怎么可以！于是，我坚决不和这个同桌说话。遇上我估计他也无奈了，怎么都撬不开我的嘴巴……但早酥梨熟了，他上学书包里多背几个，见到我就用白皙修长的手双捧给我。我摇摇头，一句'我不要'回他。我可不是随便要男生东西的女生（其实在那个年代，水果对我们太太珍贵）。见我不要，他也不语，只一个劲往我桌仓里放。我阻挠，很不易，又怕别人看见更不好意思，只好作罢……

"其实还有不少。比如他见我犯难，就拿我的作业本会去给我装订、包皮（我住校，他走校），做的活儿比女生细，我吝啬地终于回他'谢谢'二字。考试我考得好，他分数少得可怜，老师拿我骂他，自己又忽然觉得对不起他。他闯了祸，不上学了，我知道了哭得稀里哗啦，而他却不知。

"只是他早知我爱书爱文学，临走送我一本厚厚的《平凡的世界》。此书当时对我而言堪称珍宝，可它又怎抵'他'的离去……十多年后，当我坐车回家，忽在人群中发现一个熟悉的身影，是他！果真是他。发觉是他的同时，我早已面红耳赤，紧张得不知所措。幸没被身边的陌生人发现，否则更难堪。我终于没有勇气唤他一声，只悄悄把座位挪到了不易被他发现的地方……斯人在心，岁月不老。

"我把故事说给身边朋友，大家纷纷笑我没出息，骂我不长进。不知你怎么看，是不是和一个大大咧咧的人极不相称……三十年前校园中，羞涩兰兰初动心。怀春偏不言春，欲见而又怕见，怎一个羞怯了得！"

晚风习习，回首走过的路，遇见的人，遇过的风景，有多少人几番事流淌在记忆的长河里？常常想，假如初中毕业后我也回家，不知道现在将会以一种什么形象出现？一切无可想象，可惜，没有假如。

多年来，很想写篇文章纪念那曾经的青葱岁月，却又不知如何说起，或不忍再让痛楚的记忆泛起。今天，在生命的轮回里，终于大胆敲下这些文字。为自己，为同学碧绿成一叶轻帆，谱成至诚之音，囤积我们曾经的爱、真诚与友善。

友谊之树常青！愿，时光能缓，故人不散。衷心祝愿我的同学、同桌，健康快乐，平安吉祥！

无　题

自幼生来天姿佳
浅笑淡淡醉朝霞
同窗舍友悄悄夸
卅载一梦正开花

4. 初中同学叶子

这些天，忽然遇见初中同学叶子，风采依然，笑意盈盈。

30 年前，我在一所乡村中学读书。课间时分，不经意间发现隔壁班级有位名叫叶子的女孩，高高的个儿，眉清目秀，楚楚动人。于是，特意关注着，希望熟识。

记忆中，一次周六放学，恰好撞见徒步行走的叶子，衣袂飘飘。适逢上坡，我把自行车给她。她推着去走那陡峭的"S"形盘山路，我去上一条羊肠小路的捷径。

谁料，上到山顶，左等右等，却不见叶子和自行车的踪影。天气炎热，一路走着，指望沿途碰见。一走七八里，在岔路口，才看见叶子坐在阴凉处歇息，汗涔涔的脸上一副从容得意的模样。看来，她对我并不陌生。这样，我俩熟识啦！

于是，周末放学，奢望邂逅。那个阶段，恰好流行《在那遥远的地方》，便把叶子幻想成"好姑娘"："她那粉红的小脸，好像红太阳……"电视连续剧《婉君》热播，又把她比作"婉君"："一个女孩名叫婉君，她的故事耐人追寻……"后来，因为同路回家，也曾多次相遇。

一次周日上午，路上偶逢叶子。那天，阴云淡淡，刮着大风。叶子骑着自行车，货架捎着一床崭新被褥。一路同行，聊说些琐事。叶子说，姐姐出嫁呢，这是妈妈订购的婚被。分路岔口，叶子从布兜掏出三五只青涩的苹果，硬塞在我的手中，脸色绯红。

9 月开学，叶子辍学啦。那时，信息不畅，无法联系。

2005 年 7 月的一天傍黑，门口买菜时，忽然发现卖菜的竟是叶子。看见我，叶子非常高兴。后来的后来，依然无法联系，似乎所有的故事就此结束！

2016 年秋季的一天，叶子忽然打来电话。她说，查到我的电话号码，特意询问一下孩子读书及补课的事。喜出望外，顺便加了微信。从此，每逢过节，都会收到一份浓浓的祝福！

2018 年春，叶子来电询问楼房价位。9 月，从微信里得知，叶子已搬进新的楼房。哎呀，太好啦，趁时光还好，那就相约回看那段随风飘远的美丽岁月，慢慢回忆曾经走过的苦涩艰辛，抑或甜蜜快乐。

出门山水绿，花开在梦里。有一个夜晚，和风轻抚，假山池沼旁，叶子一袭风衣，长发婆娑，微微一笑倾城。坐在山尖，仰望繁星，指指点点。纤纤素手，何止是浅笑回眸？

茫茫旅途，峰回路转。今日相逢，淡定若兰。其实，关于叶子，只是熟识而已。让我以朋友的身份，不近不远，常常牵挂，远远欣赏。

岁月蹉跎，见与不见，美好如初。

重　逢

我们谈谈母校

山坡上那间简陋的校舍

那些背着书包的故事

坐在教室里

一位校园诗人

和一朵校花

也谈谈

在墙外的树林里

把手绢丢在地上

有人捡拾给你

红着脸庞

涩涩地给你一封信

5. 同学，你好

——榆中东古城之行记

"海云，明天早晨走榆中！" 2019 年 8 月 18 日傍晚，小俊激动地说。欢悦顿生，奢望榆中之行。

19 日早晨，如约出发。纯白"SUV"一路飞驶，班长、小军、小俊一见如故，仿如读书时节，胡拉混扯、海吹神聊。白虎山前四年同窗，亦师亦友；苑川河畔卅载不忘，同心同念。想到即将重逢同学，暗自美在心里。

11:20，在导航引领下，沿着似曾熟悉却又陌生的村道，我们到达东古城村。十多位同学陆续到来，久别重逢，千言万语，娓娓叙谈。

蓦然回首，仿如昨天——四年时光，恓惶懵懂，团结友爱，和睦互助。毕业后，没有电话，信息不畅，交通不便，我们失去了最美的联系。只记得，懵懂学子，天性如花；乡村女孩，素心如雪。

小宝轻轻问起几位同学近况，慨叹她们的清纯或窈窕。整整 30 年了，可否来个同学聚会？众人相视无语。侧旁几位大嫂小声议论："同学，真好！这是小宝 30 年前的皋兰同学，恁远前来。也不知我们同学咋样啦？"羡慕的目光里，分明流露着一种深深的怀恋和失落。

素菜截面，清淡如常。午餐后，同学们漫步文化广场，浏览东古城遗迹。

东古城村属苑川河流域，文化遗址众多，从旧石器时期就有人类活动的痕迹。那些口耳相传的故事，无不述说着这块土地的美丽和富饶。这里，风景宜人，花团锦簇，盛产洋芋、莲花菜、大白菜、菠菜和苹果。其实，我来这里，只为着 30 年后再认真看看我的同学，男女都有哩！

绿意葱茏，花卉竞艳，亭台轩榭。同学们三个一伙，五个一簇，或交谈，或注目，或牵手，或沉思，笑语盈盈，洋溢着快乐与纯真。

相送清水路，不舍意切切。原路返回，满胸丰盈……小军、小俊酣然入梦。感谢，驱车前行的班长。路程骤短，倏忽皋兰。

6. 花开倾城

——榆师九〇届同学重逢兰州记

天清地润，山水朗朗。2021 年 6 月 12 日，相约 3 位同学赴兰州翠湖家园，参加榆师同学伟子儿子的新婚大喜，心情美美。

上午 9:00，如约出发。自驾前行，小莲仨窃窃私语着。

10:00，一行四人到达宽敞的翠湖家园。驻足绿荫，芳草凝露，杨柳婀娜，花影娉婷，静候那一个个遥远而清晰的身影。

回首经年，豆蔻年华，山水葱茏，课间嬉戏，操场奔跑，假日游逛，整整四年，朝夕相伴，无话不说……一别卅载，思念的路一地花香，刻骨铭心，成为美丽而遥远的期待。

显然，我们是最早的一拨。继而，兰州并榆中同学陆续到达。一见如故，俊秀飘逸，光芒耀眼。于是乎，众学友团座，侃侃而谈那 30 年的优雅故事。甜脆的声音萦绕，清纯的笑脸闪现，娉婷的身影摇曳着……犹如当年，相遇榆师，情笃初见，痴心翩然，感动于每一瞬间的默契。

美味佳肴，欢声笑语。抬首凝望，满眼澄澈；低眉窃喜，美美与共。原来，每一次擦肩，都是一场丰饶的美丽，真实而生动，慈悲又善良。荤素汤搭配，色香味俱佳，这场盛宴足足持续两个多小时。

心照不宣，不语也欢。轻轻拈几粒碧螺春，看那皱着的叶儿慢慢舒展，任凭不曾平静的心激起一波又一波涟漪。小露坐在对面窗边，捧杯细啜，眉眼含笑，阳光悄悄站在她的肩头。

一念花开，再念倾城。其实，皇皇诗三百，反复述说着的，也不过那一个不敢说出口的字罢了！何况，文贵曲笔，情出天性，生命的诸多美好，赖于真诚与疼惜！一天天，一月月，一年年，一篇篇，我只能将遇见的传奇写进《向阳花》文集，了一个结，圆一个梦。

绿意盈盈恰逢君，一回相遇一回欢。世间至美，同学重逢。且看鸟语花香，听布谷声声，那希望的故事，已在新生的成长中书写、演绎！

7. 石头开花

——九〇届 3 班同学重逢石头沟记

草木葳蕤，夏花绚烂。2021 年 7 月 3 日，适逢周末，乘坐班长的白色越野再赴榆中拜望同学。

一行 4 人呱嗒着榆师逸事，涟漪阵阵，情思暖暖。设若初见，一定亲热问声：同学，你好！

艳阳高照，晴空万里。10:30，倏忽来到县城"万象公馆"。遥见诸多同学身影，心头微微颤动。亲亲热热，嘘寒问暖。吃过午饭，同学们猜拳行令打"双扣"，娓娓诉说那卅载别情离意，热闹随心。

阳光下，同学们端坐着，玲珑秀美，满含笑意。建华、彦锋真诚相待，一次又一次累添茶水，偏头窥视，出谋划策。小霞喜悦地说，自从读过榆师系列习作，原来同学们俱温文尔雅、谈吐如兰。小秀特意问起，你的记忆力怎会那么清晰灵动、同学们个个那么美丽清纯呢……四载榆师，周全这帮子弟，诚实纯朴，率性天真。如今结荫成子，诸事顺遂。

时光缓缓，心儿悠悠，夏日的美好全在。看吧，天蓝云白，花红柳绿，我们依然纯真、欢乐，满院洋溢着一幅夏日热烈场景。

山路弯弯，清风习习。下午 3 点，众友乘车赴石头沟看看。阡陌交通，七拐八绕，到达石头沟。

石头沟位于榆中县连搭乡，盛产苋菜、沙果、且莲……怕是数百年才会出产一枚珍稀的"教授"吧。建辉同学联系二哥，提前备置丰盛家宴：六凉一热（手抓）、美食佳酿……于是乎，众人切磋拳艺酒术、探讨"双扣"妙技，抑或轻轻聊叙友谊。而我，里外浏览，仔细寻觅那些年留下的印痕……

抚今追昔，往事如歌。芳华岁月，我们出类拔萃，意气风发；三尺讲台，我们满腔热忱，辛勤耕耘……一直以来，榆师诸位同学，热情宽容、沉稳慷慨，如我这般懦弱倔强者，亦与恁多同学交好，吃住安卧，彻夜畅叙。临别不舍，于无声处一往情深。

百廿春秋，弦歌不辍；木铎金声，树蕙滋兰。鸟枪换大炮，旧貌变新颜。发展是必然；差别，很正常。君不见当年一奶同胞的兄弟姊妹，如今亦迥异万千，何况天南地北之同学乎！唯素朴随和、言语温暖、关爱切切，才是我们的所念。现在就是那年的未来，梦还是那时的梦，我们依然是当年懵懂腼腆的青青少年！

既赴石头沟，必得说说主人公"建辉"同学的成长史。遥想当年，诸位学子，共处一室聆听老师教诲，同眠一舍聊天地论古今。匆匆四年，建辉早起晚睡，刻苦勤勉，连年荣获"三好学生"或"优秀学生干部"。建辉嗜好中长跑、五项全能、囊括一些体育项目奖项。概括言之，建辉身体好、学习好、性情好，更是坚持得好，包揽班内乃至全级的美好。

锲而不舍，功不唐捐。三年级时，我俩同住 15 号宿舍，近距离接触。建辉为人直爽，思维敏捷，手脚勤快，乐于助人。他常常招呼同学分吃白面锅盔、且莲疙瘩，还屡屡捎着同学去家里转转。当然，15 号宿舍之其他同学，各有所好。有的酷爱英语，有的嗜好体育，有的喜欢人文逸趣，有的吹拉弹唱，更有追求诗意者，这里不再一一絮叨。1990 年 7 月，因为出类拔萃，建辉被保送至西北师范大学深造。

滴水穿石，厚积薄发。后来听说建辉又去北京大学做了什么"访问学者"。功夫到家，石头开花。建辉同学一步一个脚印，凭着一把雨停了也不肯收的伞，渐渐长成现在儒雅博学的"教授"模样。

山有山的高矮，水有水的深浅，花有花的艳俗，人有人的宿命。说起建辉，还得说说建华同学。建华是哈（kǎ）岘人，一个厚道榆中北山男孩，诚恳朴实，熟知历史，有些倔强。于是，夏日闷躁的夜晚，建华和我等联盟对阵建辉，争辩历史人物功过及现实问题是非。双拳难敌四手，建辉同学虽然口若悬河，亦难免落败，唯"哼哼"着叫唤，无之奈何。我们则沾沾自喜，酣然入梦。

现在看来，建辉同学的有些见解是对的。凭着那股倔强和坚持，寒暑易节，刻苦勤勉，由一个纯正的山里娃如乘"空天飞机"般一路奔跑升至城里的博士，成为教授，指导着一茬又一茬研究生。我等则游走于乡村，躬耕杏坛，搬嘴喂食三岁蒙童，牙牙学语。如此看来，榆师接受的哲学皮毛，偶然是必然的呈现，必然是偶然的内因。二者相辅相成，不无道理。

初见正风华，一川芳草绿。重逢如处子，同窗话别离。每一次擦肩，都是一场美丽，走了心，动了情。师范含苞欲放季，今为夏花绚烂时。逗留于石头沟，同学们屁股粘在板凳上，贪恋这里一直留存的乡土味，久久不愿起身。侧目微笑，说说笑笑，兴味浓浓。

苑川河畔春秋五秩育英才，白虎山下桃李万千铸辉煌。细细想来，茫茫人海，最美的欢愉莫过于遇见优秀的你、你们。不为倾城色，一往而情深。6月，金城翠湖家园喜乐重逢。7月，榆中县城"万象公馆"、石头沟，我们又见了一面。

斜晖脉脉，倩影袅袅。聚是一团火，散是满天星。转身，微笑，挥手，告别。心里加着油，眼睛直到看不见还湿润着！

信仰之光

时光泼墨挥笔
季节才丰饶而静谧
不如大胆点吧

生命是用心去晕染
不必在乎愕然和惊讶
不必束缚心性和率性

该来的总会来
不要忧虑和着急
一滴水只要不放弃自己
总能击穿坚石

8. 榆师糗事

师范四年里，发生过好多事儿，想想挺好笑，整理出来看看。

（1）**自行车"丢"人**：一次，同学一行5人，从榆中县城骑着自行车返校。那条通往夏官营的柏油路正在修整，凹凸不平，扬土飞尘。一路下行至三角城附近，班长忽然发现：捎在后座的女生捎"丢"啦！

（2）**赶演员下台**：一次文艺会演，三年级相声节目，一对演员配合默契，妙语连珠，极言伙食糟糕。观众拍手鼓掌，高潮迭起。孰料，台下一位副校长登台大怒，用手指指着"表演者"呵斥，硬生生把两位"明星"赶下台面。

（3）**撕毁"钢琴"**：音乐课老师布置一项课外作业，要求粘贴一张纸质风琴键盘，用于日常练习。上课时，老师逐个检查，顺手把我的牛皮纸键盘提高，一字一板地说："看看，看看，这算什么玩意儿。"那老师慢慢用力撕毁"键盘"，刻薄的话语让人羞愧。从此，怀恨在心，他的音乐课了无生趣。

（4）**药缸掺水**：一次，15号宿舍同学甲把饭缸剩水倒进同学乙的药缸。药缸主人发现水面超高，勃然大怒。于是，药缸主人絮叨着把同学甲推搡至门外，令其反省悔过。

（5）**引体晕厥**：体育课单杠练习，一美丽女生双手攀住单杠，忽然晕厥，浑身瘫软。吓得老师赶忙托住，几位男生连背带抱送回宿舍。从此，女生不再参加单杠练习及测试。

（6）**囫囵吞蛋**：师范四年级时，几位同学为英语老师搬家具至县城楼房。一切稳妥后，老师热情招呼就餐。桌面摆置诸多新鲜菜肴，大家猴急猫撷地抢吃。一种椭圆形菜肴圆滑，屡屡捡拾不住，遂用手抓起，一扫而空。临了一同学用汤匙舀些汁水品尝：哈呀，有些咸！老师见后笑而不语。后来知道，这是一碟鹌鹑蛋。

（7）**熄灯艳遇**：一次，晚自习下课铃声刚响，电灯突然关闭，室内一团漆黑。我迅疾拉门蹦跳，忽与一人撞个满怀，魂飞魄散，多日心神不宁。

（8）**一把葵花子**：有天自习课，一清丽女生走进教室，径直来到我桌前，从衣兜内攥出一把喷香葵花子放下。她脸颊绯红，飘然离去。

（9）**刹车失灵**：一次，同学哥哥结婚，借一辆自行车前去贺喜。行至一陡坡处突然发现刹车失灵，连人带车栽进路畔水渠（侧旁即悬崖），车毁魂飞。推车返回，把自行车送进修车铺里。

（10）**同学庆生**：1988 年 10 月 23 日，适逢星期日，小宝、相昆和我在"侯氏小卖部"用菜票兑换 3 包"油大豆"、3 包"五香葵花子"、1 盒"金城"烟、1 瓶"沱牌"酒、1 斤烤红薯，去学校西南角"快活林"庆贺。从此，知道世间有个重大节日，叫作"生日"。

（11）**随礼游玩**：师范四年，曾参加过四五次同学哥姐的婚礼。那时，随礼 2 元，吃喝玩乐。其中，石头沟建辉哥哥婚礼那晚，同学们喝啤酒、打扑克、猫捉老鼠，床上床下，欢乐多多。

（12）**遗失物品**：一次，我和同学赴县城购物。在自由市场上，同学试穿衣服后，把近视眼镜遗忘。第二日再去寻找，那卖布阿姨痛快归还，还说了一些夸赞的话。

…………

小学，天空逗留的那片云，带走了梦和纯真；中学，突兀闯进格子纸窗的白信鸽，捎去了遐想和憧憬。师范，我们 18 岁，牵着青春的尾巴遛自卑，以掩饰尴尬的青涩。那时，长发披肩，风华正茂。

第四辑

诗意地栖息

1. 诗意地栖息

——秋登皋兰石洞寺森林公园散记

河边高地，茂盛兰草。作为一个土生土长的皋兰人，很有必要时常登临县城东山的石洞寺森林公园看看。想来别有洞天，不同凡响。

天气渐凉，深秋迫近。早晨，文友玫红、萍子、叶子践约而聚。于是，欣然成行。

微风徐来，落叶知时。徒步"兰泉路"，穿越环城"梨花路"十字，一行四人步入"东湖公园"。顺着"仿古一条街"下行至"陶居"农家乐后左拐，远远望见山坡豁岘里的山门，雄伟高大。

昂首从容，边走边聊。玫红是刚刚熟识的工作同伴，一位执着文字的写作者。她稳重踏实，诗集《一个人的江湖》交付出版，散文集《为爱放行》完成初稿。萍子热爱文学，擅长音乐、舞蹈，屡获奖项。我听过她的视频歌曲，声脆音美，舞姿翩跹。叶子是纯朴的绿化人，爱好文学，喜欢唱歌。三位旅伴，衣袂飘飘，落落大方。

指指点点，言笑晏晏。数着 180 多层台阶徐徐攀登。旅伴仨脸庞微红，薄汗涔涔。来到山门，皋兰名人魏振皆书写的"临山观水"四个大字，古朴苍劲。

继续上行，"九色鹿广场"映入眼帘。那汉白玉石雕"九色鹿"奔放腾空，跃跃欲飞。1994 年 3 月，皋兰水阜乡长川村一农民牧羊时发现一副赤鹿化石。头骨完整，鹿角完好，保留了颈椎、胸椎与胸骨，这对研究皋兰地域的生物、环境、地质等方面具有重要的科学价值。广场周围的石墙浮雕，真实反映了皋兰历史演变进程中丰富的物质财富和灿烂的地域文化，传承着神奇九色鹿的美丽、善良和正义。

"云天收夏色，木叶动秋声。"翻越红砖铺设、树木葱茏的小广场，山后是两座上下相邻的人工湖泊。下台阶，即来到"母亲"湖畔。

湖水澄澈，波光粼粼。成双的黑鸭子、白天鹅"叽叽咕咕"游弋着，嬉闹着。"母亲"湖上侧山湾里是"女儿"湖，腼腆文雅，安静秀美。"白苹红蓼西风里，一色湖光万顷秋。"阳光下，湖畔沟谷间，草木茂盛，枝叶稠密……几对年轻伴侣，娓娓絮语。

俯身拾起一片青黄叶片，突然想起海德格尔的话：人，诗意地栖息。在林区研究站门口，遇见晨练的杨主任。他说：东山公园建于 2010 年，县委县政府非常重视，财政累计投入近亿元，全力打造东山生态绿色文化。这个山湾，结合山形地貌，修建一对仙女湖。周围栽植桃树、杏树、沙枣树，起名为"桃花谷""杏树湾""月亮坡"。

敦厚朴实的杨主任侃侃而谈：三四月时，山湾沟谷内杏粉桃红梨白，游人如织。今年 7 月，游客络绎不绝，前来攀摘杏子。一位游客天天提着小麻袋摘取，前去市场售卖。

"万般繁华皆烟云，叶落萧萧正此时。"玫红诗兴涌动，清音吟咏，萍子翩翩起舞。我不知道叶子喜不喜欢，看她微笑的眼神，应该是无比欢愉的。

从"母女湖"折返，沿着蜿蜒的水泥路下（南）行。草木苍翠，蓬蓬松松。穿过一道山岘，路侧出现一段长约百米的宽阔水渠，这是西电水利提灌工程主渠县城段。

"皋兰红旗渠，名蕃桑梓地！"曾几何时，皋兰县，一望千里尽是旱塬。1970 年 9 月，西电水利提灌工程启动。一支衣衫褴褛、饱尝饥渴之苦的皋兰人，肩扛原始的锤、镐、锹，背负破烂的行李卷，浩浩荡荡地开进什川峡谷，铁锤和钢钎奏响。夜以继日，炮声震天，28 名皋兰儿女献出了宝贵的生命。

"高山低首，顽石胆寒，引黄龙兮天河流旱塬，修干渠兮清流润山川！"1989 年，西电工程竣工。东西两条干渠运行，清凌凌的黄河水，翻山越岭，从南到北，深入皋兰腹地，历史性地解决 10 多万农民生存和温饱问题。

"良田万顷绿似海，东山千树柳如烟。"沿着那段明渠继续下行，再次翻越一道山岘，到达"孔子广场"。紫叶梅、女贞子、狗尾巴、红荆花、蒲公英，秀婷迎风，丛丛簇簇。

"振铎兴庠，道向皋兰分一脉；腾蛟起凤，文传诗礼耀千秋。"仰望着魁拔敦厚的孔子雕像，不禁垂手躬颂。千古为一家，我们是同道，毕生皆为莘莘学子努力着。细细想来，皋兰教育现状不容乐观，质量难尽人意。一些乡村学子逐年游走于县城或省城，留守儿童令人担忧。

叶子说，匆匆那年，自己酷爱学习，却因诸多原因，仅至初二肄业。现在，把全部希望寄托在儿女身上。女儿已就读西北师范大学，翻年儿子高考。他们懂事听话，勤奋努力。叶子说，自己虽没考上大学，但被招录为绿化工人，有正经事做，吃住安暖，也算一生可慰。

"孔子广场"背面，也是一座人工湖。站在湖畔，蓝蓝的天，淡淡的云，空气中弥漫着草香。顺着盘山台阶，我们登上了"名藩塔"所处的山巅。仰望耸入云天的五层"名藩塔"，浮想联翩。

"名藩自古皋兰。"史载皋兰建县于西汉末年，为甘肃首县。威武雄壮的"名藩塔"，旨在描绘美丽富饶的远古皋兰，激励皋兰人民奋发图强，建设幸福美好新家园。

临风屹立，心潮澎湃。眺望县城，南展北扩，楼宇层叠，大路通畅。东面公园湖泊，碧波荡漾，水天相接；西面"甘肃警察职业学院"，红墙青瓦，绿树掩映。而我家，居于假山池沼、繁花似锦的"人民广场"侧畔。千年一梦，梦圆今朝！

健步踏行，旅伴们露着开心的笑脸，轻松的步履中满是潇洒与希望。从"名藩塔"山巅下来，我们又趁势登上侧近的"石鼓亭"。一座小亭内，平放着一架大青石石鼓，精雕细琢着"二龙戏珠""富贵不断头"图饰。前方摆置着一个石桌，上刻《石鼓铭》。暑假里，履约学友翠萍、艳珍、达哥相聚，避暑纳凉，欢歌游戏，畅谈那诚挚绵远的纯真友谊。

下了"石鼓亭"，在"文化长廊"里前行。廊壁内饰多为山水、花鸟画，色彩鲜丽，富贵堂皇。"文化长廊"左侧花岗岩石碑林立，镌刻着皋兰名人魏振皆的书法字体。"日魂月魄，凤采龙文。"结构严谨，笔触遒劲，行气疏朗，浑朴古厚。

魏继祖（1889—1974），字振皆，石洞乡人。他毕生从事书法艺术的研究与实践，篆、隶、楷、行，功底扎实，笔法精到，创新"魏体"，是举世公认的华夏巨擘，成为皋兰人的榜样与骄傲。

慢慢地走，轻轻地叙。走完"文化长廊"，步入"皋兰书院"。"大雅无声，文化千秋皆仰止；人生有梦，馨香万卷尽陶然。""皋兰书院"仿明清四合院，古朴典雅，气势宏伟，是兰州市"四大名院"之一。设有宣德堂、集成馆、民俗斋、书画轩、书苑等功能室，专门开展传统文化与民俗文化的传播、挖掘、研讨、展示与提升。

"仰圣而来，请把嚣尘抖下；捧心以览，要将身段放低。"今年7月，我30年前的榆中同学前来皋兰，特意做客"皋兰书院"，留下一些动人的故事。8月，我的文集《向阳花》在"皋兰书院"举办首发式，得到诸多文学前辈和爱好者的诚挚赞誉。

转过山弯下行来到山脚，就是闻名的"皋兰石洞寺"。"文风一境，耸起来此阁，真然天造就；笔气两端，呈显出远峰，本是地生成。"石洞寺依山建寺两座，分为上寺、下寺，两寺相距约500米，遥相呼应。主建筑有山门、千手佛殿、地藏殿、文昌宫等，气势巍峨，红柱飞檐，雕梁画栋，是县域内重大的佛事活动场所。诗曰："石洞古寺修崖畔，中有石洞乃天然；前列太极图一面，旁开阴阳泉两边；文峰远眺南郊外，绿水发源北山间；数百人家河对岸，一丛林木锁春烟。"

出"石洞寺"，踏上归途，意犹未尽。萍子提议，相聚不易，一块儿喝杯茶呗。于是，推门进入路畔的"马里兰"餐厅。

"土沃泽绕，可渔可耕。"石洞寺森林公园以县城东山为主线，集宗教、民俗、生态等于一山，是一个休闲、娱乐、健身、养心的绝佳场所。山山有色，处处有景，引人入胜。夜幕降临，在闪烁的灯光映衬下，"文化长廊"犹如一条霓虹的长腰带点缀在东山腰间，为夜晚增添许多柔情蜜意。皋兰，一座崛起于黄土荒原上的明珠，正在努力绘就更加美丽富裕的城镇、乡村画卷。

"万物风中起，千情眼中生。"有景可赏，有人相伴，还有诗可念，平凡的日子，都是欢喜。秋天美，不只为风光美；秋天长，不只为日子长，还有更多美好动人的故事……

乘兴而行，兴尽而返。站在分别的路口，回眸瞭望，不舍离开。

原载 2021 年 11 月 25 日《天水晚报》

2. 七月，诗意和远方同在

——兰州市作家协会"散文的现状与可能"研讨会记

去见你的路上，风都是甜的。

——题记

暑假里，一位文学老师询问，什川有约，勿负此行。说走即走，有空就看看身边的风景吧。

7月10日早晨。伴着阿鲁阿卓《高原情歌》，自驾白色"SUV"向什川平稳飞驶。

9：30，兰州文友姗姗来临，众宾团座，其乐陶陶。这些同志皆系兰州作家、诗人、影评家，著作等身……成就卓越，光芒耀眼。于是乎，谦谦君子，滔滔不绝，侃侃而谈"散文的现状与可能"、生活的"诗意与远方"。

他们说，当代散文，"现状艰难，处境尴尬"。生活多变，多媒体、网络发达，封釉打蜡，油光顺滑，堆砌辞藻，思维定式，千人一面，却缺乏个人的独特生命体验。

关于散文，第一，立"意"为先，高则为佳。写生活，写人性，说真话，抒真情，写出天然的东西，纯粹的感悟，读起来心痛，欣喜若狂。第二，文学性强。要写出独有的精微感受，像针一样扎入心眼的东西，回味无穷。不能不较真，没有创意的作品毫无价值可言。第三，活着就是一种生存状态，就有话可写。日常生活的小题材，抒发小感情，纯粹化、空灵化，即可反映全貌，成为艺术品。第四，语言饱满。惜字如金，字字珠玑，力透纸背，朴素如实，入情入理，不要废话。第五，阅读经典。读经典，多看散文新作，反思积累沉淀。第六，勤于创作。读写结合，出手不凡。云云。

概括言之，散文是一个无遮蔽的高贵文体。贴近生活，扎根土壤，自由驰骋，不拘性灵，质朴真挚，怦然心动。散文犹如文学中之女子，其美俊秀飘逸，若隐若现，朦朦胧胧。

梨花坐果，绿叶笼盖。因为文学，与一些美好的人在明媚的季节里相逢，笑意满满，谈兴浓浓。

烈日炎炎，款款而行。"中国农民第一桥"、500 年古槐、"金城魏氏文化园"、小峡电站、金洲颐和园、明古堡遗址、卧佛山、骆驼石、红崖寺、石门晓月、古梨园人文生态博物馆⋯⋯乡韵果园，情趣多多。凌波微步，回眸一笑，清扬婉兮？这样的日子，总是美好。

与有缘人聚，不怕时光短暂，人生荒芜。今天，我们只注重赶路。相信，未来的岁月里，我们一定结伴前行！

皓月当空，手捧星光。七月的什川，有山有水，有草有木，更有远方和诗意。而那美好的人，就在身畔眼前。

为一记，是以存念。

情之所寄

青山会白头
绿水会锁眉
有缘的人啊
且行且惜
余生真的很短

泥土有清香
芳华乍灿烂
你匿迹的每一天
我在希冀
生命的相逢与欣喜

3. 有话好好儿说

——"兰州市作协改稿活动"记

2021 年 12 月 20 日，作为一名文字爱好者，有幸参加"兰州市作协改稿活动"。认真聆听多名老师抛砖引玉的指教，收获颇丰。

2020 年 9 月，曾于忙碌中参加"第二届兰州市文学提高班"。细心聆听教诲，浏览秀丽的藏家风情，粗解庄浪河的丰厚底蕴，品尝鲜嫩的虹鳟鱼、纯正的羊羔肉，受到永登老师和文友的贵宾礼遇……2021 年在报纸发表多篇习作，亦算一份奢侈的回馈吧。

跑惯的腿，吃惯的嘴。于是，掰着指头盘算"改稿会"的日期，重逢老师或文友，收获更多惊喜或诗意。

20 日晨，冷风飕飕，黑咕隆咚。在党校门口，遇见爱诗的青青子衿，遂搭乘玫红老师家的越野出发，一起追寻一丝儿文字的光芒。百里迢迢，比邻而谈，其乐尽在意会中。

"莫道君行早，还有早来人。"7:40，乘电梯升至 12 层会议室。诸多老师和文友云集一堂，暖意融融。

见一面多一面。8:20，培训开始，遂移座至前排，近距离听讲，抑或眉目传情。好吧，闲话休提，言归正传。

与君重逢，恰是故知。第一，习习老师以温柔真诚的话语，开启这场豪华的文化之旅。她说，文字（素不喜欢提说"文学"和"作家"一词）是一种信仰，亦是一种生活的态度，会让生命的白昼不短，夜晚不长。

"动人心者，莫先乎情。"文字是人的精神追求，给人以美好和向往。生命的爱以文字的方式，穿越纷繁生活的表象而抵达心灵。在司空见惯的事物中表达出独特感悟，超乎想象却又实实在在。

第二，关注细节。细节是针尖，是扎透肌肉，给人心疼的东西。关注实践，向大地深处寻找生命的灵动。一草一木的触动，引发生命的触动，从而打动人心，让读者产生共鸣。

第三，语言是考量作者文字功底的唯一。笔随心到，自然朴实，且有节制。每一个词语是有生命的，绝不是砖头沙子石头的堆砌。每一个字会说话，就是一个故事，凝练而生动。

第四，文贵创新。打破传统，敲破石化，让内涵丰厚。若刻舟求剑，陈旧庸俗，古调重弹，人云亦云，恰如左手拉右手，奢谈读者欣赏。

第五，注意伪文学。文字是对人性真善美的一些尊重。若叶公好龙，泛泛而谈，似是而非，把一种面具性的垃圾文字托为文化，实在厌弃。

俯身向下看，虫鸣响云霄。艺海涛涛，传承有序，达者为贤。诸位老师侃侃而谈，讲理论、提方法、举例证，辨证施治，深入浅出，丝丝入扣。

"教会徒弟，饿死师傅。"说话易，听净言难。今天，听到了真话，是那种发自肺腑的坦诚味儿。2021 年的这个冬天，我们围着文字的火炉取暖，依然在不起眼的皱褶里默默坚守着。

冬而续春，生命不息。既看山河风景，也探人性之微。写作本是学习，让作品说话，是一名文字追求者的根本。

有话，好好儿说。活动结束，那就回到自己寂寞的书桌前吧。感念着，所有的执灯人，为了一份虔诚的信仰而做着切实不懈的努力。

是一记，待商榷。

注：刊登于 2022 年第 1 期《金城》。

4. 老家·浪街并李家庄

一岁年龄一岁心。山川红尘里，以为人生的所有美好赖存于远方，不然怎多红男绿女跋山涉水，乐此不疲。遂耿耿于怀，热切向往之。

风日晴和人意好，夕阳箫鼓几船归。暑假始，自驾或他驾，在导航引领下，连续游览周边景区：九合镇"景盛园"摘杏子、白银水川湿地公园、千年小镇青城、银凤湖、"花村"顾家善；榆中"浪街""花海李家庄"……风光无限，欢乐多多！

"故人具鸡黍，邀我至田家。"8月2日，一行5人自驾到达榆中，既而来到老家·浪街（gai）。

"老家·浪街"坐落于兴隆山下。浪街村口，横立着一块巨型红色石块，镌刻着"老家·浪街"四字，素雅玲珑。城楼高耸巍峨，旌旗招展，大红灯笼高挂。拱门上方的"浪街"二字，黑底金字，苍劲有力。

穿过古朴厚重的城楼，沿着青石板路蜿蜒前行。"民俗四合院""老油场""磨坊""醋坊""农耕博物馆"和"综合演艺广场"……一条小渠流水淙淙，两旁建筑屋檐高挑，鳞次栉比，错落有致。街边摆置着缸盆坛罐，墙面悬挂着背篓、簸箕、条筐、石磨盘、车轱辘、米谷穗……素朴逼真，简单亲切。

"浪街"小吃，琳琅满目，美味飘香。粉汤、米线、烤兔、羊杂、洋芋菜、炒疙瘩、手工面、糅糅面、biangbiang面、臊子面、酿皮子、甜醅子、"破皮袄"、水呱呱、炒拨拉、麻辣烫、酸辣粉、钵钵鸡、炖土鸡、老烩菜、洋芋搅团、杂粮煎饼……荤素汤尽有，色香味俱佳，充盈着老家味道，一下子勾起心底那久远的口腹之欲。

"暖身最是破皮袄，至今难舍土豆蛋。""破皮袄"就是儿时妈妈烙过的"油糊卷"（烫面饼子）。刚出锅的"破皮袄"，双手抖散成条块状似一团破碎布片，焦黄脆香，清爽柔滑。

"民俗演艺广场"北边，是大型游乐园。跑马场、网红桥、大金刚、海盗船、高空漂流、步步惊心、峡谷飞索、青虫滑行车、旋转木马、自控飞机、幸福摩天轮、惊险大摆锤，好玩项目超多啦。

旅伴好，旅途欢乐多。"游乐园"东边山畔，一溜窑洞，宽阔雅致。白天游览田园风光，感受乡情乡韵。夜晚入住窑洞，听虫声唧唧、枕星河入梦。"说句实心话，夜晚点燃篝火，跳起锅庄舞，不开心死才怪呢。"幽默风趣的旅伴刘艳喜悦地说。

蓝天白云，流水人家，乡音浓浓，趣味多多……漫步徐行，奇花异草飘香，山泉小溪潺潺，秀峰峻岭滴翠，鸡犬猪羊陶陶。

浪街村历史悠久，人文荟萃。刘艳说，唐朝时，村里有个员外姓浪，乐善好施。每次衣锦还乡，总是帮助生活窘迫的人家。他的子孙后代效仿，为家乡做了很多善事，数百年来深受村人敬仰。

接着，我们来到四五里外的"花海"李家庄。

这里，漫山遍野，花团锦簇，层层叠叠，璀璨耀眼，蛮有看头。

绿意如海，花影浮动。百合、木棉、芍药、茉莉、玫瑰、满天星……置身花海，清香四溢。人在花中，花在心中。

梦里不知身是客，走着玩着，荡秋千，走迷宫，浪"花海"。走在花海的廊桥、时空隧道，笑容灿烂的刘艳娓娓述说着民情乡俗、趣闻逸事。山巅湖泊里，几只白天鹅、黑天鹅自由徜徉着。原来，时常痴念着的天鹅，竟在这里。今日一睹芳容，终圆儿时心梦。

"昏旦变气候，山水含清晖；清晖能娱人，游子憺忘归。"其实，我来榆中，绝不为着游山玩水，一心想着重逢我的师范同学，甚至实习的学生。20世纪80年代末的四年榆师经历，成为人生履历中的一个关键驿站，留下太多美好的印记。遂不禁在同学微信群里显摆。同学宋勇立即问起与谁相约，酒樽慨叹一片冰心在玉壶。没有重逢同学，自是有些怅然。唯寄希望于你，我，他（她），我们大家不忙的下次，下下次呗。

仍怜故乡水，万里送行舟。斜晖脉脉，不舍离别。

注："浪"，兰州方言，"逛""转悠"的意思。这是一种美气、有兴致的游逛。

5. 白银游记四则

水川湿地公园

九曲黄河十八弯，弯弯奇景留人间。黄河一路向北，浩浩荡荡，优美回旋，绕出了水川湿地公园的童话。

"江南可采莲，莲叶何田田。"荷花三百里，草木正葱茏。芙蓉出水亭亭，紫薇摇曳芳菲。晚风轻轻吹，桥畔姑娘芬芳动人。

"甜蜜的事情有一大半都发生在夏天。"漫步于乡间小道，茂密的芦苇荡，悠长的青砖路，无际的碧翠稻田，草长莺飞，美轮美奂。

"我从远方赶来，赴你一面之约。"每一次远足或旅行，都是一场自由和放纵，一场心和精神的私奔，让精神饱满，予灵魂有托。这个夏天，有惊喜，有心动，有例外，有偏爱，更有人一起吹吹晚风。

从不出门的人，必定是满腹偏见。白墙青瓦、小桥流水。其实，白银还有很多的美，譬如瓜园村、三合村、平川陶瓷小镇、小黄湾古村落。

夏已盛，花正艳。夏天，实在有着做不完的梦。

青　城

流萤闪烁的七月，有情有温度……自驾来到"青城书院"。

青城是古丝绸之路上的水旱码头和商贸中心，边塞军事重镇。北宋仁宗年间，秦州刺史狄青为防止西夏入侵，修筑东西长、南北窄的新城，故称"条城"。此后，为纪念狄青将军，当地人改称"青城"，现在是国家级文物保护单位。这里教育兴盛，人才辈出。

知者乐水，仁者乐山。"青城书院"，是兰州六大书院之一，建于乾隆五十年（1785），高大的厅堂里悬挂着道光帝御赐高鸣桂"才兼文武"和咸丰帝御赐高鸿儒"进士"的匾额。

"高氏祠堂"一百多年来培养了大批人才。翰林 1 人，进士 10 人，文举

23人，武举50多人及许多贡生。

"罗家大院"是水烟坊。

智者上善若水，海纳百川；仁者高山仰止，厚德载物。

脚驻书院，头顶慎思。

银凤湖

欸乃一声山水清，半湖芦苇半湖风。为谁翘望为谁等？湖光脉脉水悠悠……傍晚时分，我们急迫奔向城区"银凤湖"。

伫立湖岸，青蓝色的湖面辽阔、静谧，抚慰一世清梦。

一弯浅浅的月牙儿，斜挂在天空。几颗疏星，依稀闪烁着。

银凤湖！银凤湖！我在心里轻轻地呼唤着你的名字，所有的心事瞬间抖落于尘世。

"花村"顾家善

听闻远方有你，欣然动身跋涉。7月的顾家善，百花争艳，游人如织。

水是眼波横，山是眉峰聚。站在堤岸，河水哗哗，群山连绵，苍翠无际的白杨林。沿着青青石板小路前行，侧畔墙壁雪白，鲜花盛开。清澈的小渠穿街而过，汩汩不息。澄澈碧清的水，总使一个地方灵动生气。

"探头探脑"地透过镂空院墙张望，家家户种满花草，天纯清丽，姹紫嫣红。推门走进农家小院，向阳的角落，三三两两的老人，慢声细语唠着家长里短。抑或默坐，打着百年不醒的盹儿。

日出而作，日落而息，日子简单快乐！墙上小毛驴拉着石磨转圈，壮实的村民们打着糊基。竹编工艺品、黑白电视机、老式纺车、自行车、水车、磨盘、风箱……那些曾经和过往，一幕一幕，全被小心翼翼地珍存着，成为岁月的见证和活着的历史。此情此景，勾起思乡之恋，沧桑变迁、物是人非。

偶尔，抽空出去走走，是蛮不错的。我们来到一家"国际青年旅舍"的农家乐就餐。这是由顾家善原来的中学改建而成的，旨在留住学校建筑历史和师生共同的集体记忆，唤醒游子对青春的追寻。里面的包间命名为初一（1）班、初三（3）班、校长室、教务处、后勤处……

　　我们在"教务处"就餐，盘腿坐在一溜大炕沿边，抽烟喝茶。酸烂肉，肥而不腻，酸辣可口；黄河鲤鱼，肉质肥厚，细嫩鲜美；臊子面，汤味酸辣，筋韧爽口。

　　走在乡间小路上，流水潺潺，田畴沃野，稼穑情浓，民风淳朴。想想过去，破衣烂衫；看看今朝，金色童年。圩载奔波，热度在，激情还在。雄鸡声声，炊烟袅袅。儿童天真，老人慈祥，睦邻友好。不必说民宅白墙黛瓦、院落藤蔓绕壁，也不必说小桥流水人家，单是房前屋后那一个个小物件，已灵动着无限的乡情乡韵，似乎回到那童年的乡间时光。

　　坐在堤坝上，杨树林飒飒作响，远山苍茫，河水悠悠……一叶落，天下秋。不怕，"夕阳西下，断肠人在天涯"。

　　顾家善，这座镶嵌在水川镇西南部和黄河北岸的小村落，竹园、花园、石园、梨园、农耕文化园，美美与共，保存着一份珍贵记忆，久之不忘。

跋涉者

在人生的旅途中
但凡遇见
都是最美的风景

平淡的生活
选择微笑
失意和挫折犹如彩虹一般

海湾是安全的
但，那不是我的目标
全力以赴，让云层之上再无风雨

6. 天祝小三峡之旅

国庆放假，酣畅舒心。10 月 3 日晚，文友们提说起天祝"小三峡"之美，云雾缭绕，群峰竞秀，林木葱葱，流水淙淙，天上人间也……

4 日晨，天色微明，一行 5 人驱车上高速，一路向着西北直奔石门沟。

石门沟是"小三峡"景区入口。中午时分，到达石门沟。打开车门，一股寒气扑面而来。稍事休息，驱车进入峡谷。山路崎岖，摇晃颠簸。连续翻过十多道山梁，终于攀上"五台岭"。

"极目水云低，昂头霄汉近。"极目远眺，云岚雾霭，苍山如海。翻过"五台岭"，到达朱岔峡。阳山峻峭奇绝，阴山绿荫如织，桦林红火，松柏苍翠。天窗月、骷髅头、巨象山、飞来石、狐狸精、仙桃石、石猴出世、八戒贪睡、壁虎盗仙草等，鬼斧神工，玲珑奇巧。

"色如渥丹，灿若明霞。"出峡口，继续前驶。下午 5 点，到达天堂寺。吃过晚饭，随意转转。

天渐渐黑下来。旅店老板点燃熊熊篝火，游客们围成圆圈跳起"锅庄"。滥竽充数，依葫芦画瓢，摇头晃脑、磕磕绊绊。

月光如水，树影婆娑，酣然入梦。

5 日早起，游览天堂寺。金瓦红墙的寺院被山峰环抱，拾级而上，穿堂过院，大经堂、千佛殿、密宋殿、菩萨殿、佛母殿、天王殿、文殊殿、弥勒殿、龙王殿。资料中说千佛殿 27 米，是世界之最，载入吉尼斯世界纪录。

参观完天堂寺，驱车来到金沙峡。峰峦叠嶂，绿意葱茏。仙人峰、仙人洞、仙人泉、痴心石、姊妹峰、合家欢乐，惟妙惟肖，争相呈秀。

从金沙峡出来，我们又来到先明峡。劲松盘根错节，翠柏苍劲挺拔，细柳曼舞摇曳，"引大入秦工程先明峡倒虹吸"工程落差 107 米，如巨龙横亘于两座高山之巅。文庙、海藏寺、雷台汉墓、皇娘娘台遗址、弘化公主墓、天梯山石窟等，眼花缭乱，目不暇接。

当晚，一行踏上归程。

7. 金塔胡杨林记

真是孤陋寡闻到了极点，长这么大竟没听说过胡杨林。十一前，同事小玫一字一顿恨恨地说："哎呀，那胡杨林实在太美啦！这次放假，一定去看看！"

10月5日早晨5点，驱车径直奔向金塔县。听说那里的胡杨林，分布密集，长势良好。

"高情已逐晓云空，不与梨花同梦。"一路飞驰，旅伴们说说笑笑，趣味浓浓。

天清地阔，无边无垠。中午时分，小玫兴奋地喊起来：胡杨林！好美的胡杨林！阳光下，远远的一大片树林，婀娜潇洒，赏心悦目。

秋色酽然，满眼金黄。走进树林，那金黄斑斓着。那胡杨树，有的伟岸挺拔，有的清秀俊逸，有的沧桑质朴。微风掠过，枝叶婆娑，不禁遐思飞扬……

环顾一棵棵胡杨树，屹立在茫茫戈壁，黄沙漫漫，劲风疾走，充满着抗争和奋斗。一滴胡杨泪，谁解其中味？经过雨，迎着风，我们应当像个大人一样生存，像个孩子一样生活，在平淡的日常里，把每一天过得安然实在。深信，一些离开，还会重逢；一些喜欢，珍藏心底。凭谁说，秋上心头，就是愁。"这里让我相信，原来世上真的有天堂。"

你看，秋色很美。旅伴们深情对视，脸上写满惊讶与欢喜。这个秋天，我依然愿意，为初见许下一个永远。待，所有枫叶红透，把爱写得极致，把故事写到圆满。

暮色降临，太阳追着车跳跃着。

返程时，车里一阵宁静。

8. 江南行6则

苏州拙政园

苏州拙政园——景色奇美，冠绝天下。奇花异木，古树怪石，亭台轩榭，小桥流水，荷桂飘香。旅伴丽莉，姿容曼妙，天真活泼。

苏州园林，风采旖旎，风韵独具，尽显天然本色，意兴难尽！

江南风情，今日遍览！

乌　镇

"白墙黑瓦花格墙，三个蚊子一麻袋。草鞋穿在绣鞋外，胡子拖在马桶盖，道路窄窄房子矮。"古色古朴古香，老汉老态龙钟。

此处，一代文学巨匠茅盾旧居。伟人之所以伟大，不是位高权重，而是智慧超群、毅力可嘉，以非凡的成就得以青史留名、百代流芳。

千年古镇，古朴淡雅！

"来过，便不曾离开。"大巴驶离乌镇，心却留在这里。

苏　州

早晨醒来，站在临街的窗口。

阳光洒满大地，楼群金碧辉煌，绿树艳丽多姿，湖水浩渺涌动。街道里飘散着一种甜甜蜜蜜的芳香，如梦似幻！

黄　山

黄山，气势不凡。云海茫茫，林木秀丽，旖旎多姿，鬼斧神工，神仙之境也。

登山了，择伴前行。那台阶一级挨一级，直入云天。山势陡峭，奇峰怪石，溪流潺潺，兴味盎然。一线天，天梯高耸入云，仅留一小口上通云霄。

光明顶，树多叶密，水波荡漾！

千里奔波，观山阅水，品花赏色，此乐何极也！

下山，索道缆车，腾云驾雾，从天而降！

江南客栈

西湖客房，洁净明亮，奢侈豪华。

凌晨2:30，清醒异常。旅友呓语着："莫道君行早，更有早行人。"

沧海桑田，童心难泯！

江南行

千里美色，草绿花红。无限风情，尽在江南。

秦淮河畔，姹紫嫣红，莺歌燕舞，人杰地灵。

十里扬州，天蓝水碧，树香草秀，波光潋滟。

苏州绮丽，湘绣绢画，假山池沼，果然绝伦。

西湖灵隐，雨意蒙蒙，微波粼粼，奇树盈盈。

水浒三国，疆场鏖战，跃马扬鞭，风云叱咤。

桐乡乌镇，素洁古朴，小桥流水，龙钟老翁。

天地之美，仰赖黄山，云蒸霞蔚，怪石嶙峋！

江南街市，满目琳琅，目不暇接，价廉物优。

闺秀大乔，温润照人；碧玉小乔，春色可餐。

江南一游，走马观花，惜别依依，眷恋一生！

三千里盼顾，意深情浓；四十载征尘，不虚此行！

9. 东山之约

我有无数金色的梦想，遗失在生活的路上。

——题记

疫情突发、小区封门、交通中止、处处核酸、居家自控……只得安心居家读书写字。

"莫笑少年江湖梦，谁不少年梦江湖。"遂在微信好友群发布几段文字，点赞者却寥寥，暗自怅惘。忽然一位微信名"山花灿烂"者申请添加微信。认识，或许就是一种意外。既痴迷阅读，绝非寻常之辈。设若优秀卓绝，何其幸也。喜出望外，欣然接受。

"我是'山花灿烂'。你的美文触景生情，感同身受。点点滴滴，看得我泪流满面！"这话说得心潮澎湃，如遇知音。

"山花灿烂"说，她从小到大，热爱学习，嗜好读书，是如痴如醉的那种。言语欢快，温润婉转，偷偷笑了。于是断定，这绝对是一个有故事的人，甚至曲折惊奇。

岁月不可阻挡，心灵可以暂停。人在旅途，每个驿站都有无限风景，可又能遇上几个一起看风景的人呢？何况，更多时候实在缺乏一份看风景的心绪。

一路走来，磕磕碰碰，也算经历些坎坷，受些风霜。现在的我，不再随波逐流、曲意逢迎，亦不惆怅与感忧。与其躺在沙发里看电视玩抖音、坐在屋子里想风景，不妨出外看看，寻找些远去的青葱，和那曾经的美丽。

既邂逅，值得信赖，何不来一场美丽的约会？"山花灿烂"爽快地承诺着，疫情岂能阻挡那充满爱与希望的憧憬？约会的地方，定在东山吧。

"入目皆花影，放眼尽芳菲。"漫步小径，绿树成荫，芳草萋萋，花儿绽放。可以傻傻地笑，蠢蠢地哭，放肆地跑过山林、小溪和田野，我们像孩子一样真诚，眼角眉梢挂着掩藏不住的喜悦。

边走边谈，轻声细语。我们可以谈谈村校山坡上那几间简陋的校舍，那些年背着书包的往事。毕竟，吃些干馍馍、喝不上水的日子，实在艰苦呢。也说说在那个物质贫乏的日子里，闪闪发光的友情，夸夸一个打篮球高个男孩的英俊，或者一位长辫子女生的清纯。

再来说说小时候曾设想过千万遍的梦，长大后要在属于自己的园子里种一株美丽的花。现在回想起来那梦真的可笑，连一日三餐都保证不了，也奢望种花？

沿着湖边走走吧。柳枝随风飘荡，被风吹皱的湖面像游动的玻璃光滑清澈。走着走着，相视一笑，妙不可言。

清风徐徐，姗姗而行，生趣盎然，故事缤纷。回首有成长中点滴的故事，低头是坚定的脚步，抬眼即美丽的诗意和远方。隔着岁月的沧桑，照亮曾经的荒芜、芬芳走着的美好。青春的疼，也让自卑绽放成花。其实，那优秀的人一直都在身畔。当然，现在只为欣赏，用一种略带尊敬略带赞美的目光，真诚纯粹地欣赏，足矣。

"不积跬步，无以至千里。"我们也谈谈时下的工作和学习。你起不来的早晨，有人能起来；你吃不了的苦，有人能吃下去。总是有人会成功，那为什么不是你。抛却自卑，坚持着自己的执着，守望着收获的喜悦，尽情享受所能看见的一切美好，做好自己值得奋力一搏的事。

"其实，干什么工作都一样，只要努力，都会有所建树。"此行攀登东山，阳光亮亮的，风吹水流，树木生长，轻歌曼舞。那些充满希望且入心入眼的细微，俱是无限美好，值得挽留。

山高路远，行则将至。平静如水，坚定如山，认真生活着。生命有限，就算日落，也有一万种色彩。且待完全解封后，丢掉口罩，脱掉外衫，一定去见见你。来一场近距离的约会，不留遗憾。原来，人与人之间的每一种距离，都有它存在的真实意义。

由此，渴望的烈焰燃烧着，有着更多深深的期待。趁着诗酒年华，去最爱的东山，赴一场美丽的约会。

一言既出，可不要食言噢。嘿，这份不甘！

10. 关于旅游

记忆中，童稚时代的暑假里：树荫下捕蚂蚱、摔泥炮、弹玻璃蛋儿，玩兴浓浓。月朗星稀，则陪伴父亲看护瓜果。

年龄渐长，协助父母干些农活儿：拔草放羊、播种耕耘、拉运水土、碾场磨面……汗湿衣襟，泪洒田野。

匆匆圩载，忙碌疲惫。奢谈东游西逛，何来避暑消夏？一年一暑假，莫不如是。原以为所谓"旅游"，不过吃饱撑得没事干，四处瞎转悠。与其跋山涉水，星行夜归，风尘仆仆，不如吃顿酸菜徽饭。而后，提把锄头田间地头转转，甚或赶几只山羊放牧，岂不酣畅痛快！

"行千里路，读万卷书。"2020 年夏天，去了白银"花村"顾家善、水川湿地公园、"青城"古镇并"银凤湖"，榆中"花海"李家庄、"老家·浪街"。国庆期间，又赴天祝石门沟"小三峡"和金塔"胡杨林"。一路妄自菲薄，感叹美景难得。

窃以为：天下美景，无非蓝天白云，青山绿水，花草树木，鸟兽虫鱼，楼宇寺庙，池塘溪流，大同小异。站在东山望西山，东山没有西山高；跑到西山又一望，却见东山比西高。无论是远赴天涯海角，还是周边田野转转，均有着异曲同工之美。走得了远方，那是幸运；去不了远方，则以眼前之景为美。只是，生命可贵，万不要错过那唾手可得的机会。

其实啊，只要眼中有光，心底是海，哪里都是马尔代夫！总之，生命除了吃住安暖外，必然需要一些快乐事儿，尤其是眼睛的快乐，任何时候要看到一切快乐的事物。

"鸢飞戾天者，望峰息心；经纶世务者，窥谷忘反。"乘兴而行，兴尽即返。

第五辑

四季风情

1. 春将灿烂

时序更迭，万物生生不息。站在新春的阳光里，栽下一盆绿萝，顿时植下一室春色，鲜活翠嫩。

人勤春来早。扬手，阳光渐亮，春水萌动，清新温暖。春天，实在是一个无法拒绝喜欢的季节。我，喜欢翠绿，山水，远方，尤其喜欢花儿！

缓步郊野，迎着暖阳，踏着春风，徜徉于一个足够自由和爱的天地里，努力寻找那一抹绿色的希望。瞧，柳枝吐出鹅黄叶儿，小草已然翠绿逼眼。迎春早就开花了，嫩蕊摇黄，娇羞欲语。顶着枝干的花，一丛丛，一簇簇，眉眼笑个不停，那山坡上的野花亦睁开惺忪的迷离双眼。

青青河边草，悠悠芳草心。沿着湖堤走走吧，湖水涟漪波动，一对画眉在枝头缠绵呢喃，一群鸭子在清澈透明的水中"嘎嘎"嬉戏着。心儿荡起层层波浪，丝丝暖意浸润在春风肆意的缱绻里，享受着年轻昂扬的美丽。

走在山间蜿蜒的小路上，心里充满信心和希望。满坡满洼的杏花开了，清纯素雅，一片芬芳。那一树树嫩红的娇羞，悄悄地融入眼眸，澄澈清爽，红红火火。不经意间，几朵小白伞倏然飘过。原是那小巧柔弱的柳絮儿飘飞，思绪便也随着摇曳了。

站在山巅，眼眸明澈，神清气爽，心儿辽远。轻轻抚摸着树干那刻满纹理的年轮，心生碎念。回想起生命中诸多偶然或必然的遇见，那些精彩和感动——浮现在眼前心底。

人生诸多美好，绝不是圈在屋子里看着手机抖音傻傻地笑，也不是嘈嘈杂杂的一顿丰盛年夜饭，更不是茶香酒酣后的闲言碎语，重要的永远是安心地投入新的工作，对于所从事的内容保持着强烈的兴奋感，保持一种激情和热爱，壮志盈怀。

一年之计在于春。春天，播下希望的种子，就是播下一年最美的憧憬。谦虚谨慎，踏实努力……一直坚信，只要心不被蒙蔽，就能感受生活的每一滴欢乐和幸福。无论什么年纪，保持一份纯粹和天真，坚守初心、矢志不渝。

春华秋实，凡事皆在人为。说，即便天花乱坠，也没有丝毫意义；做，做好每一件事，才是本事！平凡渺小，身体力行。我总是缓慢地螺旋形上升，但从不放弃，仿佛内心珍藏着一个情人牵手后的表达，就是那么情不自禁。放眼望去，万物勃然生机，我的爱触手可及，必将生根发芽，枝繁叶茂。许多美好的东西已经在我心底扎根，即使生活低到尘埃里，依然坚持不懈，开出那含情脉脉的花，舞出自己的旋律和风采。

"机会总是留给有准备的人。"生活，就是一种实实在在的生存。我们所能与之抗衡的，就是敢于追梦的勇气和热爱。那些看似波澜不惊的日复一日，其实正铺垫着未来的每一次闪耀。不要为懒散和懈怠找任何理由，人生的道路上，哪来坐享其成、不劳而获呢？

学无前后，达者为师。学会谦虚，耐心讨教，不耻下问。做，自己想做的事；听，想听的声音；见，想见的人。所有的辛勤耕耘，都会变为金灿闪亮的收获。激励你的，永远是身边那些优秀的人比你还努力。

"种瓜得瓜，种豆得豆。"既然下种，就有希望。待七月流火，瓜熟蒂落，必然收获那带有泥土香味的喜悦和甜美。想想，已觉时光充盈，山色明媚，碧水激滟，一派清旷。

"冬去冰须泮，春来草自生。"2023 年的春天比往年来得早多啦，诗曰："东风带雨逐西风，大地阳和暖气生。万物苏萌山水醒，农家岁首又谋耕。"展望新的一年，我们携手同行，安稳勤奋，努力上进，全力以赴，一路开出鲜艳明媚的灿烂之花。

原载 2023 年 2 月 14 日《池州日报》

踏　春

暖风踏青山，飘然解多愁。

人面桃花开，唯有寄春风。

2. 花开长寿春来早

岁序更新，站在新一年的光晕里，春天很美。这几天，我家阳台上的长寿花陆续绽放，蓬蓬勃勃，生机盎然。七八平方米的风水宝地，蓝天白云，艳阳高照，耀眼光彩，流连忘返。

2020 年的那个春天，忽然封控居家。每天站在阳台上看看窗外，实在有些拘谨。阳台上原本栽植着几株绿植，色彩单调，也不景气。4 月解封后，在一位同事家的阳台上看见绽开着很多花，玲珑剔透，娇艳动人，顿时心生喜欢。那位聪慧勤快的同事娓娓告诉我，这是长寿花，花繁叶茂，花名也很吉庆。性格使然，立即移栽几株。后来，又在别处寻觅到一些新品种，在自家阳台上栽植了大大小小十多盆。

长寿花，即圣诞伽蓝菜，顾名思义是长寿之花。多年生肉质草本，花期长。叶片翠绿，拥簇成团，花色丰富，色泽艳丽，极具观赏效果。花期正逢圣诞、元旦和春节，馈赠亲友，吉庆富贵。

万事起自用心。居家的日子里，每天情不自禁移步阳台，看看书，整理花草。长寿花不需要殷勤照顾，隔三岔五浇点水，偶尔施点儿肥。谁料，连续三年，口罩遮面，往返匆匆，小心翼翼，亦没有走亲访友。尤其刚刚过去的季节，一冬不宁，寝食难安，忐忑忑忑。2022 年 12 月初，遭遇身体发冷，虚汗淋漓，身体虚弱。好在，有这些长寿花陪伴着，也不觉得孤寂。现在，阴霾消失，一切恢复正常，我尽可安安心心做些自己喜欢的事。

小寒过后，盆里的长寿花枝繁叶茂，生机勃勃。大寒时，长寿花顶部和枝丫间长出一簇簇若米粒般浅黄色花蕾。一日又一日，花苞慢慢长到黄豆般大小，花苞顶端渐渐露出各种浅淡的颜色。

"花开一朵犹嫌早，花开满枝满眼春。"立春后，几朵花率先偷偷绽放。先是绛红色的，热烈似火，吉祥喜庆，接着是橘红色，高贵端庄。进而纯黄色的也开了，青春美丽，尽显年轻。接着是浅粉色的，甜美可爱，天真温柔。最后是那种紫色的，高贵优雅，充满了神秘感，让人遐想和回味。那单瓣的四个花瓣儿一齐开放，玲珑剔透；重瓣的一片、两片，一层一层慢慢开到芳华尽露，姿容烟霭。

现在，拉开窗帘，阳光灿烂，绿意葱茏，一簇簇长寿花挨着挤着，妩媚多姿，清丽雅致，柔美动人……"一盆鲜花万般情，教人长寿花前醉。"月色朦胧，赏心悦目，神清气爽，装点了我家小屋，给平淡的生活增添不少喜意。

斯是陋室。春节后，一些至亲好友前来我家转转，一进门立即跑到阳台上欣赏，啧啧赞叹。芬芳灿烂的长寿花让久违的亲情回归真诚，感受到生命的充实和珍贵。岁月嫣然，繁花朵朵，点点滴滴都是爱……花影绰约，芬芳飘然，生命安好。

春风新意，万物复苏。生活，是实实在在的生存。细细品味一次次镌刻在心灵深处的相遇，点点滴滴都是美好，润泽着曾晦暗枯燥的心灵。花如人生，人生如花。花开色香味，人活精气神。是啊，无论我们经历了或经历过什么，既往不咎，来日方长，把一份超乎于生存的美丽种植在心间，保持一份纯粹和天真，于平常烟火中，怀着许多既可觉察亦可触摸的无限深情，永远被热爱的人和喜欢事儿充满心胸。

"人勤春来早，功到秋华实。"其实，每个人生命里都有春天，它是生的欲望、能源与激情。坚信：春暖花开，人间有爱。安稳勤奋，全力以赴，让岁月在有生命起色的时光中，美丽灿烂地开花，永远有滋有味儿！

原载 2023 年 2 月 13 日《利辛周刊》

3. 夏日出行记

今天又是周五，细细回想上周五郊野出行的故事，一直一直美在心里，不动声色地偷着笑了。

某年某月某日，一位同人提议一起出外转转。说走即走，一言为定。

"麻雀（qiǎo）儿跟着夜别蝴（口语中蝙蝠的名称）飞，飞到哪儿算哪儿！"我这人心活面软，逐浪随波。小时候，听从父母或哥姐，温顺乖巧；上学后唯老师金玉良言，从不越矩；工作后服从领导，马首是瞻；成家后一切媳妇处置，懒得做主。吃饭穿衣，走路上班，浑浑噩噩，迷离马虎。人家住楼，节俭置房；人家买车，努力买一辆；人家儿女考入大学，自己的儿子当然得上。好友达哥定居兰州，无钱购置楼房，只好瞪着双眼，远远地观望着。

游逛田园，何其简单。

问题是，与谁同去。有些人，自私吝啬；有些人，心眼太多；有些人，形同僵尸；更惧，阿谀谄媚，居高临下，咄咄逼人者……与不喜欢的人在一起，说话都得提防。认真盘算，同道者无出其二。下午 5:30，如约出发。天清地润，夏风缓缓，郁郁葱葱，满眼清澈。乡间路旁，麦穗青青，豌豆结荚，洋芋成簇。风过处，花片细碎，兀自旖旎。

夏日的黄昏永远是美丽和温馨的。返程途中，一口三舌，众人如酒醉般述说着动人的情语。

"落落出红尘，磊磊入凡间。"第二天，同伴争坐，笑声灿烂，洋溢着快乐与纯真。青山绿水，草木葳蕤，每一寸阳光都充满欢喜。抬头仰望，满眼深绿；低眉窃喜，怡然前行。花，依然开着；人，依然爱着。返程时，灼灼美好，撷手可得。这样的景色，谁不喜欢呢。

忽然感慨，岁月枯燥，早上挣扎起床，闭眼刷牙，匆忙赶路，疲于奔波。有些事儿，一旦认真就输了，一败涂地，而有些事儿，若不认真，血本无归。与人交往，有的让人提防，有的一张白纸，更怕，很多人眼里只剩下柴米油盐和功名利禄。其实，所谓同事，各谋名利。披着厚厚的铠甲，把自己包裹得严严实实，稍有风吹草动，总怕皮毛受损。即便聊叙，无关痛痒，人云亦云。更甚者，恃才矜贵，傲睨自若。究其实，人人不过一张似曾熟识的面孔或皮囊而已。存在与否，无关大碍，人人麻木僵化啦！不说也罢。

"要么庸俗，要么孤独。"快乐，对于成人来说，纯粹是奢侈品。这次出行，最大的收获是，自己也可做自己的主。从小到大，逆来顺受，但凡张口，必遭拒绝。一介草民夸夸其谈，如孔乙己般只是博他人一笑。

爱，是人生所有的意义。匆匆大半生，多少情怀在忙碌奔波中迷失，总想痴守一份不变的情感，却又握不住渐瘦的流年。曾经以为，拥有不易；今天明白，放弃更难。漫长的旅途上，以友相称的人，凤毛麟角。

唯有努力，或可优秀。吾本蚁族，追名逐利，岂可免俗。好啦好啦，夏天再美，也只是夏天！

仲夏，有些花儿，开了，又凋零；有些故事，发生了，又结束；有些人，来了，又去。有空，就看看身边的风景吧，不要错过那些美好的人和事儿。

最美的珍藏

春来秋去
你的模样早已镌刻心间
怦然心动风情万千

你翩翩而来
如缕缕清风
以清秀之姿温暖薄凉

七月的微风又起
依旧在蓝天下怀想
成为这一程最美的珍藏

4. 雨夜遐思

旅居异乡，雨丝绵绵，不免想念父母家人。

夜深了，窗外淅淅沥沥。马路上偶尔汽车驶过，泥浆迸溅。暗自庆幸，那泥浆溅得再高，总不会溅到我家地板上吧。

住进崭洁的楼房，虽不豪华，却也整洁，我不再东奔西走、寄人篱下！

第二天早晨，若是雨停了，还可穿着运动鞋，沿着清新潮湿的铁道边，一溜烟跑步到达学校上班呢。

窗外的雨滴似乎紧了。想起父母长年留守乡下，守着清贫、孤独与寂寞，今晚是否和我一样失眠，不得安然入睡？

好在，一切刚刚开始。愿，一切越来越好。

雨停了，夜晚安静下来，我要睡着了。

故　乡

秋风吹了一年
又一年
夜里梦回故里
已是操着乡音的陌生人

老家成为故乡
鸟雀横飞，坟茔林立
现在我也是孩子们口中的故人
家乡成全了我

5. 邂逅

走进秋天，有一种美叫作天然。白云悠悠，层林尽染，一湾碧水，烟波浩渺。

漫漫旅途，不停地追寻。从小生长在偏僻山村，粗鄙浅陋，自卑迂腐，尤其缺乏风度。唯谨言慎行，严肃又克制地生活着。

生活磨平棱角，琐碎浸透身体，荒芜填满心胸。深情总似无情，兵荒马乱是自己的，幽幽暗暗、明明灭灭也是自己的，生事微渺，茕茕孤立……

那年秋天，冷风飕飕，落叶飘零，一个人彳亍徘徊于街头，四顾茫然。忽觉光芒耀眼，抬首，那人微笑着站在眼前。亭亭玉立，光洁的面容，卷曲的秀发，一双眼睛盛着两泓湖水。一路欢喜，"咯咯"的笑声，清澈丰盈。凝香的玉手，采一瓣瓣馨香，撒在风里。生命原本沉闷，遇见如同蒙尘的千里马遇见伯乐。那寂静、沉默的信仰忽然萌生，刹那芳华，心中有了光，点亮精致的人生。

"窗前千叠浪，眼里几星辰。"从晨曦间，你迎着浅秋的风，涉水而来，怦然心动。那天，我在日记中写道："今天认识了一个神……她，她是天使下凡。""有些话很傻，但还是想说，你是百合，更是天使。尽管，我仍然一无所有，一文不名。"

亦师亦友，可遇不可求。此后，身披霞光一路同行，鼓励着，牵念着——"咯咯"的笑声，清澈丰盈。一言一语，一颦一笑，成了心中珍藏的经典。遇见，用执着的目光，从一份浪漫中沿途追寻美好、憧憬着希望，在惊叹的目光中闪烁辉煌，叩响生命的门楣。然而，我所欣喜的，终是一次次重逢。有人说，没有感动的存在，灵魂是荒凉的。三毛说：朋友中的极品，便如好茶，淡而不涩，清香但不扑鼻，缓缓飘来，似水长流。

时光煮雨，远山迢递。一月，二月，三月，阳光在心上奔跑，泉水叮咚，将所有的梦，暖成微笑。四月，春风十里不如你。五月，你的名字婉约一季芬芳。六月，七月，空气和晨露里，莹润着薄荷的香味儿。八月，明月漾清辉，千里共婵娟。九月，将你的名字刻在那枚枫叶上燃烧。十月，枫叶正红，就把心结系成个花样儿。十一月，青青子衿，凉风有信。十二月，付出我一直吝啬的时间，窥视那欢乐的模样。遥遥的记挂，开成一段段旅途中娇俏艳丽的小花……

"叶密千层绿，花开万里黄。"你来，花开安暖；擦肩而过，荡气回肠；你走，雨落优雅。世人夸你美，嫣然俏笑，毫不矜持。遇见，是一缕清风，舒爽怡人；一束阳光，温暖明媚；一阕诗词，隽永灵动；一曲清音，余音绕梁。喜欢坐在身畔，静静地看你，说不尽风光无限。暗自庆幸，没有错过瞬间那美丽的时刻，悄悄珍存着，喜悦着。

清浅回眸，有人在街角驻足，花香藏进绿叶间；也有人在湖畔静待，那暮山绯云间的夕阳，悄悄流转于岁月。不经意间驻足站台，牵念在小站延伸，朝暮交替，风雨无阻。不为风月，只是一场跨越时空的约定。西塞罗说：懂得生命真谛的人，可以促使生命的延长。清淡的日子里，你在，我亦在，忠诚坚韧、乐观执着，尽情演绎着各自的美丽与高贵，熠熠生辉。

风景这边独好。心有灵犀，用一汪深情的美，成为一道道亮丽的风景，成就一个个天荒地老的传说。时光如水，岁月荏苒，不再惧怕明夕何夕，君会陌路。遥望璀璨星空，每一道星光都满含着浓情，充满诗意和远方，令人神往。

朝花夕拾，路漫漫。"只有频率相同的人，才能看见彼此内心深处不为人知的优雅。"谈笑间又值仲秋，草木葱茏繁盛，秋花静美可爱，凝视最柔情的水，聆听最美妙的雨，将温暖织就绿茵，让心音开成清韵……若繁华落尽，白发如霜，你依旧是那个临水照花的人。

现在，我用拙劣的文字复原一路走过的旷世深情，把靓丽的身影和耐人寻味的故事，放在记忆的珍藏册。伫立翘望，天暖花开，桃花依旧笑春风。珍存着，喜悦着。如此，甚好！

原载 2022 年 9 月 24 日《格尔木日报》"江之源"；9 月 26 日《南浔时报》

6. 冬花飘飘

一季一景致，一度一峥嵘。雪是开在冬天的花。昨夜风起，一夜飞雪，洋洋洒洒。

早晨，冬花飞舞。一场碎碎欢快的毛毛雪，成为小城一道不可不看的风景。

山里长大的孩子，是爱雪的。出门时，家人说："慢点，注意安全！"话语寥寥，倍觉甜蜜。"最爱东山晴后雪，软红光里涌银山。"沿着山径踽踽而行。

"雪落天地明，情动心灵音。"瞧，冰清玉洁的小精灵，一袭优雅，六瓣清傲，秀美灵动，柔滑出一道优美弧线，似寻梦的蝶，款款而来。心，定格成一份极致的美，生出几多怜爱。

伸出手掌，雪花轻盈落下，凉丝丝的。这来自异域的花，身体里藏着神秘的诱惑，奔涌着淹没了浅浅的峡谷，淹没了天地。站在雪中，心旷神怡，神清气爽。不知不觉中，思绪也随着雪花纷飞、飘远……

冬雪雪冬小大寒，风雨人生路漫漫。岁月流转，四季更替，日暮晨昏，柴米油盐，苦辣酸甜，沿着蜿蜒崎岖的山路一步步趔趄前行。年复一年，日复一日，忍着、熬着、挣扎着、奋斗着，一直努力寻找那种在寒冷的日子里，踏实向前走的感觉。

光阴宛转，冷暖自知。背井离乡，辗转跋涉，一步步蹒跚前行。终于由羸弱而茁壮，由怯懦而勇敢，由灰心丧胆而生气勃勃。既而，坚定地走着自己那无可替代的路。

山重水复，柳暗花明。犹记那年，雪花芬芳时节，邂逅一位温婉的女孩，步履轻盈，明眸皓齿，一袭红衣缥缈。举手投足间，凝着一丝雅意，触发心底圈圈涟漪……孟子说，存乎人者，莫良于眸子。自此，相携相伴，共担生活艰辛，同守山水绵长，坚贞不动摇。

雪花飞舞的日子，就是一场梦的旅行。仰首，云天群山同色；抬眼，大地长空相连。如此近，又那么远。一场柔情融魂、曼妙可人的爱情雪，用一抹抹温馨浅笑，唯美着我的视线。山一程，水一程。人生总有些思念遥不可及，却温暖在生命里。娟娟回眸，和喜欢的人做喜欢的事，在蓬勃的世故里解读着彼此怦然心动的欢喜。常常想：人生本如雪花一样洁白，恪守生命里的素色与信约……即便世事风轻云淡，只留下零星点缀的记忆，那又有何妨呢？又有谁不喜欢这样一场的灿烂冬花呢。

雪漫千山，我意凌云。踏着冬花细碎的脚印前行，我在寻觅那些自己年轻时似曾相识的印记。山径的深处，回荡着脆脆的嬉笑声，几个女孩沿着山径缓缓走着。厚实的穿着遮不住曼妙的身形，泛红的双颊氤氲着青春激荡的娇羞。虽然不知道在追逐什么，而且也明明知晓得不到什么，但我很快乐。

远眺，天地苍茫。思绪因雪而起，在蜜意柔情里，随风曼舞……正像雪小禅所言："其实，我喜欢的不仅是那一朵花，而是伴随着那一朵花同时出现的所有记忆，我喜欢的甚至也许不是眼前的大自然，而是大自然在我心里所唤起的那一种心情。"飘雪的日子，那一片片雪花飞扬，情深意长，笑语盈香。

今朝去时千重雪，明岁归来万里春。梦在心中，情随风动，岁月亦匆匆……天地苍茫，心如水澈。飘雪的日子，一片片冬花飞扬，情深意长，笑语盈香。这个冬天，依然甘愿守着一份淡淡的芬芳，任遐思飞上天空，遥望春暖花开。

无　眠

薄蝉窃窃语，夜来不成眠。
似是故人来，山水相隔远。

7. 踏雪寻梦

季已深，寒意沁。这个冬天，奢望赐予一场雪。

傍晚，天空飘起了雪花，纷纷扬扬，瞬间笼罩了居家小城。早晨，拉开窗帘，粉装玉砌，琼枝玉叶。踏雪寻梦，说走即走，何畏寒冷？

北国小城，皓然一色，苍苍茫茫。碎碎的雪花，一片片飘在发梢，落在肩头，带来了一份唯美和浪漫。仰脸，任雪花在炽热的脸上融化，柔情漫开。伸开掌心，雪花轻轻飘落。

"千山鸟飞绝，万径人踪灭。"一个人转悠着，那飘雪的长路，清澈悠长。驻足湖畔，天地一白，风烟俱净。顺着台阶登上东山，环顾张望，小城四面环山，静谧素雅，温婉动人。眺望远方，心如水澈。

雪花，碎碎地飞。记得以前在乡下，每逢雪天，爸妈奢侈，土炉放入煤球，兄弟姊妹们围着火炉，叽叽喳喳。那时，心里装的，只是一份简单的温暖和快乐。

渐渐长大，踏上漫漫求学之路，但逢下雪的夜晚，一个人待在破陋的屋子里，孤独到有点怕，寒冷让人无法入眠。看亮亮的窗，听冷冷的风。

工作后，又在离家三十里外的村小教书，白雪皑皑。一路趔趄前行，风雨兼程。圩载一梦，定居县城，读书写字，耕耘杏坛，不再有奔跑的黑夜。

冬天，是一个安静的季节，浮躁的心沉静如初。有雪做伴，就不孤单。这个季节，只愿守住一份淡淡的芬芳，把梦弥漫在掌心，任遐思飞上天空。

站在雪原，豪情万丈。岂忘凌云少年志，曾许天下第一流。一次生命，一场行走的美丽风景。丢弃那些胆怯、忧伤，携着心底纯粹的美好和力量，自备生命的折叠伞，乘风飞翔，飞成天地间一种欢乐的模样。

雪花舞婀娜，春天在眼前。踏雪寻梦，让每一个平凡的日子泛着光。

原载 2022 年 1 月 13 日《绥化晚报》"雪原"版

8. 冬日暖阳

今日周末，心无闲事，遂出门转转。

冬天至半，去太阳地里转转，就是一种福分。

疫情突袭，蜗居家里，有些焦急和彷徨。站在窗前，宽阔的大街，寂寥无声……设若晒晒阳光，该多好啊。

唉，即便没有疫情，那些信手可拈、抬眼可见的美好，不也在习而惯之、熟视无睹里忽略、流走、遗弃吗？心有所系，一心一意。午后，阳光灿烂，鹅黄妩媚。悠悠漫步，心怀喜悦。居家附近的"人民广场"，人头云集，三个一团，五个一簇，聊天闲谝。黄发垂髫，奔跑嬉戏。聚而歌者，"咿咿呀呀"。最是热闹，下象棋、"掀牛九"（一种纸牌游戏）者，随处可见。凡街道拐角、光照避风之地，皆是疆场。广场向阳的观礼台上，多达五六摊之众。豪杰们运筹帷幄，杀伐攻略，不亦乐乎。

社会发展，日新月异。昔日耕耘陇亩的父老乡亲们，数代奔波，结束种田为生、一清二白的岁月，丰衣足食，吃住安暖。只是，这，还不是全部。

生活细碎，万物流转。暗自回想，童年幼稚，少年懵懂，青年奔波，成家后忙于生计，兼之买房购车，步履匆匆……钢筋水泥、高楼大厦，喧嚣嘈杂。倘若一切只为名利，实在有些悲哀。

移步换景，心融天地。抛开工作的繁杂、生活的琐屑，拔掉内心寂寥滋生的荒草，舍弃那虚伪的修饰，尽情地晒晒生命的太阳，并不奢侈。亦如思念某人而卑微沮丧，不敢喋述曾经。冬天漫长，萧瑟也寂寥，却不再狂风呼啸、地冻天寒，任凭风柔日暖、心事成欢。

与君重逢，恰是旧知。忽然眼前一亮，同学叶子偕伴健走，娉婷而来。一袭纯白羽绒服，清新妩媚，阳光洒满她圆润的脸庞。凡事努力，前因后果。现在，叶子工作稳定，儿女争气，遂畅所欲言，忆及过往。

叶子说，今天的阳光真好啊！小时候，一到冬天，天冷屋潮，妈妈常常把被子晒在铁丝上。被子晒得鼓鼓的，晚上钻进被褥里，松松软软，有一股暖烘烘的焦味儿。于是，说起各自的妈妈。这个世界，妈妈是最善良、最疼爱我们的人。缝缝补补，洗洗涮涮，给予我们太阳般的温暖。说着说着，叶子的眼圈发红，泪水打着滚儿。接着，聊说起几位关系贴近的同学。

小梅卖服装，收入不错。一个窈窕清秀的人，见了好的不知道饱的，身体有些发福。小桃是一家网络主管，薪酬多多。小兰聪明自信，当着小学教师。小琴在东部批发电脑，算是电商巨头。小花提前退职，含饴弄孙，做了全职奶奶。"高乐高"（微信名）为人和善，留守在乡村，兼职保安。男同学们大多也进城安家落户……只是，各自忙碌着，来往有些清淡。

人间，总有不期而遇的温暖和希望。叶子是个话匣子，滔滔不绝。她说，其实啊，一切简单。我们都是幸运的，定居县城，干着正儿八经的工作，这两天忙着写总结呢。叶子嘴甜，临别不忘夸我几句。她说："你从小质朴谦虚，好学上进，是个非常优秀的人。"我心里偷偷地说："你聪慧睿智、精明能干、舌灿莲花，本是一束暖暖的冬日阳光呢！"

岁月不居，希望长长。告别叶子，暗自思忖：人生路远，千里万里，莫忘归程。庆幸，我们都没有错过那温暖柔和、有着神奇力量的阳光。

纵有疾风起，人生不言弃。有阳光的地方，永远生长着温暖。浴雨露，沐风霜，心之所向，一往无前。生命之航，没有不受重力的飞翔。任何时候千万不可躺平耍赖哟。

做人如草，向阳而生。冬天过去，就是春天。

原载 2021 年 12 月 16 日《兰州日报》"兰山"副刊

冬日吟

节变朔风至，早梅含苞放。

山深知己少，琴瑟与谁弹。

春至日渐暖，灯下抒情怀。

谁人可知晓？海云独悠悠。

9. 冬日登山

冬季来临，气温渐低，阳光或明或暗，有些清冷孤寂，只得攀爬东山看看。

吃过早餐，换上衣服、鞋子出门。穿过广场，一路向东。冷风飕飕，落叶满地，行人稀少。

沿着通往山间的崎岖小路，慢慢攀爬。冬天的山野有一种空灵感，地面苍白，小草干枯，树叶脱落殆尽，隐隐感到冬天的萧条和荒凉。半山腰时，山势陡峭。手无可攀，一步一步，有些犹豫踟蹰。左弯右绕，暗自为自己打气，今天一定要登顶看看。趁着精力充沛，且有机会登山，那就尽力试试。多登一次算一次。每登一次，必有新的收获，岂可半途而废。即便山巅什么也看不到，至少也是一次毅力和体力的锤炼。

偶见三两只鸟雀在树梢间飞来飞去，瑟瑟发抖，显得孤立无助的样子。忽然想起小学语文课本中读过的《寒号鸟》。社会进步，时代发展，大多人家勤俭持家，朝耕暮耘，一应生活物品贮备齐全，暖衣饱食。但也有年少者，春天徘徊，夏天惆怅，秋天颗粒无收，到了冬天才惊怕瑟瑟的寒冷。

向上走的路，从来辛苦。转过一道弯，爬过一道坎，汗水津津。费了些周折，算是完全登上山顶。

驻足山巅，一马平川，山风浩荡，远山连绵。儿时，妈妈屡屡告诉我，只有好好读书，才能走出农村。那时，村庄小，路很窄，供自己走出的只有一条，别无选择。此后，循着弯弯的山路匆匆往返，数十年艰涩跋涉，终于走出农村，成为小县城的普通一员。

人生刚刚有些起色，却止步于吃饱穿暖，积懒成笨。命运给你一个低的起点，是想看看你逆风翻盘的精彩，而不是让你历经磨难后，却刀枪入库，马放南山，堕落于莽苍尘埃中，奄然渺茫矣。

芸芸众生，各有其道。有人躺卧着即可衣食丰足，清闲无忧；有人虽机遇不好，但紧要关头有人帮助支持，自是坦然度过；更多者栉风沐雨，精打细算，逐事顺畅。最怕，懒惰无求，浑浑噩噩。

"世上哪有什么从天而降的好运，所有的时来运转，都是蓄力已久后的纵身一跃。"那些走过的路，一步步都算数；那些蓄过的力，就是你未来的光。人生就是一个不断尝试和积累的过程，在苦涩的泪水中成长坚强，在飞扬的火花中绽放美好。无论何时何地，岂可轻言放弃。

"且长凌飞翮，乘春自有期。"这是属于我一生中最美好的阶段，必当踔厉奋进，自力更生，凤凰涅槃，或可水到渠成、功成身枯。

正要准备下山，却见两位久已熟识的同人窃窃私语着上到山顶。这两位同人皆青年才俊，学识渊博，才华横溢，桃李满天下，前途未可限量。山高人为峰，远远仰慕着。他们惊诧于我在寒风中独自登山，遂侃侃而谈，坦诚鼓励。

绝美的风景多在奇险的山川。下山时，我们仨稳步矫健，心旷神怡。走过一段平坦的路，我大声地问："你们看，今天的我美吗?"一位同人清脆悦耳地说："读书写字，安稳勤奋。你很坚强，挺棒啊，加油噢……"

路遥说：生命需要我们自己去赋予它价值和意义。百尺竿头，继续攀登，勇敢做自己，坚守跋涉，将最初的梦想进行到底。

道阻且长，行则将至。冬日可爱，春天可期。

原载 2022 年 11 月 23 日《燕赵老年报》；2022 年 11 月 24 日《蚌埠日报》；2022 年 11 月 30 日《亦城时报》

下雪天

一个人
在雪地里徜徉
静静地
看雪花飘落
想心动的故事
做甜甜的梦

10. 岁月如歌

2009，分水岭

一年内完成三件事：一是儿子小炳通过亲友帮助，转学至石洞小学，稳定求学；二是妻子找到一份工作，工资虽低但比较长期；三是我的工作通过借调方式进入县城小学。

县城好，屡屡重逢同学、邂逅同人，还可及时处理些家务。苦盼 20 年，终于进入县城，一切有所安定。从此，可以不必风雨兼程，东奔西簸，颠沛流离。

一切都会好起来的。这，是自我 8 岁入校、出外求学、上班以来，收获颇多的一年。

今天是 2010 年的元旦，早晨和小儿小炳乘坐大哥的车回乡下看望父母。见一面，也是心安。只是儿子晕车，呕吐不止，令人心疼！

"讷于言而敏于行。"低头走路，抬头看天。其他，不说也罢！

2010，稳步前行

2 月 8 日，我和大哥驾车把父母从乡下接来家中，温馨祥和！

2 月 15 日，父亲、大哥和我去永登县刘家湾村看望二爹二妈！

8 月，工作手续正式调入县城小学，工资也上调 398 元。

9 月，为妻子购买了养老保险，逐年递进累积。

12 月底，还清 5000 元最后一笔购房借款！

期终考试，小儿语文 98 分、数学 98 分、英语 84 分，是小学六年来最好的成绩。为兑现承诺，奖励一个 180 元的 mp5。

做自己的主，不懈努力，所有梦想一定会实现！！

恋曲 2011

1 月 3 日早晨，天空晴朗，阳光灿烂。蓦然回首，一年忙碌，为工作、为家庭，不得安闲。

3 月，栽植一盆橡皮树，色泽青绿，生机勃勃。

6 月，《兰州工运》发表《谈谈父亲》，获二等奖，得 43 元稿费。

9 月，获得学校"优秀教师"称号。

12 月，加入中国共产党，完成一个夙愿。

一年来，工资略有浮动，年度考核"优秀"。积极参与学校"两基"达标工作，忙碌不堪，甚而彻夜加班推进。

除却工作事宜及一日三餐忙碌外，回乡下看望父母 11 次，一次性在老家待过 3 天；儿子上了初中，当了英语小组长。参加 8 次婚礼、5 次乔迁、6 次子女升学并参军、3 次葬礼等。尤其参加 2 次同学相聚盛会，聊叙纯真的友谊。

另外，写出 8 篇随笔。遗憾的是，丢失一个"U"盘、身份证等，出现丢三落四的现象！

生活容不得等待，终于明白：不要把美好的愿望凭空寄托在等待和运气上。唯不懈努力，或可水到渠成，花开灿烂！

2011，Good bye!

飘尘 2012

改变从相信开始。

2 月，在儿子催促下，买回一台电脑。一则自己使用；二是供小儿适当游戏或查阅资料。

春节期间，父母做客我家，其乐融融。正月十五，父母吃过晚饭，住到大哥家，打算第二天返回乡下。孰料，第二天发动机冷，父母在我家又住了一晚。正月十七，送父母回乡下，返回后一下子觉得宽大的客厅冷清寂寥许多。

7 月，返回家乡。去田地里转转，西瓜、洋芋、苞谷、高粱、桃树……沙地柔软，一片碧绿，俨然丰收在望。父亲放羊耕地，母亲里外忙碌，招待我这位尊贵的客人！

8月16日晚上，皋兰电视台播出《我的恋书情缘》征文，用时长达11分钟。

9月29日，中秋之夜在家独居。夜深了，伫立在夜风中……

10月，踏上愉快的南京之旅。扬州、无锡、苏州、杭州，畅游雨花台、灵山大佛、拙政园、乌镇、西湖、岳王穆、飞来峰、灵隐寺、黄山……遍览江南风情，恭祭伟人先哲，激情扬州路，徜徉秦淮河。

10月，父亲住院，儿子住院……直至2013年元旦均有所好转。

12月，心，不再结冰。爱是一种感觉，更是一种思想。

仰望星空，尚需努力。但凡有意义和价值的事，值得坚持。

悲情2013

父爱如山。6月16日（农历五月初九），父亲离世，愿一路走好！

7月，儿子中考，成绩低落，还需全力支持！

12月6日傍晚，妈妈来到我家里，很开心！

这一年，很长，很忙，很累。繁乱无序，孤寂踟蹰！

钟声敲响，新的旅程开始。心存希冀，努力而为之。

2014，好运相伴

1月，家里安装网络电视，可以随便浏览！

春节期间，天寒地冻，冷风凛冽。正月初六，乘坐大哥的车，拜访孕舅、二舅、三姐、二姐、六姐、孕爹（亲房八爹）、五姐、七哥、二哥，顺路看看脚面骨折住院的小侄儿。亲友相聚，嘘寒问暖，盛情款待，聊叙往事……

3月，唱响《那一片红》《祖国不会忘记》。

任凭风浪起，扬帆志更坚。站在宽敞的人民广场，仰望新年的阳光，暖暖的。没有伞的孩子必须努力奔跑！我愿，在自己的天空起舞，做一个永远的追梦人！

2015，天空是晴朗的

6 月 12 日，早晨吃到第五个包子，忽然吃了一嘴调料，满嘴麻辣！骑车行走于邮局拐弯处，身畔忽然蹿来一辆黑色"桑塔纳"擦身而过，继而迎面飞驰而来一辆自行车，险险相撞，惊出一身冷汗！

2015，提笔写温馨，落笔韵凝香。《兰花》发表《四月，山中寻春去》《七月，故乡的杏子红了》，《坚守，因为心中有梦》一文获奖。

生活，不是浮在纸上的华丽。一切清零，迎来 2016 年第一缕阳光。

2016，种一朵花

忽而一年，轻掠而过。

5 月 12 日，校园花坛里唯一的一株芍药绽开，白如绸纸。

8 月 13 日，邂逅三十年前的老师，一起回忆曾经的点点滴滴。

8 月 22 日，一位要好的同事参加支教。倍感孤寂，感慨良多。

9 月 7 日，中午乘坐同事学举的白色轿车到校，暗自羡慕！

《兰花》刊发《相约文字，与梦同行》；《兰州日报》刊发《同学，同学》；《甘肃日报》"美丽乡村"刊发《七月，家乡的杏子红了》；《我的父亲是个好人》获得兰州电视台"感动兰州"主题征文优秀奖！

"任何目标都可以被实现。"踏上 2017 新年的征途，徐徐前行。

2017 年

一年伊始，我走我的路。

"陌上花开又一春。"正月初八，远赴城镇乡村，拜访各家亲戚。亲友相聚，实在是一种良好风俗，值得坚持！

一波三折，险象环生。5 月 25 日，拿到 C1 驾照！

6 月初，阳台上那株巴西金心铁不知啥时悄悄冒出一溜穗状花絮，进而绽放，蓬蓬勃勃，花香浓烈。"十年磨一剑，一朝试锋芒。"高考临近，小炳同学信心十足，志在必得！高考结束，估测 528 分。

6 月 22 日傍晚，查询高考成绩：513 分，超过一本线 53 分，值得庆贺。

铁树开花，确有此事。填报志愿，拭目以待。

6月，加入兰州市作家协会。

7月23日傍晚8:23，在西安科技大学招生网查询到小炳同学名字，被录取到应用化学专业。收到通知书，除了喜悦，就是准备所需！

7月29日，妈妈住院，和大哥送水送饭，三姐、小妹轮流替换，昼夜呵护。8月20日，看着病危的妈妈，泪流满面，潸然无语！妈妈说："抽空儿吃些，睡会儿去吧，不要把人累坏啦！"这是妈妈留给我的最后一句话。

8月30日早晨，小炳同学带上生活用品远赴西安求学。再接再厉，力争上游。

9月13日（农历七月二十三）早晨7点，我那温和善良、素朴勤劳的母亲乘风走了。这一年，妈妈没有过完秋天，天公垂泪！

10月，小炳决然返回复读，安然如初！

12月，获"喜迎十九大，奋进新征程""不忘初心，牢记使命"主题征文优秀奖，填补一个空白！

站在岁月的分水岭，回眸过往，五味杂陈……工作繁杂、家务烦扰，心绪烦乱。小炳说我近来怎么不写文章啦，倒把精力放在睡觉上。

低下卑微的身姿，孜孜以求，才算本事。高山仰止，景行行止，虽不能至，然心向往之……

2018，筑梦芳华

时光煮雨，岁月缝花。

5月1日，自买一辆纯白"奔腾"越野，来去自如，随意东西。

7月，天赐吉祥，小炳同学被大连理工大学提前批录取。

9月，秋阳明媚，天地灿烂。小炳同学离开皋兰，乘动车辗转宁夏、内蒙古、山西、保定，短暂逗留北京。乘高铁经沈阳赴2278.7公里外的盘锦，志气昂扬，梦圆今朝！！

5月，赴七里河小学培训，评为"优秀学员"；同月，赴四川成都培训。7月，被评为"优秀党务工作者"。

回首2018，熙熙攘攘。沉默如金，回家拎一块抹布，弯下腰，双膝着地，把地板的每个角落来回擦拭干净，谦卑的同时也擦亮了心绪。

祈望：2019，天蓝花香，行走于山水间，撷一缕月光，掬一抹暖阳，穿枝抚叶，删繁就简，脚踏实地，风雨兼程，行稳致远。

2019，捧着阳光行走

"风尘天外飞沙，日月窗间过马。"生活，就是一个一个故事。

1月，天气寒冷，小炳归返，却不着线裤。2月开学，小炳主动来电，英语补考60.5分，过关！5月，幸福七小，夏草青青，再得"优秀"。6月，东郊培训，邂逅娟娟。7月，宕昌之旅，山清水秀。9月，重逢廿载学子，满心欢喜。

"这个世界太闹，我只想听听自己的心跳。"6月，《躬身践行，同心筑梦》刊发于教育局内刊《同读同赏同交流》。7月，《不改变，从相信开始》获得征文三等奖；《梦想，在行动中》刊发于《皋兰教育》；《我的兄弟姊妹》刊发于《兰花》。8月，《沿川湖，又见马兰花开》，同学夸赏。9月，《老师，您好》展播"兰州微教育"；《我的兄弟姊妹》展播"皋兰融媒体"。10月，《生活，是一种努力》获得"优秀奖"。11月，散文集《向阳花》交付出版。12月，《行稳致远，静心追梦》刊发于《兰花》。

一次失败的尝试，胜过100次的空想。我看见，2020，一个阳光的山里少年，站在闪闪发亮的地方，绽开灿烂的向阳之花。

十年前开始时这样，现在依然，这会不会是一种固执？

2020，心花碎念

回望2020，情深千千。

二三月，疫情发生，惴惴不安。种一束心香，在风里，碎碎念。祈福明天，浅笑安然，花开几许……

"枝间新绿一重重，小蕾深藏数点红。"4月8日，疫情缓解，县城解封。天晴日丽，芳菲娉婷，渴盼《向阳花》面世！

清明，不待春风遍，家乡杏花红。那杏树青枝绿叶，酸酸甜甜。

6月，禾苗青青，沙地暖暖。初夏绿，挖苦苣。童心灿烂，手捧星光……

生命的意义，在于人与人的互相照亮。

7月，什川行，有山有水，有草有木，更有远方和诗意。

物以类聚，人以群分。8月7日，细雨绵绵，再赴百年梨园。古树参天，绿意葱茏，草木葳蕤。那优秀的人，翩若惊鸿……8月31日，再返家乡，吃到纯正白粉桃。

9月，徜徉吐鲁沟，林木茂密，峡石幽深，窥谷忘返，快意酣畅。

10月，孤自去打沙葱，思绪驰骋。

11月，与一群优秀的人合谋，同台展演《把书读好，向阳花开》！

身处阴沟，仍仰望星空。平素的生活想把我埋了，却不知道我是一颗种子。我捡拾起那久已丢弃的骄傲，破土重生，开始追求有结果的人和事儿。

春华秋实，佳音频传。《山道弯弯向前行》《朵朵迎春向阳开》《白粉桃熟了》《冬天的"洋芋菜"》……收获着诸多意外和惊喜。其实，亦想用拙劣的文字，反复陈说一个称作"我"的东西，不被这个纷扰的世事遗忘，留存几分生生不息的希望。然而，所有美好若无人见证，亦如暗夜行路，莽莽苍苍。

"宁鸣而死，不默而生。"轻轻回望，岁月以刻薄与荒芜相欺，心没被蒙蔽。深深地明白，远行的路上有至美的风景，也会掺杂着失意。

一夜春风到，元旦花枝俏。执笔凝望，有爱，有暖，有光，尘埃里也会开出花来，让日子和灵魂并肩。亟待《向阳花》出版，圆实一生之梦。

2021，客路青山外

岁末年初，辞旧迎新。点点滴滴，忍不住说说。

一本书，一个梦。历时3年，一波三折，我的散文集《向阳花》于3月出版。数易其稿，耗时费资，漫长期待，终于盼收。这本书用细腻的文笔复原一段段人生长河中的美丽记忆，成为个人的一笔丰厚财富。8月27日，在"皋兰书院"成功举办首发式。了一个结，圆一个梦。

生活是孜孜以求的学习。于是，习作《心怀梦想，行者不孤》《夏草青青》《大爱无言》《冬日暖阳》等，陆续刊发于《中国青年作家报》《精神文明报》《兰州日报》等 30 家报刊。且,《一路向阳,筑梦前行》获得皋兰县党史学习教育"百年恰风华,奋进新征程"征文一等奖,《悠悠榆师情》获得重庆市江津区"中等师范教育主题征文大赛""优秀奖"。另外,还收到些许稿费哩。

与人交往,认真且不敷衍。这一年,因为《向阳花》的发行,我的领导、很多老师、亲朋好友、同学和同人乃至熟识的人,倾心夸誉,真诚关注,给予切实的帮助和诚挚的支持。他们恰如一团团火光,轻盈梦幻,波光闪闪!

万物风中起,千情眼中生。8 月,驱车三返家园。十里桃林,灼灼其华,树香飘飘,乡音浓浓。其乐,甜在心底,无语言表。10 月,天祝小三峡,云雾缭绕,青山绿水,空谷佳音⋯⋯金塔胡杨林,满眼金黄,婀娜潇洒。在那渐深的秋意里,消磨整整一下午的美好时光。

露凄清凝冷,月朦胧含光。11 月,登临皋兰"东山",心潮澎湃,凭栏远眺。12 月,漫步"人民广场",暖阳鹅黄,深情款款。

生活,终是一朵朵花开。这一年,操心着六七盆花。橡皮树蓬勃,鸭脚木翠绿,巴西木葱葱,龙骨昂扬,麒麟嶙峋,海棠绯红,长寿花簇簇⋯⋯

生活是现实的,原来我喜欢的,人人喜欢。生命中的一切,何尝不是这样呢?忙忙碌碌,怕不只有高楼大厦、钢筋水泥、功名利禄⋯⋯若全为着吃喝拉撒,何趣之有?

展望 2022,有着更多珍贵的东西,譬如亲情、温暖、阳光、田野等。但凡工作学习,岂敢懈怠。你是砍柴的,他是放羊的。你和他聊了一天,他的羊吃饱了,而,你的柴呢?

"客路青山外,行舟绿水间。"坚持郊游,譬如挖苦苣、摘杏子、寻觅"黄干桃"、打沙葱、烤洋芋⋯⋯捡拾些田野之趣,享受生命的鲜活灵动味儿。

2022,山花开了

"时光似水,人生如花。"2022 年,有些凌乱,故事频频,起伏波折,颇不宁静。

"不因渔父引,怎得见波涛。"5 月,加入省作协。7 月,参加市文联培训,聆听几位学者讲座,收获匪浅,一言难述。

"故园花烂漫，笑我归来晚。"8月，亏得自驾三返家乡，得以品吃那甜甜的白粉桃、圆圆的瓜果，情深意重。

冬夜，寂静如水。随笔集《山里娃》几经增删修订，字斟句酌，终交付出版。

"儿时千般景，苦乐笑谈声。"《山里娃》亲切，憨厚，朴实，是一代乡里人最淳朴的乡村记忆。他记住了时光，记住了爱，记住了美丽的人和美好的事。这是一本寻常的书，琐屑渺小，于我却是情牵梦扉的心血之作。敝帚自珍，依恋乡野故土，细点亲情温馨，给生活以丰盈绵远，让脚步以坚定踏实，带来诸多启迪和力量。

一路走着，重逢诸多美好（为尊者名讳，恕不一一列出）。我的老师、我的领导；小学、初中、师范的同学；小学、初中的学生；曾一起工作过或现在的同人、家人亲友、结识的新友……因着你们一次次的坦诚夸赏、转发分享、物质支持，得以写出几篇拙作。滴水恩无以报，这里，郑重说声谢谢！您，你们，皆是那藏在微风里的温暖与感念。

纵有疾风起，人生不言弃。生活复杂，唯愿发自己的光就好，不要吹灭别人的灯。"己所不欲，勿施于人。"愤懑不是力量，我已看惯虚伪和喧嚣。一切，任其随意吧。

读书写字，安稳勤奋，用心用情。做，自己想做的事；听，想听的声音；见，想见的人。平凡的生活，只为生命细胞的燃烧，只为灵魂的有趣。坚信，我追求的不是别的，是一道自由绚烂的光芒。

看人长处，帮人难处，记人好处。学会谦虚，真诚待人，踏实做事，善良些没错。独处、音乐、读书、写字、养花、不八卦。

卡塔尔世界杯进入半决赛，《孤勇者》帮助不屈不挠的人们燃起希望与梦想。喜欢梅西，为他精湛的球技、为他的人格魅力所折服。他曾千里迢迢来到新疆，只为见见小球迷哈力克……圆一个孩子童真的梦。

"冬去冰须泮，春来草自生。"皎洁的月光与雪色一同映入眼帘。愿在海的尽头，云起处，做一朵自由向阳的花。

第六辑

跋涉者

1. 漫漫"考试"路

考试，由来已久。这里谈谈我的漫漫考试之路。

1977年3月，玩耍正酣的我刚好9岁，报名上了小学。从此，踏上名目繁杂、花样百出的"考试"之路，一发不可停止。

那时，小学阶段五个年级，一年春、秋两学期，每期期中、期末2次正规考试。二年级时把新生入学和升级的学期由春季调为秋季，增加一期，遂多出2次考试。如此算来，小学阶段至少参加22次有模有样的考试。至于各科老师的课堂提问、听写生字词、背诵课文、小测、抽测等，不可胜数。

生性胆小怯懦的我，为了考好一次次试，唯有认真学习，别无他法。

一次，老师课堂提问"咱"字的读音。我举手回答"zanmen"，肤色粗黑的朱老师随口骂声"笨蛋！"转身提问另一位同学："对，zamen，小东真聪明！"课下请教别的老师（那时语文老师和全班同学都没有一本《新华字典》），他们说我的读音正确，是小东和老师读错了，多日里愤懑不平。

欣慰的是，整个小学阶段，因为我考试分数名列班级前茅，连续获得"三好"（思想好、学习好、身体好）学生奖状。三年级时我还在中心学区统考中夺得总分第二、语文单科第一的成绩，获得一本塑料皮笔记本和一支优质钢笔。这是很高的荣誉，为学校争了光，为自己出了彩！

至于那些一入学成绩低、不及格（低于60分）的同学们，挨批评、受责罚、写检查、请家长、留级、辍学，甚或开除等，屡见不鲜。

初中四年（初二留级一年），安常守故。科目增多，政治、语文、数学（代数、几何）、英语、物理、化学、历史、地理、生物（植物、动物）、音乐、体育、美术等。每次考试，插花编排（不同年级学生组合同桌），严阵以待，以防作弊。考试结束后，班主任立即汇总成绩总分并排名，口头宣布、张榜公布。此后，科任老师依着从教经验、性格脾气、爱好兴趣等采取相应的奖惩办法，主要有口头表扬、奖状鼓励，抑或呵斥责骂，甚至动用教鞭等，就不一一赘述了。

一次，半夜醒来，立即邀伴来到教室里学习。就着一盏清幽的煤油灯，专心致志地验算习题。孰料恁长时间不见天亮，偌大校园寂然无声。看着黑乎乎的窗户，忽然恐惧起来。还有一次，老师在课堂上提问"靓"字读音。一马当先作答：读作"jìng"音。那老师说："错啦，正确读音为'liàng'音。"我争辩道："'青与见'组合，'青'表读音，'见'示意思，合起必定是好看的意思。"当场翻查字典验证，竟然蒙对："靓"是一字两音，我和老师都是正确的。由此，沾沾自喜。

"临阵磨刀，不快也光。"初三复习阶段，说考即考，美其名曰：单元检测、阶段测试、抽测、诊断1、诊断2、诊断3、模拟一、模拟二……于是乎，在连续完成10多次严肃紧张的考试后，基本完成初中学业。毕业前夕，全校初三年级200多名同学参加统一预选考试。我等17名同学通过预选，搭乘一辆"解放"牌汽车到达皋兰县城，参加全县中师中专正式招考。其他同学则坐车到另一所中学参加高中招生考试。

一锤定音，我是幸运的。住宿三天的正式考试，终以498分的总分成绩，被甘肃省榆中师范学校录取。同级20多名同学被皋兰一中录取，剩余同学名落孙山之后，除个别同学凭着家庭经济条件重读外，大多回家务农。这样算来，整个初中阶段，至少参加过200多场次考试。

升入师范，意味着已被国家正式招录。毕业后可分配工作，一辈子吃上财政饭啦。

师范里，采取平时作业占40%加上期末试卷考试占60%的累积办法计算成绩。60分万岁，不再惧怕考试。四年级时，微积分、许国璋英语纯粹学不懂，约伴帮助科任老师拔菜籽秸秆、搬新家、挖洋芋，极言多多关照。1990年7月，毕业后分配进入家乡村小，当了一名在编在岗的小学教师。

有得必有失。走上工作岗位后才发现，中师学历相当于高中水平。显然，中师学历远远落后于时代需求，要想取得大学毕业证书，唯有进修或自考。别无选择，一边工作，一边偷偷地报名参加甘肃省自学考试。

一走，整整十四年，恰如属于自己的抗战。先是五年取得专科学历，后是9年取得本科证书。2004年6月，经历上百次考试后，最终取得一张"兰州大学汉语言本科毕业证书"。

值得赘述一笔的是，工作期间曾参加过 2 次从乡村学校选拔进入县城学校的考试。山村小学，偏僻孤寂，吃住艰苦，交通不便，同行们都想着把工作调入县城。2005 年 7 月，教育局公开选聘乡下教师到县城任教，欣然缴纳 100 元钱报名。拿到试卷，竟是当年初三毕业水平测试卷。想我连续任教 15 年初中语文学科，恰是毕业班教师，刚给学生们认真细致地讲解过试卷答案。如此试卷，驾轻就熟？孰料，公布成绩为 73 分，人家教副科还 82 分呢！

2006 年 7 月，悲剧重演，实在可惜那 200 元报名费以及为之付出的诸多努力。后来的后来，有传闻说，连续两年选调考试，原本就是一个幌子。

参加工作后，也曾不间断地参加各级各类培训测试，答案是现成的，纯粹是马尾巴拴豆腐——不值一提。

一分耕耘一分收获。由此，陆续获得小学、初中、中师、大学专本科、C1 驾照乃至多本培训证，收获了成百上千次考试而带来的平凡和骄傲。

原来，人生本是一次次考试。唯坚持不懈，勤勉努力，方可无愧于心，不负于己。这些，现在都成了美好的人生履历，刻骨铭心，值得珍藏。

原载 2022 年 9 月 2 日《常宁报》"宜江"副刊

2. 执着自考

楚河汉界，泾渭分明。每一次考试，都是一场残酷的竞争和较量，分数是一道严峻峭拔的分水岭。尤其中考、高考、择业考、职称考，一锤定音，各安其命，自奔前程，莫不如是。

我是 20 世纪 90 年代初期的一名中师生，由着政府分配直接进入村小当了正式的小学教师。走上工作岗位，才发现中师文凭（对等高中）只可胜任小学，在小学二级职务上徘徊，很不利于个人全面发展。而要获得大学专科或本科证书，要么参加成人高考脱产进修，要么参加自学考试（以下简称：自考），别无他法。

其实，要上大学，原本是我内心炽热的理想。脱产进修不但费钱、需要符合相关规定，还得校长、学区领导同意，教育局批准方可。工作一年后的 3 月，立即向校长口头说起参加成人高考脱产进修的事。校长说："工作 3 年后才可进修，到时还得看学区放人不。"看着有人工作 2 年即报名参加成人高考，前去市教院进修，甚或进入省教院进修本科，除了羡慕嫉妒外，干急无奈何。

脱产进修需要昂贵的学费，这对于一个家境贫寒、月工资 136 元的人来说，实在有些苛刻。"自古华山一条路。"自考灵活，需要的只是勤奋和坚持。

"你走你的阳关道，我过我的独木桥。"1992 年 3 月，骑着自行车前去 50 多公里外的甘肃省自考办报名，买回课本。从此，忙里偷闲，踏上坚定执着的自考之路。

凡事不易，自考艰难。由于从小喜欢故事书，遂选择汉语言文学专业。每年 3 月，骑着自行车远赴自考办报名。考前取回准考证，认真备考。4 月中旬，参加上半年考试。10 月报名，11 月参加自考。

仰首是春，俯身是秋。寒暑易节，风雨兼程，匆匆奔波于坎坷泥泞的山路上。但凡闲暇，早起晚睡，点滴积累。临近考试，更是忙碌，写写记记，看书做卷子。无论走哪儿，衣襟里永远偷偷地揣着一本厚厚的自考书。

175

每月 300 多元的工资，除去生活费用，捉襟见肘。

每次考试，就是一场血与泪的考验。有时一次报考四门课程，三门合格，喜悦多多。更多时候，只通过一门课程或彻底失败，不免垂泪沮丧。

一次，骑着自行车远赴自考办取回成绩单。匆匆返家路上，寒风凛冽，浑身疲软，虚汗淋漓。路过一个村子时推车进入一户人家，讨些馍馍和热水，半夜三更才安全回家。现在想来，那次怕是一天未吃食物，几近虚脱了。

连续 5 年，勤奋自学，咬牙坚持。1995 年 12 月，在凑齐 16 门单科合格证后，领到一本盖着"兰州大学"鲜红印章的专科毕业证书。其时，我已经没有丝毫激动的感觉。同事们皆结婚成家，一切顺畅。而我，拿着一纸证书，又有什么作用呢。何况，有些同事毕业就是大学本科呢！

不敢气馁，马不停蹄。节假日不闲，心心念念，梦寐以求。2004 年 6 月，几经奔波，通过论文答辩，终于又拿到一本"兰州大学汉语言文学本科毕业证书"。其实，那只是一张光滑彩色的纸。可，为了它，却花费了自己最为美好的青春韶华，唯在心里流泪骄傲着、光荣着、自豪着……"站着说话永远不会腰疼。"此时，三十又五，一身疲累，酸甜苦辣，五味杂陈。

失之桑榆，妙手天成。近年来，信笔驰骋，写就一篇篇通畅深情的文稿，发表在报刊上。因为自考，也培养一些写作情趣。这，也算是给自己的一些安慰或补偿吧。

回顾漫漫自考路，14 年的坚持，不言放弃，终圆一个乡里人素朴执着的大学梦！

有人说，20 世纪的中师生了不起，用青春撑起了中国基础教育的大半个天空。亦有人说，自考文凭的含金量很高。或许吧，中师、自考、30 年村镇小学教师、乡土文学爱好者，四全其美，舍我其谁！

原载 2022 年 10 月 12 日《自学考试报》

3. 小儿初长大

勤勉好学
——写在小炳同学升入初三的暑假

小炳同学，你已是志在必得的初三学生。很有必要说些提示的话，共酌。

小炳同学，今年 15 岁。现在，我们得重新认真审视自己的一切行为。譬如按时作息，适当锻炼身体，保持良好的精力等。

日常行为习惯必须改变。电脑、电视、课外读物，立即停止，把时间、精力、心思用在功课方面。这个暑假，上午背背单词、做做习题，下午安排些内容，晚上争分夺秒。对于学生，没有假期一说，更不该散漫使性。现实很残酷，若不进入一流大学看看，将会成为一生的缺憾！

成绩是分毫积累的，岂能侥幸获取。尽管你很聪慧，但这并不能得到实际的收获和价值。唯专心致志，力争上游，或可取得突破性攀升。

好学上进，敢为人先，是一个优秀者的高贵品质。我的孩子，无论怎样，我们坚定地站在一起，努力向前走。且，希望你走得更远更高。

做自己的主，做生活的强者。要有自己的主见，无论那主见多么幼稚简单，若要实现，却极其艰难。我是说，你得学会为自己的人生思考，为将来做一些恰当打算。

早晨 7 点起床，把每天分割为几个段落，踏实安心地做些功课内容。重视自学，学懂学通，意图下学期有突飞猛进的增长。若耽搁延误，我们将失去一生翻本的机会！

务必平心静气，不骄不躁，保持一个有规律的习惯，万不可放任自流，让追求陷入盲动。

小炳同学，请你今天细心谋划。不管怎样，行动起来，加油！

专心致志

小炳同学，你好！

这个阶段，临近毕业，再沟通几句吧。

几次测试，你的成绩总分均达 580 分。这是不错的成绩，儿子很出色，爸爸为你高兴。正式考试其实不难，大多为基础知识。若正常发挥，保持平和上进的心态，达到 600 分还是有把握的。

成绩是一分一厘积累的，来不得半点浮躁虚夸，不要想着取巧偷懒、侥幸获取。成绩靠两样，专注程度结合方法得当。只需认真踏实，把聪明发挥得淋漓尽致，一定会取得好成绩。

生活庸俗，但理想不能低级。人是一样的，命运际遇却千差万别。有聪慧过人的，有天真活泼的，有愚笨痴呆的，岂可勉为其难。但，不言服输，好学上进，永远是一个人真正的优秀本色！

到底怎样做恰当有效，我的想法是，务必认真审视学习习惯和家庭环境。全家人停用电脑、电视、手机等（支持你随意查阅资料），保持绝对清静，确保把心思用在功课方面。背单词，做习题，浏览课本（坚决不动课本以外的书），以求成绩出现突飞猛进的提高和突破。

早点起床，按时休息。当然，你可根据实际，有目的地做一些功课内容，比如重视英语试题研究，浏览数理化概念，看看作文和古诗文等。另，一周务必外出一次，跑步或转转（时间长些为宜）。

安心静气，用心来做，做到最好！

谨祝小炳同学，门门出色，取得优异成绩！

中考随笔

这几日，小炳同学参加中考。

6 月 16 日，上午语文，下午物理；6 月 17 日，数学、化学；6 月 18 日是英语和思品历史地理。

估测成绩应该达到 560 分以上，甚至 600 分。譬如，语文 125 分，数学 140 分，物理 110 分，化学 95 分，英语 120 分，合计 590 分。只有考取 560

分以上，才可进入精英班或实验班（重点班），为三年后考入重点大学奠定坚实基础。不然，一切不可想象！

考取高分，是你的荣耀，更是一家人的喜庆之事！

绳锯木断，滴水穿石。加油！

我和小炳同学的大学梦

这几日，高考录取接近尾声。

耳畔不时传来震耳欲聋的惊天炮声，传送着人家孩子被录取的喜讯，到处酝酿发酵着欢庆的热烈气氛。

陪小炳同学学习，谆谆告诫。中考 564 分，居中上等，录入试验班（非精英班）。小儿聪慧过人，言语和目光里，流露出渴望上进的浓浓心绪，对人生和前途充满了无限憧憬和向往。他自豪地说，同龄人里，自己看书最多。

一个家庭在一个阶段，总有一件重要事情完成。是的，现在再没有什么事比你上大学重要。你的成功，也是延续我的努力。没有任何理由和借口，不把你考学的事放在心上。

用心来做，做到最好！人生没有第二次，我们输不起！

神童诗（节选）

宋代·汪洙

自小多才学，平生志气高；
别人怀宝剑，我有笔如刀。
朝为田舍郎，暮登天子堂；
将相本无种，男儿当自强。

4. 为一个明确的目标而奋斗

——写在小炳同学招考工作之际

"百尺竿头，更进一步。"2022年9月23日，开学入住校园宿舍，与同学相逢，花开月明，海阔天空。一切照常，不再过多牵念。

坚持，不易。这个暑假乃至整个毕业阶段，小炳大胆做出决定，立即行动起来，滞留学校复习备考。小炳的决定，表现出超常的志气、毅力和决心。一个人可能平凡，但绝不庸俗，为了柴米油盐而匆匆一生，碌碌无为。你的坚持，会为你带来丰厚的回报。

一个人租房生活，度过三个多月难挨的时光，受些孤独和委屈，经历生活琐碎与磨难，默默坚守，勤奋执着。比如，较长时间的生活无着、屋子高温蒸煮、口腔牙疼干扰、远赴盘锦做核酸逢雨冷冻……作为父亲，一直隐隐担忧着你的生活、学习及环境，却有心无力，爱莫能助，揪心不已。

路虽远，行则将至。你是聪明而优秀的，我为你的正确抉择而暗自欣喜。深谋远虑、主意坚定、态度诚恳，且付诸实际行动，这种独立坚强的品质值得夸赞，值得你一生骄傲。

"会当凌绝顶，一览众山小。"学习过程中必须保持作息规律，注意饮食、锻炼，利于长期发展！关于学习实际进展，作为一个中师生怕已没有资格对你指导一二，如何把握，自行调整。谈谈锻炼吧，跑跑、走走、转转、晒晒太阳等，这都是必须坚持的良好习惯，让身心愉悦、生命力旺盛，为备考乃至其他事宜奠定坚实基础。同时，坚决戒除手机游戏、晚睡迟起的不良习惯，保持有规律的身心状态，以使信心十足，精力充沛，走得更高更远。

千里路上奔波，为着一个明确目标、一个信念而孜孜不倦，精神可嘉，前程可望。人生的旅途中，最清晰的脚印，往往印在最泥泞的路上，所以，别畏惧暂时的困顿，即使无人鼓掌，也要全情投入，优雅坚持。真正改变命运的，并不是等来的机遇，而是自己的态度。敢想敢做，人生没有多走的路，脚下的每一步都算数。没有人能定义你的未来，除了你自己！

　　十年磨一剑，出鞘必惊人。新起点、新征程，勇敢执着，奋力一搏，就可攀登到达很多人终其一生也难以到达的高度。要知道，你所做的一切，似乎平常普通，没有丝毫惊奇之处。可对于家族乃至个人，却是破天荒的大事，一生最伟大的进步。登上这个台阶，命运必将从此改变，其价值不言而喻，超过我辈的想象。

　　"是金子总会发光，是锥子总会露尖。"不急不躁，永不放弃。坚持，尤其艰难时刻，才需要执着和定力。你要悄悄拔尖，然后惊艳所有人。终有一天，花开灿烂，绽放自己的精彩和傲娇，不负人生，不负韶华！

　　青春须早为，岂能长少年。那些看似不起波澜的日复一日，一定会在某一天，让你看到坚持的意义。坚持三个月，奇迹就会发生，你的愿望终会实现！！

　　前景在望，唯有奋斗！这三个月里，作为父母的我们，要做的只有默默关心和支持，暗暗为你鼓劲加油。一个家庭，三五年来发生一件值得庆贺的事，确真不易。等你元旦回家，为你庆贺，一起畅享你所带来的欢乐和幸福。

　　丹不可夺赤，石不可夺坚。

　　路遥而不坠其志，行远而不改初衷。

　　未来，呼唤努力者；

　　未来，成就坚持者；

　　未来，属于奋斗者！加油！

5. 奔跑的欢乐

恍然间，从教卅载。工作并生活在县城，长期伏案写字、爬电脑，久坐不动，不仅颈椎难受，四肢也酸痛。为了改善身体状况，我喜欢上了奔跑。

清晨，穿上红色运动装，沿着路畔湖堤奔跑。红砖栈道，小桥流水，走走跑跑，跑跑跳跳。一圈，两圈，三圈……轻快的脚步，坚实有力。偶尔加速，平伸臂膊，展翅欲飞，任我享受运动的惬意和舒心。

犹记学生时代，山路蜿蜒，迎着朝阳、踏着星光奔跑。运动赛场，屡屡参加 400 米、3000 米、万米越野，激情昂扬，英姿勃发。

公园里有一条红砖栈道，同学晴空万里、青山绿水时常绕着湖畔奔跑。清澈的脸庞，飘柔的秀发，飞旋的腿脚，翩跹而灵动。邂逅的路上，那脉脉一瞥，透出一种欢乐健康的美丽！晴空万里说，多奔跑，长安宁。

圩知天命，岂敢自误。生活是平淡的，但人生不能无聊。没有健康，奢谈一切？能跑不走，能走就不赖在床上。晨风里，跃动着青春勃发；寒霜中，涌动着滴滴汗珠；阳光下，闪现着些许执着；月夜里，氤氲着微微欢快。奔跑，是一种快乐，是一种积极的生活态度，更是生活或工作的一部分。

"生命在于运动。"其实，奔跑也是一种积极性休息的方式，缓解疲劳，身心通泰，焕发生机。且，男女皆宜，老少不惧，四季恬然，于生命、肢体、性情百利而无一害。唯康健，或可登山涉水，追寻远方，重逢诗意哩。

返回时，匆匆学子，碌碌行人，小城忙碌有序。"早起的鸟儿有食吃。"于是，心绪平和地处理工作事务，有条不紊，认真且努力。

人生，原本就是一次次坚定而执着的奔跑。前路漫漫，健步如飞，在平凡的世界里倾力奔跑，追寻那属于自己的生命绿洲，不亦乐乎。

原载 2021 年 3 月 4 日《珠江时报》；同年 3 月 5 日的《自学考试报》、3 月 13 日的《太原晚报》、3 月 15 日的《山西晚报》、3 月 16 日的《中国应急管理报》

6. 健走，生命之旅

健走，强身健体，简便易行，老少咸宜，四季通可，是三大有氧健身运动（游泳、慢跑、健走）之一。

生活中，饱了口福，臃肿体态；出门私驾，懒了腿脚；玩手机，废了头脑，几乎成了"沙发土豆"。工作中，久坐电脑桌，手指发麻，脖颈酸困，四肢僵硬，腰椎突出，心生烦躁，目光呆滞……好"逸"恶"动"，有时懒得连话都不爱说了。

所幸，结识两位走伴，相约同行，健步如飞。一行三人，东游西逛，南来北往，走了很多路，到过很多地方，收获着健康与欢乐。

"千里之行，始于足下。"朝夕不误，健步如奔。一路走过房前屋后、大街小巷、田间地头、沟沟坎坎。

晨光熹微，健步环山路，步态轻盈，神清气爽。走着走着，薄汗涔涔。屹立山巅，山风浩荡。斜晖脉脉，仰望星空，安享宁静。

"踏遍青山人未老，风景这边独好。"寒来暑往，踏田野风光，看草木青青，赏山花烂漫，瞰湖光粼粼，尝瓜果飘香，轻松而愉悦。渴了，掬一捧清泉痛饮；累了，小憩绿荫沙堤；饿了，吃几口面包。雨中漫步，撑一把小伞，叽叽喳喳，别有风味；雪天出行，灵动蹁跹，情趣盎然。

轻风习习，烟雨朦胧。每到一个地方，驻足浏览。哪怕只是小小的一花一叶，也足以绚烂我的眼睛。也许，这不是在走步，我依然在寻找，寻找骨子里那个澄澈纯净的世界。想想，从懵懂无知、风华正茂到两鬓斑白，弹指一挥，总有一种无法释怀的向往与痴迷！

"惟有绿荷红菡萏，卷舒开合任天真。"走伴们边走边聊，聊工作、话家常，欢歌笑语，抑或谈说些绝世风景，似鸥似梦，惬意酣畅。停停走走，处处是景。迷恋忘返，收获的何止是健康，更有那无限风情和真挚友谊！你说，开心不？

抬步即走，预防疾病，改变懒散。我们无法延展生命的长度，却可以增加生命的宽度。"走为百练之祖。"这个最原始最纯朴的运动，不仅健身，更让我体验到了一种积极向上的意趣。凡事，贵在坚持，久久为功。

一个爱运动的人，一生都是快乐的。"人类健康长寿60%靠自我管理。"高尔基说："健康就是金子一样的东西。"由此，联想到身畔比比皆是的高血压、冠心病、脑梗死等，或病魔缠身、撒手人寰的突发案例，触目惊心。工作、生活皆是忙碌而紧张的。但，健康须由个人负责。有健康，才有一切。而健走，不仅是一种理想的运动、一种生活态度，更是一种严肃的责任。平凡的作为，有着不凡的效果，何乐而不为之！

口言之，身必行之。不等明天，不等周末，不依赖节假日，能走即走。行者无疆，走出活力与健康，走出自己的信心和向往。

健走，生命之旅。这，就是你、我、他（她），我们大家坚持的实在理由！

原载 2021 年 8 月 31 日《承德晚报》；2021 年 8 月 13 日《今日兰考》

在山顶

风吹干了

我们被汗水浸湿了的衣服

吹落了夕阳

又吹无边的夜色

无物可吹时

吹我们头发上挂着的露珠

下山即要分别

我们谁都不提

7. 教育随笔六则

孩子，你做得对

孩子，你做得对！

常常想，应该做一个怎样的教师才合适。带着学生时代的向往，尽力准备好每一次讲稿，费尽心机地寻找答案，希望帮助学生跨越成长的障碍。

教育无小事。当学生问好时，亲切而响亮地应答："孩子，你做得对！"当学生做了好事，高兴地说一声："孩子，你做得真好！"工作中，无论课上还是课下，生活还是学习，做人还是做事，学生的一点点好、一点点进步、一点点自豪，都值得郑重说一声："孩子，你做得对！"

投之以"李"，报之以"桃"。感谢我的教育工作，让我纯真年代的梦想不再虚无，在蓬勃的校园里把喜欢的事做到极致。感谢我的学生，实现我曾经的梦想，分享他们青春激昂的欢乐。

因为，一声声夸赞中酝酿着一个人所有的信心和希望。

我喜欢大声说：孩子，你做得对！

写在六一

无论贫穷贵贱，所有人（儿童、少年、青年、老年）都应该有这样一种高贵的权利：健康、快乐、幸福地成长，尽情享受童话王国。

光阴似箭，岁月如歌。告别榴花似火的五月，我们迎来了六一国际儿童节。

童年，是一个人灿烂的记忆。拨开层层记忆，寻找那份童真的心。那追逐嬉戏、纸飞机、抽陀螺、打沙包、掏鸟雀、偷杏儿、水渠边……一路走来，我们追求太阳的温暖，却错过月亮的温柔；追求新鲜的生活，却忘了滋润心灵！

童年，好久不见！掌心的糖果，甜甜蜜蜜；稚嫩的心思，亭亭玉立。笑靥如花，洋溢着节日的欢乐幸福和美丽向往。童心没有年轮，无须掩饰，远离浮华，坦坦荡荡。

儿童节，快乐多多！

我的感谢

七月，青山绿水，草木葳蕤，处处洋溢着丰收的希望。今天，真开心，我们小学毕业了！

一路走来，爱如月光。六年来，敬爱的老师，默默呵护着我们茁壮成长。一笔一画，协助我们听写生字词；一遍一遍，耐心讲解练习题；一天一天，细致批改作业；一言一行，教我们好好说话、认真做事。呕心沥血，废寝忘食，孜孜不倦。老师，您学识渊博，真诚待人，幽默风趣，见证了我们纯真的童年，让我们在欢乐中懂得了许多。这一切，深深地铭记在心底（舒缓而深情）。世上有一种大爱称作无私，老师，您是天底下最温暖的好人！

"敬爱的老师，您辛苦了！"（敬礼）

衷心感谢我的爷爷奶奶、爸爸妈妈。六年来，你们一直默默陪护着我，按时接送、洗衣做饭、包书皮、削铅笔、辅导作业、嘘寒问暖。人间有一种亲情，叫血脉相连！家，永远是我们每一个人温馨的港湾！

"爷爷奶奶、爸爸妈妈，我爱您！"（敬礼）

"长风破浪会有时，直挂云帆济沧海。"同学们，今天，我们小学毕业啦！时不我待，学海无涯。同学们，听说过美丽动人的雪莲花吗？看见过救人生死的灵芝草吗？只有登临冰山绝壁，才能撷（xié）取那神奇的雪莲花；只有攀缘悬崖顶峰，才可摘取那千年的灵芝草！凡事啊，就怕用心！

"努力只可及格，拼命才会优秀。"同学们，新时代新征程，让我们以今天为起点，勤奋学习，刻苦钻研，以卓越的成绩来回报老师、家人和亲友。唯努力着，才可优秀。同学们，加油！（右拳用力高举）

最后，恭祝亲爱的老师，工作愉快，合家欢乐；

恭祝家人和亲友们，身体健康，万事吉祥！

我的发言完毕（面向全体，庄重行少先队礼）。

注：本文是为六年级毕业典礼中学生代表发言撰写的一篇发言稿。

稚子可教

六（3）班，几位男生，调皮捣蛋，冥顽不化。

每次集合整队，说说笑笑，打打闹闹。批评责怪，故意搪塞。我该怎么办，才能有所改变呢？

我深深明白，教育工作是一个慢工活儿，一定得学会宽容等待……允许学生错误，老师必须正确。我为学生的不当行为找到理由，也为自己找到依据。我想，只要看到老师的坚韧真诚、认真努力，即便铁石心肠，也会被融化的。我明白，对孩子的爱需要智慧。因为，他们是孩子。

细心观察，仔细琢磨，我在寻找机会。

于是，我有意无意把他们喊来帮点儿小忙，寒暄聊天、整理资料。渐渐地，形成一种信任的关系。我安排林杰担任体委，"希望你认真负责，把体委工作做好"。他张开闭着的嘴巴说："谢谢您，老师。"

"知己知彼，百战不殆。"孩子充满个性，各有各的样。教育，是对生命个体的尊重和唤醒，是对人的内在潜能的开发和拓展。以身作则，躬身示范，或许，才是为人师表的本职和原则。

精诚所至，金石为开。现在，林杰等同学已经成为我的得力助手，管理体育课堂，秩序井然，有条不紊！

"千军"指挥员

呵呵，不瞒你说，又升官啦！本周始，鄙人荣任两操（早操、课间操）指挥员。可喜可贺！

是啊，全校师生 1000 多人，目光紧盯，听我指令。这将是何等威风和荣耀之事啊。感谢上苍，赐予绝佳良机，让我崭露头角，略试身手，小展宏才，英雄有了用武之地。

机会总是降临到有准备的头脑，我得赶紧练习练习。

一是注意个人形象：站直身子，挺胸抬头，精神奋发；

二是提高普通话水平，口令清晰洪亮、果断有力："全体同学都有，立正——向前（右）看——齐！向前——看！稍息，立正！原地踏步——走！

1-2-1，1-2-1，齐步——走，1-2-1，1-2-1，跑步——走，1-2-1 立——定，解散！"

三是时刻牢记：指挥队伍，不废话，不解释。

四是注意口令间隔时间恰当；指出个别不听指挥者；指挥者自己动作不可随意。

操场就是战场。为了这一瞬（10 分钟）的精彩，下定决心，意气风发，让卑贱矮小的身影高大威猛，精彩连绵！

北风萧萧，英俊儒雅。一声令下，千余子弟，抬头挺胸，步履整齐，昂扬前行。

让座儿，不简单

"老师，您坐！""您坐吧。我们要下车了。"刚上公交，坐着的学生一脸恭敬，有的立即来一个标准的立正敬礼姿势，让我感动！

因为上下班乘车同行的缘故，时常撞见一些学生。起初，只有熟识的几位学生起身让座，其他学生不理不睬。后来，许是受到影响，他们也就殷勤让座。

有一个男孩，他叫志忠，方正敦厚。由于多次谦让的原因，遂聊说几句。现在成了好友，似有一种忘年之交的感觉。

有些老师一上车，立即招呼同学让座。那同学显得极不情愿，却不得不起身。老师一屁股坐下，心安理得。我心里很不以为然，尊老也需爱幼呢。学生尚未成人，缺乏自保，老师纵有千般理由，也得保护学生。为什么学生让座，却不见老师让座呢！

生活中，设若老师带着自家孩子，就会百般疼爱，呵护备至。孩子坐着，俨然一副保护者的角色，遮阴挡风。换作学生，却反其道而行之，怪哉。

扪心自问，坐着学生承让的座位，当老师的真会心安理得吗？

让座儿，体现着一种相互的尊重，并不简单！

8. 坐车，请招手

我是有车族，有车甬畬啬。捎人一程，不亦乐乎！

一个中年人，步履匆匆，必定焦灼，怕是家中父母妻儿等他（或她）回家呢！不是不愿早回家，总有迟到的太多理由。不是不愿雇车或买车，实在原因多多。

人到中年，哪个不是忙碌辛苦、扶老携幼，谁不想自驾飞奔呢！

那些出门的老人，若非特殊理由，谁不愿悠闲自在，安享晚年，何必东奔西走！

若遇见学生，送上一程，有什么恩惠善举会比送他人前行一程功德圆满呢？

是的，人人事繁务杂，行色匆匆，步履蹒跚……

当然，车是私家的，你有十足的理由和借口拒载他人！可，你就那么在乎减下油门，踩踩刹车，打开车门吗？想想自己的成长经历，不也曾得到过很多帮助吗？若有一天遇见帮助过自己的人，岂不脸红汗颜！

生活复杂，谁能保证自己一帆风顺呢。举手之劳，给予他人温暖，难道不是一种做人的大气。顺便捎带他人一段，你还会为自己是一名平凡庸俗者而怨天尤人吗？

为他人打开一扇向善之门，驾车飞奔，何尝不是一件善举呢！

我是有车族。坐车，请招手！

9. 冬天打沙包

冬季来临，寒风簌簌。儿时，村里唯一的乐园就是打麦场。每天，伙伴们老鹰叼小鸡、打沙包、跳皮筋、滚铁环……其中很多人一起打沙包的热闹场面，挺有情趣儿的。

生命在于运动，那时，不必呼朋引伴，伙伴们很快就聚集在打麦场上。确定两个队长，由队长依次挑选队员，男女搭配，两队力量基本均衡。两名队长按照"石头剪子布"的分工办法，民主决定哪组先进圈内躲闪，哪组在圈外打沙包。

用鞋底在打麦场上擦出一个长方形场地。一声令下，游戏立即开始了。

你打过去，我打过来，沙包"嗖嗖"地飞来飞去，引出一串串惊叫声和欢笑声。圈内的人像一群小鱼来回奔跑，蹦蹦跳跳、躲躲闪闪。伙伴们叽叽喳喳，身材灵活，动若脱兔。往上扔的沙包蹲下躲开，往下扔的轻轻跳起让沙包从脚下溜走。有时，突然转身来个"海底捞月"接住沙包，救活一位难友。

打包者狡猾，声东击西，递眼使色。先假装向左边扔，躲包者赶快往右逃。结果，沙包却打向右边，一箭双雕。有时，打包者忽然把沙包高高地抛向对面同伴，让对面同伴接住，大声喊一声"定！"意味着使了"定身法"，即便圈内最狡猾者，也立即一动不动，任由沙包击打……打麦场上欢声笑语，人人紧张兴奋，满头大汗，兴致勃勃，伙伴们清纯的脸蛋上洋溢着健康、欢乐，开心的笑声响彻天空！

孩子们不怕累，怕的是缺乏挑战。打来打去，左支右绌。众目睽睽，谁也不敢使奸耍滑、违反规则，热火朝天，兴致勃勃，不亦乐乎。

友谊第一，比赛第二。圈内全军覆没后，"快点！"两组互换，新的一轮比赛开始了。

团结紧张，严肃活泼。其实，所有的运动重在过程和开心，与输赢没有多少关系。后来，我当了体育教师，也曾在课堂后期组织学生开展一些游戏活动，比如打沙包。团队合作，激情飞扬，欢快奔放，趣味浓浓。不知不觉，一节有趣的体育课就结束了。

生命需要运动。纵观现在的校园，高楼耸立，林荫叠翠，现代化教育设施设备齐全，老师学历高深，但整个校园却鸦雀无声，听不见欢声笑语，看不到嬉戏玩耍的场景。一些学校不再安排课外活动，即便课间十分钟也让学生留守在教室，有些老师还跟班辅导。一些体育课上，学生绕着塑胶操场慢跑一二圈后，列队做些体操运动。接着教师讲解，学生观望，继而模仿练习二三次，便宣告一堂课结束。甚而在室内上体育课，开展一些文字游戏。每年举办运动会，往往加入"趣味"二字。径赛 100 米短跑缩水，不设置 200 米及以上项目。田赛设置为钓鱼、捡球、踢毽子、跳绳等简易项目，跳高、跳远、铅球、铁饼、标枪早已不见踪影。很多学校耗时费力排练花式篮球、花式足球、健身操、艺术体操……名目繁多、花样百出。总觉得，这与"每一个人都应享有从事体育运动的可能性，而不受任何形式的歧视，并体现相互理解、友谊、团结和公平竞争"的现代奥林匹克精神相去甚远，也与真正的体育运动越来越远了。

文武之道，一张一弛。校园应是充满生机的，提倡安静的读书、思考，但不是按部就班式的成长与安静，机械化的管理和约束。操场上应有热情奔放的身影，俊美矫健的步伐，教室该是一个自由欢笑、畅谈讨论的场所。

生活即教育。时至今日，当年冬季打沙包的热闹场景依然时时浮现在脑海里，情趣无穷！

原载 2023 年 12 月 4 日《利辛周刊》

10. 一份坚持

冬天，独自登上山巅。山草枯萎，枝丫凋零，万物萧条，思虑颇多。

一路走着，风餐露宿、披星戴月。我承认，现实中的我，优柔寡断，拙于交际，说话做事总是没有底气，一点儿都不优雅动人。但我也承认自己有些倔强，内心有着一份莫名的坚持！

人与人与生俱来就有天壤之别，无论家庭境况、容貌、气质、学识、认知乃至更多方面，岂可相提并论。有人生下来就是个金童子，有人一夜暴富，有人省吃俭用着还没让自己发财。差别不仅仅是外在的、物质的贫穷，亦有内在的、精神的诸多匮乏。生活如饮水，冷暖各自知，自己的饭量自己知道。

生活，不仅教会人承受，而且教会了人忍让。自己的鞋子，自己知道紧在哪里。我选择沉默，不张扬，也不多言；不羡慕，不嫉妒，更不争宠。"海纳百川，有容乃大。"生活中总有流言蜚语，不去搭理，自然也就消失了。无须声张得失，洗刷偏激的淡漠，不理会哄闹的微笑，不被狭蔽的情绪左右，亦不被外界打扰。

时间慢慢沉淀，留在记忆中的人与事，都值得怀念。"投我以桃，报之以李。"平淡的日子里，朋友之交，不奢望伯牙绝琴，管鲍之谊，庄惠之争，涛康绝交。若有人默默地牵挂惦记着，足矣。

"愿我如星君如月，夜夜流光相皎洁。"亦向往在每一个清晨，怀着一份期待和向往，认真梳洗打扮。而后，相约最爱的人，无拘无束地敞亮在阳光下，开心地出去郊游。满眼青山依然美丽又神秘，看世界的欢愉与温柔，享受年华赋予自己的美好与欢乐。站在高高的山巅仰望，一起努力眺望彩虹升起的方向，那里有我们共同落脚的地方，任斑斓的梦风情万种。

"业精于勤，荒于嬉；行成于思，毁于随。"罗马不是一天建成的。每个人都为了一个理想而活着，哪怕那理想极其渺小。即便终其一生都平凡如泥土，那又如何？读书时，好好读书；工作时，努力工作。平淡的日子里，内心笃定，充满希望和激情，凭着一份莫名的坚持，认真地生活着。走下去，凭着耐心和拼搏，生活自会给予你全部答案。

岁月荏苒，情思悠悠。我一直思考，这一生应该以怎样的方式活着才有意思？既然拙于交际，喜欢读书，那就坚持着写一写，在一块属于自己的小小土地里拿笔耕种。不追求水平多么高远，文字多么精彩动人，关键是写人性，说真话，坚持以文字温暖人心，抵抗生活中的一些脆弱和虚假。力求文笔清新、人物鲜活、情节隽永，让一篇篇小习作传递出对生活透心的热爱，对生命永恒的执着。

拥有一份莫名的坚持，并不易。学无前后，达者为师。不管是生活还是工作，必须用心尽力。走在路上，有些东西，必须坚持；有些人，必须感念。"不戚戚于贫贱，不汲汲于富贵。"心存善良，尊重他人，求同存异，共谋发展。坚定脚下的路，追随内心的指引，做一个默默的耕耘者。守得住寂寞，耐得了寒冬，过着简单而踏实的生活。在一方洋溢着安全感与熟悉感的田地里，一片能够让心灵暂时栖息的天地里，静静地享受属于自己的自由和欢乐，让卑微的人生充满一季旅途的安适与满足！

"忽然一夜清香发，散作乾坤万里春。"走着，走着，花就开了。一朵朵向阳花，向着太阳的花，阳光下翩翩起舞的身姿，不是很优雅，也不是很动人，朴素着，美丽着。

原载 2022 年 12 月 30 日《达州新报》"凤凰楼"

11. 开自己的花

小时候，父母鼓励，做人要诚实本分，长大后才能出人头地。上学后，老师谆谆教导，好好学习，长大就会成为有用的人才。自己亦常常以《我的理想》为题写作文，反复陈述自己那虽渺茫却高远的理想，将来要当一名教师、医生、警察、解放军、科学家……遂耿耿于怀，热切向往着。

一路匆匆，循规蹈矩，勤勉务实，努力学习。读书为升学，考学为工作，工作却又为着更好的温饱，循环往复，原来的梦竟被现实抹平。

住在乡下，羡慕城里人。进城后却发现，身高没有增长，体重未添加，容貌却日益苍老。日复一日、年复一年，步履匆匆，忙忙碌碌，那些履印重叠地烙在行走的路上。一晃圩载，岁知天命，太多平淡的生活循环往复，犹如温水煮青蛙……年少立志三千里，踌躇百步无寸功。所有的一切，不过邯郸学步、东施效颦，微不足道。

小城烟火，轮回着朴素的春夏秋冬。"自能成羽翼，何必仰云梯。"经历多了，不再事事渴求别人的理解和认同，不再抱怨现状，更不再羡慕他人富贵，且渐渐明白自己只是为自己活着。也暗暗庆幸自己，因为多年来一直处于生活低谷，很少被人关注鄙薄。

俗语说，每一个不曾起舞的日子，都是对生命的一种辜负。从农村出发，一路跋涉，走过艰难泥泞，成就今天。人生刚刚有些起色，却止步于吃饱穿暖，积懒成笨。一切是干出来的，不是等出来的。现在，依然是未来的延续，趁自己还有机会，那就付诸实践，将生活中一切有趣的事，变成有意义的事。心之所向，无问西东，用灵动的生命做长度，捕捉平淡日子里有趣的光芒，让平凡日子开成太阳花的模样，熠熠生辉。

含泪播种，就能含笑收获。法国伟大的作家巴尔扎克曾经说过："苦难对于天才是一块垫脚石，对于能人是一笔财富，而对于弱者则是万丈深渊。"世界上有两种最耀眼的光芒，一个是太阳，一个是努力的模样。用心用情，做实做细。相信，上天从来不会亏待任何一个努力生活的人。

生活，既是诗和远方，也是平淡的人间烟火。一鼎一镬的粗耕细作间，一酌一饮的天长地久里，都包含着生命本质的内核。既念岁月静好，也抒奋斗情怀。直到现在，依然相信，我追的不是别的，是一道自由向阳的光。

一次失败的尝试，胜过 100 次的空想。于平凡中，勤劳俭朴，揉碎艰辛，守望奋进，一笔一画书写人生四季的故事。笔耕不辍，坚持着把一丁点美好展示出来，以自己的方式成为立于世间的亭亭玉立，成为一道卓然于世的风景。

"水流平涧下，山花满谷开。"执笔凝望，有爱，有暖，有光，让日子和灵魂并肩，让自己开出鲜艳明媚的灿烂之花。敦本务实，我的故事，已另写一章。

原载 2023 年 4 月 5 日《菲律宾商报》；4 月 7 日《滁州日报》

无 题

月上柳梢

人约黄昏

一声遥远而迷人的清音

穿越这暗夜的迷离

年轻的你

清新淡雅

长发飘逸

定格成梦里的一片旖旎

12. 打工有些难

——从侄儿辞职说起

当老师的嘛，天生聪明，自以为是。这不，兰州当保安的侄儿说已辞职，明年再谋寻新的职业。

问及辞职原因。侄儿说："班长不讲情面，处罚（扣钱）厉害。上月值班期间睡着几次，罚去 300 元。一月 2700 元，剩下 2400 元，去喝西北风吗？检查工人下班是否夹带东西，警报器响个不停，难道真要搜查衣兜吗？连着几月工资都没拿全。而班长本人迟到不受处罚，有时不到岗，很不公平！"

侄儿有理有据，头头是道。我却不以为然：认识肤浅，工作不上心。初中毕业即去一酒店打工，一干三年。我曾鼓励他，人家是私企，挣人家的钱，就得受苦操心。第四年，他要另谋高就。问清原因，尽力劝说挽留。一年后毅然辞职做了保安。现在，刚好一年，又坚决地辞职！

遂想起，为妻子寻找工作的艰苦经历。妻子是一小学代课教师（每月 160 元），干了十年。整顿清理教师队伍后，费尽周折，找到一单位保洁工作（每月 1300 元），7 年后依旧被清退。闲待绝不是事儿，应聘一餐馆（每月 2000 元）。勉强干了三天，早去晚归，无法兼顾为小儿做饭，遂辞职。又去一茶馆抹桌子拖地，从早晨干到次日凌晨，最终因疲惫不堪而放弃。再后来，移动公司、工厂保洁、银行保洁、小商品超市、小学、幼儿园、图书馆、司法局、少儿活动中心、社区服务中心……费尽口舌，人家总有百般理由不接受，打工的活儿超乎想象地难以寻找。

打工不易。现在，面对侄儿辞职一事，又能说些什么呢？物价飙高，支出多多。本以为保安不累，检查出入人员，工作长久些，安稳拉扯孩子，以保证家庭平稳度日。谁想刚一年，又要坚决辞职！

絮絮叨叨，啰里啰唆。一介书生，卅载奔波，不过温饱而已！

无之奈何，委婉相劝：辞就辞吧，别想恁多，过年后再做打算吧！

只能这么说说！

13. 闲话赌博

"博悬于投，不专在行。"赌博悠久，种类繁多，掷骰子、牌九、麻将……只为不劳而获，凭空赢取他人钱财。赢钱只是一个过程，输钱才是最终结局。

"荒家的棋子败家的牌。"一旦沾染，沉迷难拔，深陷泥潭，无可救药。时常听到一些事例，惨不忍睹！

事例1：一公职人员，嗜好赌博。忽然一天，卖房借钱，东躲西藏。

事例2：一亲戚工作稳定，几代农人翻身，短短一二年，欠债累累。

事例3：一朋友，仪表堂堂，聪明果决，收入稳当。孰料，竟输钱欠账。

事例4：一同事，家庭温馨。忽然离婚丢职，远走天涯，不知踪影。

事例5：一亲戚，历年衣食丰足，资产多多。今年，却听众亲友议论，言其负债累累。

事例6：曾见一同事因为欠账，踏上不归路。

…………

"十赌九输，久赌必输。"多年血汗钱，瞬间化为乌有……输掉的不仅仅是金钱和时间，还有亲情、家庭和尊重，乃至一切的一切。试问：一个普通人，一生能挣多少钱才够在赌桌上挥霍呢？

"货悖入者，亦悖而出。"何况江湖诡谲，人心险恶，尔虞我诈，不择手段者，大有人在（即便同事或所谓朋友）。沉迷赌博，只问多寡，好逸恶劳，超乎想象。

通宵达旦，抽烟熬夜，饥寒不顾，身心疲惫。然后，贪欲横生，矛盾频发，危机四伏。最终抛却家人，骨肉分离，妻离子散，失却的何止是温馨甜蜜的人伦之乐。

千百年来，输就是输了，哪有"胜败乃兵家常事"之说。天上掉馅饼，从来都是白日做梦，痴心妄想。

玩物丧志，误己害人。远离赌博，珍爱自己，关心家人，团结同志，恐怕才是维护一个人基本人性的要旨。

14. 长亭留别

"灞浐风烟函谷路，曾经几度别长安。"光阴荏苒，秋尽冬来。转眼，离别单位的时光恍惚到头了。这几天，有释然轻松，更多的是怅惘以及留恋。

那年 7 月，正是绿荫蓬勃、充满希望的季节里，怀着喜悦却又惴惴的心情，孤身来到陌生的县城地方。"不敢高声语，恐惊天上人。"刚进单位时，我一头雾水，如履薄冰，生怕出现错乱。孰料，遇见博学多识、聪慧阳光、和善友爱的同事们。

人生如航船，每个港口和码头都有她独特的风景和精彩。从此山水相逢，朝夕相伴。一年年，一天天，团结协作，踔厉奋进，见证喜悦，共同成长。我们一起经历了风霜雨雪，共同赏看彩虹高悬。"锲而不舍，金石可镂。"在这里，我找到了工作的激情和奋进的动力，享受到如沐春风的热诚友爱和温暖包容，我们相处甚好。

择一业，终一生。33 年的坚持，责任过于厚重，我不敢有一丁点的懈怠。在想妥协、退让甚至是想放弃时，咬咬牙、打打气，多一点坚守，多一点等待，努力地保持一点精神性的成长、伸展。

"且长凌飞翮（hé），乘春自有期。"在这短暂而又漫长的 33 年时光里，我把自己最美好的年华和最炽热的情感完全融入这片厚重的土地，成为人生路上的重要驿站。我是幸运的，每一步前行都凝结着同志们倾心的鼎力支持和深度包容；我也是踏实的，不但出色地完成工作任务，且在报刊发表 100 多篇随笔，出版两本文集，成为镌刻在人生旅途中珍贵的清晰印记。春雨入林，润物无声，33 年的守望，是值当、开怀和幸福的。

"花开花落自有时，人来人往任由之。"有收获，也有愧疚。也曾心浮气躁，遇事不稳，不够谦卑。忆及点点滴滴，内心亦有一种难以言说的内疚感。

昨晚的夜有些阴沉，昏暗的路灯下，一阵清风吹过，碎碎的雪花飘飞，我漫无目的地走了很久……因为付出，所以不舍；因为执着，所以留恋；因为不易，所以不忍……"海内存知己，天涯若比邻。"此去经年，一如既往，不管是晨起四顾，还是午夜梦回，我依然眺望着同志们行色匆匆的步伐，期待并相信我们共同的事业，必将迎来一个个灿烂绚丽的明天。

"尘缨世网重重缚，回顾方知出得难。"相遇在人生最美的夏天，分别时已到暖暖的初冬。我始终相信，一份值得，已深深根植于心田，无须承诺，念在心头，终是不枉年华锦绣。我们一起走过的路，奋斗过的日子，将会永远镌刻在我心中，成为珍贵的记忆。

"别情无远近，来日方久长。"在此，唯愿时光温良，岁月安暖；唯愿笑意融融，清澈明静。遥遥祝福我的同事们，工作顺利、身体健康、合家幸福，天天快乐！

壬寅年农历初冬随笔

我想和你消磨一下午的美好时光

在这渐深的秋意里
安安静静
平平淡淡
轻言细语
微风轻轻
阳光暖暖
言笑晏晏
我想和你消磨一下午的美好时光

15. 谈谈老去

"天有不测风云，人有旦夕祸福。"这几年，屡屡参与丧葬事宜，感慨颇多。今天安静，那就早点给家人说说自己"老去"的几件要紧事儿吧。

第一，银行卡。"民以食为天，鸟为食而亡。"钱财虽为身外之物，毕竟是辛劳所得，可以解决很多实际问题。要把银行卡及密码预先告知家人，免得出现争议，人为设置诸多障碍，甚或变为呆账。

第二，贵重物品。无非房产归属、轿车、电脑、摄像机等，使用即可。

第三，证书存念。五个毕业证（小学、初中、中师、专科、本科）、教师资格证、职称证、各类培训证、获奖证等，皆为心血并汗水结晶，异常珍贵。不可因人去物贱而抛弃，必须妥善保管，代代相传。至于电脑内保存的文字及图片，保存或删除，自行决定。

第四，焚毁日记。书柜里存放着诸多日记本，记录着我一路跋涉的心路行踪，必须悄悄地烧毁（不可作为废纸外卖）。

至于家中其他物品，不必纠结，随意处置吧。

关于善后事宜，提出如下建议：

广而告之。我本平凡，活着本就孤独，老去岂会引人关注？来而不往非礼也，郑重宴请家人亲友前来祭拜，协助料理。亲友来往不多，大都忙碌，至少可以提供机会聚聚。礼仪不必奢侈，但烟酒不受限制。我的同人、同学就算啦，这人情是无法归还的。

选择一个墓穴（就近原则），按习俗处置。这，应该得到保证。

"自己动手，丰衣足食。"工作乃立身之本，努力奋进。家庭并重，务求勤俭朴素。总之，凡事艰难，务求乐观自信，切忌迂腐懒惰。

生老病死，自古而然，切勿悲伤！

以上，斟酌为盼。

16. 生命，是一路昂扬跋涉

早晨起床后，屋内有些燥热。与其躺在沙发里看电视、玩抖音，不妨出外转转。

漫步郊野，夏风缓缓。忽然感慨，时光荏苒，人生倥偬。十年寒窗，潜心向学，孜孜以求。那时，青春年少，风华正茂，意气风发。

廿载春秋，躬耕杏坛，谨言慎行。然则，久居山村，清辉铺地，毕竟落寞。渐渐地，朋友少了联络，同事多了竞争，生活掺了虚伪，岁月的利剑分秒剥蚀着那一直仰望天空的夙愿……

秋风劲起，落叶飘零，一个人匆匆奔波于孤寂清冷的山间小路上，默默无语，似乎被人遗忘。每天的每天，辗转于柴米油盐、名利琐屑，"积懒成笨"，以为不饿不冻，浑浑噩噩，也就罢了。我分明知道，心里有东西在慢慢地破碎着。这东西很珍贵，却又说不清道不明究竟是什么。

走过泥泞，岁稔年丰。一路走来，一些梦想已然实现：衣食日渐丰裕，置楼购车，儿子上了大学，生活也算温馨……这一切，尽管姗姗来迟，终是来了！

天暖了，花开了，心里有了一份踏实。匆匆赶路，上班、下班，而后吃饭、睡觉。然，依然感慨岁月有些单调。既然不再随波逐流、曲意逢迎，亦不惆怅与感忧，何不重拾旧梦，奋力一搏。生命既然是一只蝶，何不翩翩起舞？参天大树有凌云的壮志，肥硕大象渴望巨无霸般的壮美，机警小狗向往月夜轻吠，小虫祈盼夏夜唧唧，柔嫩的弱草只望吐翠结籽。说来贻笑大方，粗陋卑贱的我，除了喂猪放羊、吆牛扶犁、为人师表，亦奢望"挥斥方遒，激扬文字"，不负灿烂人生，不留下遗憾。

"苔花如米小，也学牡丹开。"叔本华说："要么庸俗，要么孤独。"于是，捡拾起那久已丢弃的骄傲，用拙劣的文字，一笔一画书写一路成长的故事，反复陈述一个称作"我"的东西，不被这个嘈杂纷扰的世界遗忘。

"泪洒云涯处，逸笔寸断心。"皓月当空，繁星入窗，挑一盏孤灯，认真地描述童年、少年、青年、中年的一步步历程，一字一句书写那素朴执着的乡情乡恋，用细腻的文笔还原生活样貌。原来，每一段相遇都是一笔财富，尤其亲情、友情和爱情。漫长的旅途上，它们丰盈你的生命，真实而生动，慈悲又善良。坚守乡村，书写家乡，把那些纠结的心事留存成集，让鲜活的生命脉脉含情，使熟悉的亲情触手可及，给绵绵不绝的爱一些回馈，包括那些丢失的、遭受破坏的东西，给自己留存一份感动。

见微知著，笔墨传情。周国平说：人人都是孤儿，灵魂只能独行。行走在山间田野，无论泥泞湿滑还是坚硬干涩。我想妙笔生花，情深意重，打捞过往的美丽，给贫瘠瘦弱的生命以真实存在的价值感。

偶尔完成一篇丰厚些的习作，敝帚自珍，沾沾自喜。

野风幽幽，百花泌香。凝望远方，痴情几许；抬头仰望，满眼深绿；灼灼美好，皆在眼里。原来，这世间所有的美好，都是恰逢其时。

夕阳向晚，微风里，都是青草柔软的味道，归巢的小鸟在空中悄然飞过，留下几声鸟鸣。天地无穷，人生长勤。抛却自卑，不知疲倦。

生命，是一路昂扬跋涉。我愿，在文字的馨香里，给自己以思考的习惯，珍存一个晶莹的梦，永远做一只展翅高歌的云雀！

原载 2022 年 9 月 16 日《达州新报》"凤凰楼"

第七辑

一孔之见

1. 神圣的检查

中午 12 点的下课铃刚响,学校高音喇叭突然喊道:"通知!紧急通知——全体教职工立即开会。班主任马上安排学生打扫宿舍、区域、教室、厕所的卫生,下午 2:30 上级领导要来检查工作!""通知!紧急通知……"

12:20,全体教职工会议准时召开。

总务牛主任细致安排:"厕所卫生是门面和窗口,关乎着学校的形象,更是这次检查的重中之重。这是死角,也是一块难啃的腰节骨,务求干净彻底。记忆犹新的是,多年前那次'脏乱差'问题,被上级领导多次点名批评,严重破坏了我校光荣的历史形象!"马校长神色凝重,面带杀威:"管好自己的人,干好自己的事,谁的环节出问题谁负责!"

呜呼,祸事来了!本期厕所卫生由我班包干。作为一班之主任,立即率领尚未吃饭的全体学生,亲临前线,现场督战。

男生人手一把铁锹,女生一把笤帚。各组人马奋勇争先,分赴 WC1、WC2、WC3、WC4 各个战场。临时指挥部设在男生 WC3 门口,紧急安排部署。我则坐镇指挥,了解形势,商量敌情,调整部署,以便随时增援。

十分钟后,敌情通报传来:WC3 坚冰重重,WC4 坑道内"脏乱差",无以为计。敌情就是命令。立即召开战场会议,"智多星"提议水烫,"似卧龙"建议火攻,"赛凤雏"力推锤砸棒敲。

军中无戏言。于是,成立突击队,班长沈勇率领 10 名健壮男生,主攻 WC3,消灭隐患,聚歼顽敌。一刻钟后,捷报频传。我亲临现场,逐一检阅。

下午 2:00,上课铃声提前半小时响起。

"嘀——嘀——""嘀——嘀——"一溜十多辆黑色轿车鱼贯而入,车上下来 20 多位儒雅的尊客。众星捧月,大家簇拥着一位微胖身影走入接待室。

约 10 来分钟后,但见三五位风度翩然的客人分赴 WC 检查(抑或方便)。随之,众翩翩尊者与校长握手告别,校长等摆手欢送。

一溜小车,冒出几股青烟,绝尘而去!

2. 年度考核

年度考核是教师职务晋升的重要依据（其他依据另当别论），关系着职工工资高低及福利差别。

年终岁尾，考核是一场硬仗。领导亲自坐镇，安排部署。一是抽调精兵强将，成立考核小组；二是更新修订方案；三是择日进行，如期完成。

"八仙过海，各显神通。"以平日工作为依据，现在是关键。于是乎，公正的舆论，神秘的过程，严肃的表情，绝密的内容，有序的进度。

"狭路相逢勇者胜。"言过其实，弄虚作假，照会暗示，超乎想象。其实，一切皆在帷幄股掌中。

结果既出，位列榜首者除了领导，就是聪明者。于是乎，获"优秀"者窃窃自喜；未得者不服。

用数据称量教师工作业绩，本身可信度不高。无论制度多么公平，若用杆秤称重，必然短斤少两，何况一切均需人为操作，其公信度又有几何？

既为规则制定者（参与制定者），又是裁判和法官，更是参赛者、选手和运动员，一锤定音，其结果昭然若揭，遑论其他。君不见"高级教师"多为领导、优秀人员的情况总是比较复杂吗？且，只能在事后想到一些评选标准外的意外因素。

但愿，这只是一种杞人忧天的揣测吧！

3. 混

四季轮回，岁月匆匆。回眸卅载平淡的教育生涯，成绩虽不卓越，却也不落人后。学生更换一批又一批，同事们调离一茬又一茬！

一日，与一亲友闲谝。亲友关切地问起：近几年在学校里混得清楚吗。人家特意强调"混"字，一下触动奇想，工作怎么能说混呢？跑着干成绩都上不去，混怎么行呢？看来这亲友是个无知顽民。

"隔行如隔山。"来客口无遮拦，宏论一番。身旁一同事抢出一言：混得清楚，进校四年已是组长，管辖20多位教师，参与学校重大事项的决策。

由是，联想到自己30年的工作经历，心生感慨。

每天早晨7点到校，中午匆忙吃饭。下午正常到班、备课、讲课、批阅及辅导、晚自习兼值班查夜。时间紧张，身心疲累。担任组长的同事，每天只带一二节选修课，不跟班不上操，不上晚自习。领导常常表扬其成绩突出，连年"优秀""模范""先进教育工作者"……英俊潇洒，雄心勃勃。我辈之流，但凡领导召见，不是安排工作，就是学生违纪，怪哉！

是故，被领导赏识，是干好工作的前提，谓之"混"得清楚。

今年职称晋升，上级给学校分配2个名额。领导宣布方案，条件中很重要的一条就是要有县委县政府表彰奖励两次或市级及以上1次。呼啦啦，统计结果公示，多达五六人，皆为领导，而我实在遗憾，连仅有的一个校级证书也丢了，奢谈乡、县、市的荣誉？每天在一个单位一起工作，竟不知身畔藏龙卧虎，高手如云，有恁多模范人物！

唯，唏嘘慨叹一番罢了！

注释：混（hún）：敷衍了事；得过且过地生活；糊涂，不明事理。

4. 分流

领导突然紧急通知召开部分工作人员会议，神情严肃地宣布分流外调消息：本单位人员严重超编，实行"三定"（定人、定编、定岗）计划，党委政府全面负责，业务部门具体指导。单位拟订方案，具体组织实施。

本次单位下达分流外调名额 3 名，必须一周内完成。确定人员立即办理移交手续到新单位上班，逾期不报到者扣发当月工资，请参会人员自愿报名，具体方案正在拟订中。早听消息灵通人士多次议论，人员严重超编分流。现在，终于尘埃落定，本人已在候选人名单之列，欣欣然悉心聆听相关条件细节，对号入座。以鄙人多年狭隘经验来看，可否考虑从以下方面制订方案。

首先，考虑班子成员。由上而下，以此类推，比较科学合理，理由如下。

1. 班子成员必为优秀者，思想先进，德才兼备，爱岗敬业，业务精湛。既为领导，必然是里外一把好手。率先垂范，再立新功，谁人不服？

2. 班子成员废寝忘食，呕心沥血，亦荒废满腹经纶。盛名之下，其实不一定相符。借此良机，小试身手，人尽其才，物尽其用，不亦乐乎！"是骡子是马，拉出来遛遛？"

3. 领导外调，好处挺多。譬如空缺职位或专业技术人员指标，以培养后备干部，甚或腾挪宽敞房间，改善办公条件。

其次，充分考虑"高级教师""优秀""先进""模范"等，皆出类拔萃、出人头地的人才。若分流外调，发挥其特长，不是作用更大吗？

至于他人，让其分流，不但于发展无益，甚至带去不良作风，贻害多多。

以上建议若不恰当，可以参考第二种方案。

根据本次分流名额，全面了解：没有背景；不谙世事，迂腐麻木；无油水可榨取等情况，直接确定分流标准和条件。如，性别为男（女性同志轻易不要招惹），体重 63.25kg，身高 1.657m，眼睛轮廓直径≤2.6cm，颧骨高起，肤色发黑，上身长下体短等特征，简单明了，请君入瓮，不必含蓄。

切记：坚决果断，雷厉风行，当有"诸葛挥泪斩马谡"之气概。

以上建议，请领导三思。若不合适，一笑了之。

5. 抓阄儿

话说有一天，大雨滂沱。某单位忽然召开临聘人员紧急会议。

会议上，主要领导宣读关于加强后勤管理工作的文件，洋洋洒洒千言万语，究其实质一句话：根据工作需要，立即裁减 50% 临聘人员。本项工作分为三场次会议推进。

第一场次

分管领导宣布裁减方案：现有临聘人员 17 人，根据文件规定，必须解聘 9 人。根据条件要求，设置 4 种岗位（需 8 人）。具体内容及细则如下。

一、基本条件：遵从学历，注重经验，家属优先。

二、个人申报，符合第一条规定之一者直接确定。

三、报名完毕，领导小组审查资格，确定人选。

方案宣读完毕，立即按照规定组织开展个人申报工作。

第二场次

半小时后，召开第二次会议。分管领导宣布申报、资格审查并裁决结果。

本次申报人数 17 人。其中"水电、微机"管理岗位报名各 1 人，符合"注重经验"，直接应聘；"水冲式厕所保洁"报名 1 人，符合"家属优先"，直接应聘。单位保洁员报名 14 名，"遵从学历"者 1 人、"家属优先"者 1 人，合计 2 人直接应聘。

合计，4 种岗位共需 8 人，根据资格审查：5 人符合条件，直接聘用。

毋庸置疑，尚缺 3 个名额。为体现公平、公正、透明原则，需 12 名申报者抓阄儿确定。听天由命，别无他法。通过抓阄儿的办法，最终确定 3 名同志留职，9 名同志分流（自谋职业）。

程序既定，立即执行。

第三场次

第一轮抓阄，确定正式抓阄顺序，不分先后。

第二轮抓阄。此次抓阄正式有效，其结果决定去留。但见竞聘者依第一轮抓阄确定的顺序，依序把手伸进一茶叶罐里，慎重抓出一个阄蛋儿。小心翼翼拆开，写"留"者，一锤定音，欣喜若狂；空白者，运气真臭，愤懑离场。

"瓜娃子天照顾。"我是极为幸运的，属于留职的 25%。因为，那"阄蛋儿"有两种形状：三角形和正方形。而我，抓出的恰好是三角形的。

原来，凡事，运筹帷幄、暗藏玄机，学问大了去啦！

这是一个真实的故事。本以为可以写成一段笑话，完成后却觉得一点儿不可笑。

注：抓阄（或拈）儿，属于博弈范畴，其基本原理是数学上的概率论。这是民间常常用来体现民主、公平、公正的一种博弈方法，所谓"谋事在人，成事在天"的天命论。

6. 食堂故事

三个疑问

一问：四两的馒头二两五（重），面几何来水几何？

二问：一斤菜的重量六两六的菜和汤，菜几何来汤几何？

三问：半斤肉的高价漂着几缕丝丝渣渣，骨头几何肉几何？肥膘咋只剩哈三五块白皮蛋蛋？那这只有翅膀的小家伙，黑不溜丢它是谁？

疑问：质量减少重量轻，今天特来探究探究，看看怎么回事？

1. 如今普及互联网，物理规律发现新变化？那就找找物理专家帮帮忙，相对论用在这儿可恰当？

爱因斯坦：理论岂能和实际相提并论！再说，再说，我早在多年前上了天，管不了这么多事儿。

牛顿：这是事实我承认！早年也曾爱研究，发表几篇论文或见解，弄些生活费！何况规律只在课本里，怎可用到生活中？后来我去爱上帝，不食人间烟与火。另请高明吧！

2. 既然物理专家无能力，再寻古之聪明者。

智叟你来说说嘛，《愚公移山》里你不挺聪明吗，对此有何高见？

智叟（捋捋山羊胡，高深莫测摇摇头）：雁过拔毛、针尖削铁、蝇腿剃肉。即或省却盐一把，亦有学问如天大！

牧羊女：我看你是多情郎，回来咱俩把羊放，蓝天白云好自在！

当事人

学生：我的好校长，一年365天忙。今天终于逮住你，食堂的饭菜质量、重量，到底管不管？

校长：行行行，好好好，不要急、不要恼、不要闹，你说的事我知道。

最近菜价一个劲儿往上飚，食堂不才涨了一元嘛。质量问题我给大师傅说一说，就让提一提；数量嘛，那就加一加。咋样，回去吧，好好把书念，考上大学就有好饭吃了。回去吧，你们反映的问题我们还得上校委会研究研究，彻底解决解决。我个人说了还不算，该满意了吧！

校长（内心独白）：娃娃们啥也不懂，现在的事不好管。那大师傅也太抠了，恁多学生身上弄光阴。一年十来万，多干几年不就啥都有了吗？何必惹得集体发怨气？搞一搞、哄一哄，不就过去了吗？弄得我丢人现眼！不看僧面看钱脸，领导也曾打招呼。今年承包不涨价，我会把你连锅端！

大师傅（独白）：无利不起早，钞票任我掏。日积月累，集腋成裘。大锅饭里油水多，节省节约好传统！有本事不吃我的麻什菜，看看谁能把我咋样？顿顿清水煮面条，掺杂剩菜、剩饭和剩汤，照样把那钞票掏！三五年后，咱也过过那有钱人的舒坦日子！

学生（独白）：又饥又渴日难度，哪来心思把书读。天天盼望回家转，爹亲娘亲不如家饭亲。可怜小肚肠，花钱买罪受，放假吃他个天翻和地覆！

学生父母：饭来张口，衣来伸手。这孩子不知父母多辛苦，我和你爹挣钱容易吗？说要就要，说给就给。"不经一番风霜苦，那得梅花扑鼻香。"读书奔前程，就得受尽大师傅的宰，这是没办法的事！

言外之意

劳神费力写篇小文章，献给那敬爱的大厨师。今天，诚请你们也来尝尝我的小手艺，味道怎么样？

7. 关于总结的总结

我是一名教师，每期必得上交 1 篇工作总结。

一年 2 篇，如是 32 年。

想想，刚刚参加工作时，期末撰写总结，认真细致，字斟句酌。充分肯定工作成绩，罗列主客观错误，查找原因，寻求不足，提出打算和措施。尤其教学成绩低下时，几乎写成一份深刻的工作检讨。

上交后惴惴不安，唯恐纰漏。

有人网络下载，抑或重复使用，省时省力，万事大吉，绝不影响获奖或晋职。原来，所谓成绩、问题、整改、打算，与实际工作并无丝毫关联。

人非草木，孰能无情。领导不看总结（看也白看）。评定优秀、职务晋升，心底自有一杆天平。此天平必由诸多综合因素组合，与总结何干？

领导也写总结，领导的总结称为"报告"。只是，领导的"报告"由"干事"（秘书的别称）撰写。网络下载，改头换面。谁看呢，看了又能咋样呢！

由是，关于总结的总结，总结如下：

一是纯属劳时费力，糟蹋纸张笔墨。

二是大可吹捧虚夸成绩，蜻蜓点水问题。

三是不必弄经验，找问题，提办法。

四是保留底稿，重复使用（注意与时俱进）。

原来，总结是存档资料，用来应付检查的。因此，不交怎行呢？

窃以为，如此总结，聋人耳朵——摆设，盲人点灯——白费蜡。

8. 政声闲谈

新的县委书记姓孟，是 10 月底县十五届党代会一次会议上选举就任的。

党代会结束后，关于孟书记的消息，纷至沓来。

孟书记年轻，个子 1.7 米左右，身材匀称，秀气和善，说话干脆。名牌大学毕业，是中央组织部干部后备人才库的选调生。唉，年纪轻轻，缺乏经验，基层锻炼几年，镀镀金走过场，三五年即可升迁啦。

这几年全力巩固"脱贫攻坚"成果、农村饮水工程得到保障、启动乡村振兴计划、"两不愁，三保障"全面实现、生态环境显著改善、县城周扩、交通发展等，毋庸置疑、有目共睹。可教育、农业、就业……错综复杂，形势依然严峻。既然年富力强，主政一方，必有过人之处，且看行动吧。

十年寒窗苦，金榜题名时。我们学校是县域内唯一一所高中，承担着一代又一代莘莘学子的高考升学之梦。可是，多年来升学率止步不前，质量堪忧。校长天天忙开会、抓修建，中层领导们整日编印资料，应付评比检查。管理松散、考核粗疏，许多老师一劳永逸，"积懒成笨"，不求上进……"冰冻三尺非一日之寒。"迟来早退的、无故请假的、打球的、跳舞的、闲转的，形影不定，各行其是。家长上访，说长道短，流言蜚语。

时值隆冬，黄叶飘零。一天早晨下操后，校园里忽然传出一条爆炸性新闻。有人清清楚楚地说，新来的县委孟书记混在学生队伍里跑操。

一时真假难辨，沸沸扬扬。校长立即安排办公室，召开校委扩大会议。

会议上，校长详细了解书记跑操细节。体育组组长刘老师说，今天早晨，看见一个 30 多岁的男子插在高三学生队伍后面跑操。第三圈过来后他留意到，那人很像新来的县委书记。小平头，身材匀称，秀气和善。刘老师是党代表，参加党代会时曾见过书记一面。他断定，那人就是新来的孟书记。

教导主任说，上周五课外活动，他曾在花坛边也遇见过。那人一口流畅普通话，随意聊说了几句教育质量、教师结构的话，以为是哪个学生家长，就没在意。

政教主任说，同一天傍晚，他在灶房门口恰好遇见过，那人站在嘈杂拥挤的学生打饭队伍的旁边观看。

还有人说曾在学生厕所门口也碰见过……你一言我一语，越说越神奇。似乎书记已经造访过学校各个角落，甚至和很多学生说过话呢。

校长一头冷汗，来者不善哪。最后，校长严肃强调：第一，以不变应万变，严防死守，校门口24小时值班，绝不允许陌生人进出；第二，高度重视早操，全体班主任跟班跑操；第三，强化校园巡查，有什么异常现象随时报告。

会后，校长陷入沉思：这孟书记到底要干什么呢？

上午9点多时，跳舞的老师们按时在花坛旁集合。大家议论一番，结论是：我们都是高级教师，此生无所奢求。谁来能咋样，过两年就退休了。于是，在嘻嘻哈哈的笑声中，衣袂飘飘，舞姿翩跹。

只是，关于孟书记的新消息陆续更新，私下里悄悄传播着。

孟书记爱好体育，四年大学期间经常参加运动会，是班级里的长跑选手，屡获体育奖项呢。初来乍到，依然坚持晨跑，谁料竟来和学生们凑热闹。看来，他对校园生活的情结很深啊……

短短几个月，孟书记采取提前不通知、随即走访的方式，先后实地调研走访县域内所有政府机关部门和乡镇村社，足迹踏遍周边的山山水水。每次，孟书记叫上司机出发了，沿途走走停停，看看庄稼长势，有时还摘几串榆钱吃呢。

一次，进入一个村委会，孟书记和人们聊了很长时间。

一天下午，孟书记走入一家镇政府大院里看人们下象棋，饶有兴趣地观战，出谋划策呢。

还有一次，孟书记来到一家单位时已是下午4点。局长和工作人员都不在，司机让保安给局长打电话。一会儿，那局长驱车赶来。书记问他干什么去了，局长编谎说去取一份文件。问起为什么上班时间人员不在岗，局长解释说："受疫情影响，这几年不培训，没什么紧迫活儿，人员也就不来坐班。"孟书记说："打苍蝇混光阴，暂把你们单位绩效工资停发，立即安排人员去路口防疫值班。有所尝试，有所作为。回去后研究你们单位的工作职能，必须做些合理调整……"

更甚者，有消息灵通人士一本正经地说："这个孟书记决心很大，要加快推进'教育立县'的步伐，积极推进校长职级制和教师队伍'县管校聘'改革，盘活事业编制存量，通过竞聘上岗、转岗、交流、走教等途径，统筹教育资源均衡分配，充分激发教育发展活力……"

这些传闻，亦让我们校长惴惴不安。可是，过了一个多月时间，也没什么动静。看来，孟书记确实是来锻炼身体、重温校园梦的。

年底时，教育局发来通知，孟书记要来调研学校工作。同时，县委委托第三方监测机构对我们学校开展为期一周的全面评估。

顿时，整个校园紧张起来。写汇报、整理材料、打扫环境卫生、慎重确定座谈会师生代表、反复演练谈话内容和问卷调查表的填写方法。光是学生灶房、厕所卫生就派人打扫过好多遍，弄得一尘不染。一周后，教育局局长陪同孟书记前来调研工作，实地查看、听汇报、召开师生座谈会、开展问卷调查……

元旦伊始，新一届教育局局长走马上任。出乎意料，新局长亦是一位40岁的年轻人，破天荒啦。新局长雷厉风行，立即开展走访调查，全面了解县域内中小学、幼儿园的实际运行状况。

春天来了，东风和煦，天清地暖。县委组织部领导和局长一行，来到我们学校庄严宣布：原学校领导班子集体卸任，所有成员调离原单位。同时，宣读了接任校长的任命书。

新校长上任，马上组建领导班子，细致审视教育积弊，细化管理方案和考核机制。定人定岗，量化绩效，明确职责，责任到人。除了正常教育教学工作外，还增加些兼职岗位：打球的管理器材室，闲转的清理楼道，跳舞的整理花园草坪，图书管理员兼管宿舍……顿时，校园一片宁静，事事有人管。老师们闻令而行，恪尽职守，力争上游，各自忙碌起来。

当麦芒闪着亮光时，免职、停职、留任、调离……县域内所有中小学、幼儿园领导班子有序交替，新陈代谢，面目一新。听说，下一步马上推进全体教师在县域内稳步交流，促进教育资源特别是师资力量趋于均衡化，进而激发教师工作的积极性和能动性。人们又说，这下好啦，一潭死水终于盘活，给莘莘学子创造一个良好的发展平台，志气昂扬、静心追梦，也让老师们看到奋斗的希望、努力的方向。

"夜来南风起，小麦覆陇黄。" 7月初，金黄色的麦子渐渐成熟。收割机一趟趟过去，一行行麦秸吐在后面，一股股麦粒如水般"哗哗"倾泻而入宽敞的车厢里。2021年县委县政府出台每亩粮食直补350元的惠农扶持政策，农民种地积极性提高，多年荒芜的土地复耕种了"和尚头"小麦，产量倍增。

"天气炎热，大地像一个蒸笼。T恤湿透的书记站在田埂上，语重心长地说：'一份权力，一份责任。我们是农业县，粮食不丰收，何谈民生？这几年疫情严重，局势复杂。夏粮归仓，心中不慌。我们就是公仆，急群众所急，必须把服务做到田间地头。大道至简，唯有实干，咬定青山不放松。'陪同的县长、局长、镇长、村主任额头上流着滚烫的汗水。"一位亲历者如是说。

"政声人去后，民意闲谈中。"二十大召开在即，百舸争流，奋楫者先；千帆竞发，勇进者胜。着眼当下，未来可期。甫看孟书记年轻，杀伐果决，革故鼎新，未雨绸缪，深谋远虑，后生可畏啊。

于是，关于孟书记言行举止的传闻，不断更新着。

原载2022年第6期《金城》"；2022年12月，获得"清廉兰州-扬清风正气，写时代新篇"征文三等奖

第八辑

"向阳花"开

1. 一张安静的书桌

儿时，懵懂中时常听到不识字的父母屡屡提说：读书要趁小，把书读好，长大后就会成为人才，不但可为国家做贡献，还可为家庭争光。于是，内心萌生出"好好读书，天天向上"的渴盼。

20 世纪 70 年代中期，我上小学时，家里只有三四间茅屋，一两盏煤油灯。夜晚只能趴在小炕桌上的煤油灯前看书写字，嘈嘈杂杂。要是有一张书桌，安静地读书写字，该多好啊。

"书山有路勤为径，学海无涯苦作舟。"初中乃至师范时在校园寄宿，每天趴守在课桌上写写记记。节假日回到家里，只能把书本收藏在一个小木箱里锁着，随时取用。那时，能拥有一张安静的书桌，成为一份期盼和渴求，更是一种神圣和美好的向往。

身为人师后，依然寄宿在学校一间墙面裂缝的办公室里。好在办公桌靠墙处可以摆置一些常用书籍，就用一副铁夹子前后圈堵着，随时读一读。我常对学生说：青春须早为，岂能长少年。热爱读书，专心致志。成绩是一分一厘积累的，来不得半点浮躁虚夸，不要想着取巧偷懒、侥幸获取。而我，但凡回家，就把几本喜欢的书散放在各处，以至于床头、沙发、茶几上到处都是。

2006 年，我家买了一套 80m² 的楼房。装修时拆除一间 6m² 贮藏室的隔墙，安装了一个书架，特意购置一张写字桌，作为儿子的书房。我认同哪儿都能学习的观点，书桌虽和学习成绩高低没有直接关系，但我更知道一张安静的书桌对于一个莘莘学子的重要性。条件再艰苦，也得为儿子的充分发展做些努力。

孰料，书房和书桌刚刚摆置齐备，连襟的儿子上初中需要周末或节假日寄宿我家。自然而然，书房连同书桌的使用权只得暂时归属于他。六年后，姨甥以优异的成绩考上军校，进而走向保家卫国的光荣之路。书桌的所有权归属儿子后，我只能偶在儿子出外时，从书架上寻一本书，坐在书桌前看看。

拥有一张自己的书桌，依然是埋藏心底耿耿于怀的强烈愿望。

"三更灯火五更鸡，正是男儿读书时。"小学、初中、高中，安静的书房里，小儿坐在书桌前，勤学苦练，成绩不断攀升。水滴石穿，14 年的坚持，儿子亦考入重点大学，进而考研升造，勇敢实践他的读书科研梦。

儿子上大学后，书桌的使用权完全归属于我，书架、书桌、抽屉内满置书籍或报刊。钻进书房，广泛涉猎，遐思驰骋，一发而不可遏制。书桌上摆放几本心爱的书，心里就踏实了，儿时心梦终得一步步圆实。

夜深了，灯，还亮着。读读写写，笔耕不辍……几年下来，陆续在省内外报刊杂志上发表 130 多篇习作，获得 10 多个征文比赛等次奖，还公开出版两本随笔集……由此，加入省作协，跻身为一名乡土文学爱好者。感谢书桌，让我不断地自我成长，不断成就着自己美丽的文学梦。

我以为，一个人最向往的生活是有饭吃，一个栖身的小屋，尤为重要的是一张可以安静读书写字的书桌。其他，人前风光、山珍海味、小车楼房，不过是生活之外的一些点缀罢了。

"开心文中静悄悄，不知岁月老。"如今的我，每天下班后做完家务……立即坐在书桌前，"书生意气，挥斥方遒。指点江山，激扬文字……"

原载 2023 年 8 月 9 日《东莞日报》

2. 写作的快乐

生命需要我们自己去赋予它价值和意义。

——路遥

从小学开始，写作文是一件愉悦的事。

学生时代，喜欢读书，也喜欢写作。每次作文布置下来，仔细审阅要求，围绕着题目努力写出自己的真实看法和想法，而且尽量写得清楚明白。初稿完成后，反复修改，字斟句酌，直至满意为止。那时没有作文书，所有语句都是一句一句想出来的。记忆犹新，语文老师常常留下红色批语、课堂上范读，当着全班同学的面夸赞写得好：有真情实感，主次分明，详略得当，语句通顺。

会说话就会写，写作是表达自己的思想认识，与人沟通交流的书面语言。写什么？写自己的感受和思想，表达真切体验。比如前天的活动，昨天见过的人，今天经历的事，都可以真实地写下来。"言之有物，文之有情。"写作必须有人、有事、有境、有理，力求客观、公正、民主，绝不偏执。不要求写太多，写完整一件就够了。关注细节，重视过程，呈现结果。坚决拒绝空话，故弄玄虚、无病呻吟。

"两句三年得，一吟双泪流。"好文章是改出来的。哪有什么文思泉涌、文采飞扬？至今，不懂什么叫文笔好，有才华。唯有多写多改，文从字顺。"写作而不加以修改，这种想法应该永远抛弃。三遍、四遍——那还是不够的。"（列夫·托尔斯泰）

持续写。写作和做任何事一样，费时费力熬人。老老实实，耐心些，尽全力写到最好。截至今天，每当写出一篇满意习作，就有一种成就感，悄悄浏览，自我陶醉着。

"凡作文，有情极真挚。"用文字记录生活的点点滴滴，抒发心里的喜怒哀乐，表达着自己的观念和思想……哪怕寥寥几句，也可以抚慰情绪，缓解心伤，记录欢乐，就是美文佳作，天下无二！

写作常见错误：一是写成"流水账"。必须有轻重主次，详略安排，理清浓墨重泼和惜金如墨的关系，把事情原原本本写出来。二是犯"低幼化"的毛病。所思所感幼稚，导致作文毫无意义或趣味。三是内容虚幻。作文贵在写出自己的一点感想，表达自我独特感受。现实生活平淡，少有惊天动地的事情，但绝不胡乱编造，无中生有，让人难以相信。

写着写着，从青涩到丰盈，有日记见证着……原来，作文不是阳春白雪，高不可攀。夜深人静，可盐可甜、可纯可污，生动有趣。掩卷沉思，原来，写作完全可以让自己活得更精彩。

"念念不忘，必有回响。"今后的日子里，点滴写作，记录生命长河的流向，心灵之水的清浊，这是一种属于自己瘦薄生命的幸运。

谨以此篇献给爱好写作、勤奋努力的人。

我的理想

儿时，理想很多
山后无山
涝坝是海
打麦场是平原

夜晚，天空很矮
躺在高高的草垛上数星星
直到数成
晨曦中的一颗颗露珠

3. 向阳花开

—— 一个乡里人的迢迢读书路

风过无痕，花开有音。2021 年 3 月，我的随笔集《向阳花》一书公开出版，圆实一个乡里人素朴执着的读书梦，填补家族文化稀缺的历史空白，也给自己留下一隅寄存乡愁的地方。圩载一梦，圆实今朝，值得庆贺！

一方水土一方人。皋兰县九合镇头沟村，是一个七八百人的小村子。这里，群山连绵，沟壑纵横。十年九旱，荒山秃岭，缺地缺水、缺路缺房，尤其稀缺柴米油盐。

岁月不居，顺天应命。一年又一年，历代先民们赶着毛驴扶着犁，在陡峭的山坡地里耕耘操持，肩挑背扛，默默守望着。

我的爷爷和父辈，大字不识"一箩筐"，都是"睁眼瞎（ha）"，所谓"捋驴尾（yi）巴的"或"鸡蛋换面的"。小时候，族人说过，我爷爷唤作"麻九爷"，脾气火爆，一身蛮力。家里圈养着一头小毛驴，生来是个"犟板筋"。一次耖地时，无论怎么吆喝驱使，蹄步死活不向岄（kan：悬崖）边迈近。"麻九爷"气坏了，卸下耧辕，抓住毛驴前蹄，"咔嚓"一声掰断啦。"麻九爷"30 多岁去世时，大伯 16 岁、二伯 8 岁，我的父亲刚刚 3 岁。

从此，奶奶拉扯着五个（3 儿 2 女）孩子，倚靠种地打短工为生。寡母孤儿，艰难度日。父亲常说，他 12 岁时，完全担负起家庭重担，耕地放羊、操持里外。

兄弟三人分家时，匆匆苦了三间草房。冬冷夏热，刮风进土，下雨漏水。我们兄弟姊妹七人（3 男 4 女），就在这三间草房里出生且长大。1992 年拆除时，纯粹是一堆柴草，破烂不堪。

父母是农民，即便早出晚归，省吃俭用，永远捉襟见肘，苦涩拮据。家里养着鸡、猪、羊和毛驴。平时爸妈料理，放学后兄弟姊妹们去放牧，顺便捡拾些柴火、拔些青草……农村人，天命如此，别无选择。

回忆这些往事，不仅仅为着怀念那份浓浓的爱意，更多却是酸楚和无奈。

曾以为，我也会如父辈一样在这渺小孤僻的乡村终老。孰料，匆匆奔波、碌碌辗转50载，如我这般迂腐怠惰的，亦定居县城。从乡村到县城，来回跋涉于坎坷泥泞的山路上。每一次每一步，凝结着心酸的艰涩和父母家人的倾力支持。饮水思源，根脉所系，乡村为我的人生之路烙上鲜明深厚的印痕。时常想起家乡的人和事、山水草木，想起自己生活、学习和工作过的点滴琐屑，既有喜悦和留念，亦有沉重与困惑，更多的却是激情和希望。

清光亮水、饥渴劳顿的乡村生活里，父母让兄弟姊妹们依序走进学校。父母倔强地认为"把书读好"，或可脱离庄稼地，过上如城里人一样的生活，不再如他辈一样苦累没有尽头。但，至于如何"把书读好"，拥有一个按月领取固定工资的工作，父母和我们兄弟姊妹们，怕是永远想不出什么终南捷径。

小学时，没有课桌和板凳，我端坐于土块搭建的木板上听讲。夜晚，则趴在小炕桌上的煤油灯前看书写字。

中学里，校舍简陋，拥挤嘈杂。夏天闷热烦躁，冬天冷如冰窖。饮食简单，印象里在校期间似乎从来没有吃饱过。十年寒窗，孜孜以求。考取中师，极为侥幸。既而身为人师，成为家中唯一有正式工作的人。

读书，是有用的。父母说得对，"把书读好"，不但可以当饭吃、作衣穿、住楼房，还完全改变一生的命运。只是，那读书的路，实在有些艰难漫长，需要足够的耐心和执着的坚持。

工作后，循规蹈矩，谨言慎行。年届四十，领导垂青，安排兼职办公室干事，负责处理计划、总结、报告、发言、讲话等文字性事宜。于是乎，挑灯夜战，字斟句酌，三易其稿，精益求精。偶尔协助他人修改文稿，为一句"才华出众"的夸誉扬扬自得。

文字之梦，其路漫漫。小学、初中时，作文屡被老师范读。师范里，参加"青蔓文学社"，自喜于《青蔓》社刊发表的几篇拙作。

闲暇时节，遂写些生命的坎坷起伏、生活的启迪感悟及趣味儿。人说家乡美，草木总关情。何尝不是这样呢？我的眼里只有我的村庄、父母、老师、兄弟姊妹、亲戚邻居、同学同人，乃至鸡鸣狗吠、山水草木、田园牧野……写写岁月的沧桑变迁、生命的裂变拔节和那令人感动的人或事儿。我想，把自己的成长经历，用文字的形式留存下来，必定久长些。

　　文字苦旅，一路向暖。爱上写作，难免抒写俗事烟火、喜怒哀乐、生活琐屑，发掘人性的一些善良和美好。兴趣所至，信笔驰骋，删减增补，任思绪飞扬。一篇文稿落笔，恰如一个婴儿诞生，欢喜异常，百般珍爱。由此，加入皋兰县作协、兰州市作协、甘肃省作协，跻身为一名乡土文学爱好者。

　　回望来时路，拙笔述今朝。《向阳花》一书由心路行踪、寸草春晖、菁菁校园、乐山知水、吾之所好、教育札记等6辑80篇文稿（报刊发表30篇）之20万字组成。一程山水，一程故事，用朴素的文字真实记述一路成长的心路历程、迁徙行踪的点点滴滴，打捞独有的过往美丽，抒发那诚挚的乡土胸怀、至纯的深情厚爱、刻骨的体验感悟，乃至内心深处的疼痛、隐忍和期冀，给粗糙的生命以真切的存在感，寻找一种生命中值得久违的善意和美好。

　　宁鸣而死，不默而生。全书情真意切，字里行间流露出一种阳光灿烂、平凡质朴的风格，给人以顽强努力、蓬勃昂扬的鼓舞和希望之感，充满浓浓的乡土味儿。不求诗意和远方，但望字字滴泪，句句含情，篇篇生爱。且，希望我的下辈，接续传代，绵延不绝。

　　其实，文字原本也是无用的。我分明知道，无论多么精美的一篇文稿，顶替不得衣食住行的丝毫紧缺，甚至比不得对一碗滚烫牛肉面的热切向往。君不见芸芸众生，数千过万锦衣玉食，动辄数十万逾百万购车置楼，乐此不疲。即便一盒烟、一件化妆品，亦豪华奢侈，何曾割舍三五元去浏览一本书刊呢？一本瘦薄廉价的书，不当饭吃，不作水喝，亦不可让美颜常驻！呜呼，顺乎世情，任其自便吧。

　　诚然，《向阳花》一书，文笔稚嫩，见识浅陋，不尽完美，有待共榷。

　　"草木葳蕤兮，且与山花共烂漫。"一个乡里人，因为"把书读好"，解决温饱，实现小康。且，用文字的方式，开出向阳之花。我想，作为这个伟大时代的见证者，必当努力书写今天，让明天的怀念更多一些亮色，不亦乐乎！

　　原载 2021 年 3 月 28 日《兰州日报》"本土推介"

4. 花开书院

文/清韵

8月，抬头，云朵依偎在蓝天，花儿流连于枝叶。橙黄橘绿时，看花是花，看草亦是花，越发喜欢那些质朴的、一眼看得见的欢喜。

"清韵，玫红给你说了没有？俞海云老师举办新书发布会！"微信里，文友门外青山约我。"好的，一定去，一起走！""他出书啦，我们相约去捧个场！"她嗔喜道。"红花就要绿叶衬。既为爱好，岂容错过！"

翻看微信，俞海云已打过语音电话，发来邀请函："《向阳花》首发式暨座谈会，定于8月27日在皋兰书院召开，恭请届时参加。"于是，即复祝贺并允诺。

第二天中午，文友玫红的电话响了。"我们已在广场上。""哦……嗯……我马上到！"穿双旅游鞋，赶往人民广场。

顺着梨花路，跨过小桥，一条水泥路延伸至山上的石洞寺森林公园。路旁的小叶国槐，枝叶繁茂，散发着翡翠的光芒。叶隙间漏下来斑驳的光，碎花点点。

习惯，早就习惯了。文友出书，激动，惊叹，羡慕。几年前，参加过西固一位老师的新书首发式。那天，细雨蒙蒙，在什川梨园老魏家，手捧孙菊英老师签名的《眷恋这样的时光》，众人围成圆，一人一段读着，说着，笑着……仰望着，羡慕着。今天，秋韵绵绵，在我们皋兰书院举办《向阳花》首发式，难道不震撼吗？尽管，没有过多惊奇，甚至羡慕。我就一个文字爱好者，写写心情日记，偶发几首小诗或小散文而已。

皋兰书院里，一丛风雨兰，粉红，内敛，素雅，蓬勃，秀色空绝。"平凡人写平常事。《向阳花》的出版，圆实一位乡里人执着坚定的读书梦。"坐在二楼宣德礼堂，认真聆听各位文学同道的精彩点评。一个素朴的农家子弟，持之以恒地爱好写作，书写灿烂人生……亲情、友情、爱情、教师生涯，值得钦佩。

人间烟火气，最抚凡人心。父老乡亲、草房土屋、泥巴路、小黄狗、干涸的涝坝、斑驳的灶台……一条条弯弯的小路，一块块傍山地，一缕缕炊烟，几样家乡野菜……字字句句淳朴如泥土，写的就是普通而真实的生活，身畔的人、事和物件。向阳花，就是田间盛开的向日葵，默默无闻，却熠熠生辉。

秋日的景致，鸿雁南飞，菊香满篱，桂子零落，足够韵致满怀。有人说，秋天想念一个人，就该跑着去见。想想，如果你心上还能够怀着去做一件喜欢的事、去某一个地方看看风景的冲动，然后还真的千里迢迢去了……这，多好呀！

向荣而欣的种子

我如此乖巧
只因你
我这么可爱
也因你

悦己者
我报以欣喜之情
一朵花奔赴另一朵花
是相互吸引的力
通向前方的平行线
会延伸出春天的种子
向荣而欣

5. 一株蓬勃的"向阳花"

——简评俞海云散文集《向阳花》

近日读俞海云散文随笔集《向阳花》，心情并不平静。一则为我们皋兰本土作家在文学创作上取得的成果感到欣喜；二则为作者所展示的文学才华、丰富内容、精美文笔、炽热情感所敬佩、所吸引、所感动。综观《向阳花》的抒写内容，有的博大深沉，凸显浓重地域特色，给人以人文思想之美；有的铺陈亲情、追忆往事，选材典型，感人肺腑，给人以怀旧情感之美；有的立意隽永，语言优美，富含哲理，给人以含蓄意境之美。

一

《向阳花》，主要以乡土怀旧类生活随笔为主兼及游记类。

乡土怀旧类内容占了很大篇幅。《向阳花》第一辑至第三辑近40篇作品，都可以归类在乡土怀旧类。这部分内容，又可分为专写人物和写景写物两类。

写人物类的散文，取材于普通人物和日常生活琐事，娓娓道来，真切描绘了父亲、母亲、二姐、乡村人等的质朴形象，凸显了他们宽厚、善良、勤劳等本色。如《谈谈父亲》《感念二姐》《木匠二哥》《想起小露》等，都是人物类散文的上乘之作。

作者出身于农村，许多作品从"我"童年视角出发打量故乡以及生活在这层贫瘠土地上的父老乡亲，让读者通过所写人物不得不想到天底下所有庄稼人。作者心怀强烈的崇敬心和道德感来思考农村农民问题。通过描述田地劳作、家庭生活的艰辛，苍凉中透出热切真诚的期望。选材普通却典型，以真诚和朴实叙述，使读者被悄然感染和感化。

往事怀旧，写景写物。《向阳花》中较为出色的篇目有《七月，家乡的杏子红了》《童年的趣味》《小黄狗》《走在那段乡路》《悠悠榆师情》《苑川河之恋》等。作者许多忆旧散文总是萦绕着童年的梦忆和往事的回味，同龄人总能从中感受到那种谁也无法逃脱往昔人生经历的印痕纠缠。如《童年的趣味》中所写的深夜偷杏、弹弓打鸟、自制火柴手枪等情节，唤起了读者对过往岁月的怅惘感性，自然就产生认同，产生美感，从而感染感化读者。正如作者在《童年的趣味》结尾所言:"仔细想想,童年的趣味儿确实挺多的,只是有些苦涩罢了。"

让我们看看《走在那段乡路》一文中的优美片段,来验证作者对故乡的一往情深。"站在村口,那棵粗糙苍劲的老榆树下,阳光从树丫的缝隙里泼洒一地,摘下几瓣杏黄粉嫩的榆钱放进嘴里,还是那种清凉、甘甜、馨香的味儿……羊群悠悠然欢快跑过,远远闻见一股股羊粪蛋的芬芳味儿。"

这里,作者既有对乡路风光不吝笔墨的诗意赞美,也有淡忘山村故乡的感慨忏悔,更有站立老榆树下摘吃榆钱原始味道的感受,字里行间倾注着对故乡的真挚热爱和炽热情愫,就连羊粪蛋也是"芬芳味儿"。一个人热爱家乡的理念和情怀,是人文环境熏陶和成长过程中故乡情结逐步形成而确立起来的。因此,作者把这种挚爱付诸文字后,其实就是一种心灵的慰藉,一种精神的救赎,一种文化的记忆。

《向阳花》中一组游记类作品,不仅融入了个人情愫,还处处抒写深沉博大的游子情怀和人文思想。在《喜欢梨花,那种天然的白》中,作者游览观赏万亩梨花后写道:"这是我们最好的季节,在短暂而美好的岁月里,在心里种下一朵鲜艳亮丽的花,保留一份刻骨铭心的真,让生命与美好一路同行。"反映出作者对什川梨园美景的深深敬意,或者说佛性的虔诚和祝愿,表现出深沉的游子情怀。再如《九寨与黄龙游记》中这样抒怀:"忽然有种莫名的感觉,我们每个人是多么渺小,对这样的美竟然一生只能实实在在拥有片刻。不是每个擦肩而过的人都会相识,也不是每个相识的人都会让人牵挂!"是的,在大自然的独特景观面前,人确实显得短暂而又渺小,自然巧妙地流露出作者的人文思想情结。让我们每一个人在与大自然人文风物的接近、拥抱和融入中,进一步获取一种旅行的发现和游览的美丽吧!

二

阅读《向阳花》,给人最突出的感受正如林贤治先生所言"每一篇散文里所表现的个性",以及由此表现的诸如构思巧妙个性、语言表达个性、艺术手法个性等艺术成功之处。

1. 选材个性化。俞海云的散文,都是建立在自我个性化基础上的真实人物、真实事件、真实场景、真实体验、真实情感的宣泄书写,找不到虚假的成分和矫揉造作的无病呻吟。

几个篇目写父亲、母亲，角度不同，写法不同。但把这些篇目联结成一个整体看待的话，父亲、母亲的农民形象就会跃然纸上，坚强、坚韧和勤苦的性格特征就会深深铭刻在读者脑海中。作者写出了一个真实而又不同于其他人的父亲、母亲。作者的父亲、母亲，既有普通农民的共性品质特征，更有属于自己父亲、母亲的个性品质特点。

2. 表现个性化。《想起小露》是写人篇章中的上乘之作。"小露是我榆师的同班女同学，一头秀发，眉清目秀，楚楚动人。于是，许多事情就在那时，悄悄发生。"

"一次，我正写着日记，不料小露径直来到身畔，讨教问题，一时面红耳赤、手足无措，沉寂的心灵泛起层层涟漪。周末夜晚，早早提着小凳看电影，享受那紧张激烈、扣人心弦的故事。换段的间隙，则把目光投向侧前方，肆意眺望夜色朦胧中那个美丽的情影。"

这是《想起小露》中的一些精彩片段，从文学视野出发，我们不难发现作者运用了白描的写作手法，没有出现一个"情"字和"爱"字，但把少男少女之间那种朦胧而又纯洁的初恋情爱表现得淋漓尽致。同时，作者还通过雪花、暴雨、月色的衬托，营造了一种隐含着淡淡忧郁、愁绪、思念、渴望的意境氛围，把人物的美丽和初恋的美妙融合在一起，使读者的审美愉悦得到极大满足。这是文学作品，也只有文学作品才能达到的程度和效果。

3. 语言个性化。俞海云散文语言的特点是行云流水，浑然天成，如树林深处潺潺流出的一股幽泉，表达流畅，情感真挚，使读者有种认同感和亲切感。语言的运用似一位慵懒丰腴的少妇，在下午公园百花丛中走走停停，悠闲自得地欣赏大自然的美景。语言节奏慢，跳跃跨度小，记叙描写具体生动，带有鲜明的个人风格，具备了个性化要求。

总之，《向阳花》的出版发行，是皋兰文学圈子值得庆贺的事，既是作者在文学创作道路上辛勤耕耘取得的成果，也可以说是皋兰文学艺术发展结出的丰硕果实之一。毫无疑问，《向阳花》是散文园地皋兰土生土长的一朵鲜艳的"向阳花"，给我们基层文学创作者带来诸多启示和借鉴意义。

作者简介：陈希荣，甘肃省作协会员。

6. 恨不知音赏

——记散文集《向阳花》首发式

"谈笑有鸿儒。"2021年8月27日，在宁静优雅的皋兰书院二楼宣德礼堂里，成功举办"皋兰俞海云《向阳花》首发式暨座谈会"。

生活是平凡的叠影，生命是平淡的传奇。平素的生活中，很多事儿，似乎没啥意思；与人交往，太多平平淡淡！但，有些事却意义非凡；有些遇见，刻骨铭心。比如，这次在皋兰书院举办的活动，却是对我大半生的概括与总结，其功莫大焉。而这，全赖诸位老师、媒体人、同人、亲友、我的小儿等认真捧场，亮丽出彩，其善莫大矣！

与有缘人聚，不惧人生荒芜。座谈会上，诸多老师、爱好者激情坦陈，交口称誉。他们说，《向阳花》素如泥土，皆为心声。写的就是身畔人和事儿，娓娓道出几辈人的追求和努力、心声与愿望，透出些许生命的灵动，散发着点滴人性的光辉。

向阳而生，逐光而长。《向阳花》以个体书写的方式为山野乡村作传。父母家人、亲戚邻居、同学发小、昔日恋人，皆在那山野中生长着，劳作着，生活着。一年又一年，他们都是一朵朵有故事且灿烂的向阳花。

"人之为学有难易乎？学之，则难者亦易矣；不学，则易者亦难矣。"《向阳花》，在皋兰这片黄土地上，深根大地，蓬勃绽放。与会者充分肯定该书出版的意义，坦言其为文化自信、振兴乡村、繁荣地方文化做出积极的尝试与探索。至于商榷的地方，诸如思想深度有待开发挖掘，艺术性更需锤炼提升等，云云。

"最怕问初衷，幻梦成空。"其实，我这人身微言轻，卑不足道。小时候，听从父母或哥姐，温顺乖巧；上学后，唯老师金玉良言，不敢越矩；工作后服从领导，马首是瞻；成家后一切妻子处置，岂敢僭越？从小生怕麻烦他人，不喜欢那些耗时费力的虚幻动作，至今没有学会编谎撩皮，使舵卖乖。但凡走路，低头侧身，生怕挤占太多空间。与人说话，小心翼翼，唯恐得罪。需求帮助，暗自思谋千万遍，却惴惴不敢仰及！

若说我有什么可取之处，唯认真坦诚，热心待人。举例如工作，认真负责；撰写一篇总结，字斟句酌，酝酿推敲，直至满意方止。同人寻助，努力试试。有一次洪水肆虐，一台过路手扶拖拉机深陷泥沼，曾提把铁锹前去掏挖，直至半夜三更。

一本书，一个梦。《向阳花》的出版，既有家人的倾力支持，更有我的领导、老师鼓励支持和诸多亲友于无声处长期关注。为举办《向阳花》首发式，亦曾设想多遍，一定诚邀给予过该书以实际帮助的亲友，欢聚一堂，共话灿烂历程。却又想着，人人忙碌奔波着，哪来工夫陪你闲聊，终不敢叨扰，即便是家人！

"欲取鸣琴弹，恨不知音赏。"欣慰的是，今天有幸邀请到博学朴实的老师、热心憨厚的摄影名家、声脆音亮的音乐人、文采飞扬的同人及意气风发的晚辈，百忙中前来捧场，共同见证这场属于我自己的豪华盛宴。

"8月27日，真是一个白云飘飘的好日子！"听闻《向阳花》举办首发式，微信里亲友、同事、同学纷纷点赞留言祝贺。短短一天即达千人次。山野万里，谢谢天空，给我遇见美好的你，你们。在此，诚挚感谢所有关注支持的老师、亲友。

"年少立志三千里，蹉跎百步无寸功。"从此，若有人问起，你一生最得意的是什么？我说：曾经尝试用《向阳花》的方式，怀恋着我的家乡。并，坚持把自己的一丁点美好展示给认可我的人，获得一种被认同的价值感和存在感。且，相互赏识着，一起让生活充满希望，使生命天天向上。

谨以本文，与诸亲友共酌共勉！！

原载 2022 年 7 月 31 日《慈溪日报》"溪海书香"

7. 花开温婉

文/玫红

　　就在上周，九〇届榆师校友皋兰俞海云老师的随笔《站在亮亮的地方，向阳而生》发表在《中国青年作家报》。他不无自豪地分享到朋友圈，还说"一石三鸟"，《北海晚报》《临泉报》同时刊发。发后我秒赞："这篇写得好，有深度，有温度，有阳光味儿。"不料，他随即反驳："那你看我的文章哪篇不好呢？"我不留情面："兄弟，别自恋。人外有人，天外有天。我仅说这篇，意蕴深厚，温婉亲切！"

　　其实，心里挺羡慕：《中国青年作家报》是一个档次很高的报纸。他的不懈努力终于得到回报，遍地开花：《新民晚报》《甘肃日报》《兰州日报》等。这些，深受鼓舞的同时，也有压力。

　　一个粗粝的男人写出如此多情浪漫的文字，让人惊讶。有这样一位奋发向上的朋友，我感到由衷高兴。我认识他时间不长，最早在《兰花》上看到他的文字，其温婉清丽的风格，以为是位女同胞。此后，他不断地在朋友圈转晒他的习作和报纸链接，让我刮目相看。

　　说实话，我不大看好这些只有1000多字的随笔。意犹未尽，什么也没写就结束了。但是，当俞老师的习作频频出现在报纸上时，我有些坐不住了。在当今快餐文化的社会审美中，很少有人坐下来细细品味洋洋五千字里的乾坤。

　　我开始细读俞老师的系列作品：语句隽永，简洁明快，情感细腻，富有蓬勃的生命力与感染力，给人以触动和激励。正如他在文中所写"花开能向日，花落委苍苔……秋韵绵绵，葵盘结实，垂手不语。越是籽实饱满越把头垂得很低，让人感受到时光流逝里那隐约的疼痛和细碎的温馨"。

　　作为一名小学老师，日常的工作忙碌烦琐。工作之余，他能坚持不懈地记录生活，孜孜不倦地耕耘在文学这块处于边缘化的土地上，硕果累累，为此骄傲着，前行着。

有一阵，每当黄昏时分，我便拿起《向阳花》，静静地浏览那华美流畅的文字，品读他的亲情、爱情与友情，品味一位农家子弟的绵绵情怀，感受他的喜怒哀乐，感动于他自强不息、求知上进的精神能量。

闭目沉思，我仿佛看见他，站在讲台上侃侃而谈，奔跑在操场上健步如飞，看到他站在家乡的田埂上惆怅慨叹。继而挑灯夜读，让家乡的杏花、桃花、洋芋花、蒲公英、向日葵，借得春风，纸墨飘香，韵味绵远。他让父母的深情厚意温润流长，让同学的相知相遇芬芳弥漫。多想成为他文字里的一位女子，温文尔雅、蕙质兰心，小露、小芳、小兰、夏草青青，甚至任何一个，永远鲜活灵动。他用温婉清新的文字，带给我们一段回忆，一些真情，一些启迪，一缕温暖。

"好比芍药属于简宁，蜀葵属于郭斯特，而向日葵，独属于我。"向日葵的可贵之处就是扎根于泥土，向阳而生，把绚烂的一生献给深情的世界，献给热爱的生活，献给它所衷情的人。朴素瘦弱的俞老师，正是一朵茁壮成长的向阳花。他就在我们身畔，用充满浪漫主义的情调与现实主义的笔触，呈现着生活的真善美，生命的诗意和美好。这是凡·高的精髓，也是俞老师及所有奋斗不息之平凡人的信仰。

与其羡慕，不如努力。真正有趣的生活，不需要用诗意和远方堆砌。静下身子，保持飞翔的姿态，让属于自己的每一个日子闪闪发亮，光芒璀璨。

"莫愁前路无知己，天下谁人不识君。"衷心祝愿俞海云老师：佳作多多，朋友多多！

8. 人间一趟，积极向上

文/水仙

文字是从生活里开出的花。静静的日子里，轻轻打开《向阳花》，就像打开了潘多拉的魔盒……一字一句阅读那字里行间的温暖，缓缓勾忆起心底蛰伏多年的往事，引发一次次内心的激动和战栗。

精理为文，秀气成采。散文集《向阳花》亲切朴素，灵秀柔软，沉淀着岁月的丰盈果实，表现出人性的善良与柔软。作者将故乡之恋、亲情友爱、人生起落描摹得淋漓尽致，充满一种亲和、尊重和朴实的生命味儿，让人感受到时光流逝里，那隐约的疼痛和细碎的温暖。一路艰苦跋涉，真实记录着一些永远的亲友、一些季节、一些故事、一些风雨和一些成长……一篇篇习作如数家珍，情真意切，娓娓道来。那些过去的时光，诸多淡忘的人与事，一一出现在眼前身畔，鲜活入微，韵味醇厚，动人心魄。细碎的文字里，不仅有感念的人和温馨的故事，悄悄珍藏着纯真和快乐，亦给人启示、力量与希望。用心品读，反复咀嚼，心花怒放。

见微而知著，笔墨最传情。一个山里人，由懵懂少年、莘莘学子到贵为人师，以《向阳花》的方式，把瘦薄的生命凝结成一本描述乡村生活的新书，展示了一代人追梦得以实现的夙愿。不说虚言妄语，没有矫揉造作之感。文笔凝练，行云流水，浑然天成，表现出语言文字的高贵优雅之美。

时光的年轮里，都是相似或相同的。成长的印记是珍贵的，用文字成就梦想，《向阳花》无疑是一种稳妥恰切的周全。诚恳地注记下生命内里的触动，见证着那一段段丰盈的情意，和那渐行渐远的青涩、美好而珍贵的生命印痕。为什么会撷取"向阳花"作为书名，俞海云说："向阳花，希望之花，生命之花，象征着信念、光辉、忠诚、爱慕……不仅仅激励自己，也想给那些和自己一样的人某些启发或鼓励。无论身处哪里，都得坚强且向阳生长！"

人间一趟，积极向上。《向阳花》真实记录作者生命历程的每一次见证，委婉细腻，饱满清新，给人以遐想和纯真。逆风飞翔，所有的坚持均有迹可循。不知为何，读着读着，我的心疼得有泪滑过脸庞……抚今追昔，字里行间流露出一种阳光灿烂、平凡质朴的风格，充满浓郁的皋兰地域乡土味儿。

向阳而长，不畏荒凉。初读感动，再读更美。

"使看不见的看见，使遗忘的抵抗遗忘。"综观全书，一个乡里人，在平庸卑怯的烟火中，提炼亲情、友情、师生情乃至教育情，聆听生命裂变拔节的声响，抒写波折起伏的心跳。激情澎湃，为之震撼！遥望星空，许着小小的愿望。那，就让爱，让希望，引着一路追寻那烈焰般的光亮……

《向阳花》是甜美的。《向阳花》在皋兰这爿干旱贫瘠的黄土地上，深根大地，向阳而生，蓬勃绽放，逐光而长。总之，以《向阳花》的方式呈现乡村里一条条鲜活生命的成长，无疑是一种有益的探索和尝试！

忆往昔，筚路蓝缕；盼今朝，岂忘初心。相信，所有的梦，终会成真！

有一种美丽

有一种美丽
　优雅沉静
　　似浅浅的清风
　　吹拂起微微的朦胧

　　沧桑的岁月里
　　萍水相逢
　　犹如林间的小鹿
　　刹那充满无限深情

9. 送你一朵向阳花

《向阳花》出版后，亲友、同学、同事和学生，纷纷留言评说。

新疆读者"花开菩提"是一名皋兰籍教师，微信联系快递一本《向阳花》。"写得好，观察力强，真情流露，文笔细腻。语文老师不是白当的，功底深厚，以真实打动人心。在这嘈杂浮躁、追名逐利的时代，能够安心写写自己的生活，实属不易。想家时读读《向阳花》，可以缓解对家乡的思念。拥有一本《向阳花》，就是拥有了自己的家乡。"她说。

"花开菩提"说，随意抽取一篇谈谈自己的感受吧。

《那年七月，向阳花开》：少年时期的求学生涯，苦中作乐，同学相助，成就一生中最充实的光阴。那时养成好习惯，保持到现在。如早起，勤奋读书，珍惜时间，感恩生活。细腻生动，质朴感人，特色鲜明。

多年前调入都市的同事田田，感慨良多。她说："田间耕耘勤，佳作笔端生。向阳惹人羡，清新不染尘。六年青春徐徐行，回看岁月徒匆匆；当年眼拙未识兄，今读文章见真淳。《美丽什川，梨花胜雪》，觅得浊世一洁境，原来汝心向清白；《七月，家乡的杏子红了》，是在外的游子对家乡的眷恋，也亲，也真；《悠悠榆师情》，是不舍的青春岁月，让同学们一生回味；《从教三十年记》，你我同行的教育路，你在前，我在后……此中情趣，言尽意无穷。"

"城市的钢筋水泥太硬，折断了我梦想烂漫的翅膀。二十年的辛酸悲怆，让简单真率变得谨言慎行。呵呵，你勤，我懒，明明诗人气质，心态却不好，可惜啦。唉，多种原因吧，谁承想……世事无常，惭愧！"

榆师同学惠泽，因着《向阳花》，无话不谈。惠泽说："《向阳花》到手，早晚连读十多遍，感同身受。写得的确好，心情随着文字跌宕起伏，真是写到心里了！"

"叙述的许多事，和我的经历特别相似。你的心路历程，让我看到自己曾经走过的艰辛与不易，这是我们一代人的共同经历。书中写的都是一代农民，通过自己的劳动拼搏实现自己的愿望、理想。基调昂扬向上，也掺杂着淡淡的心酸，扣人心弦，摄人魂魄。"

"无眠的夜晚，读读《向阳花》。多年来心中所想的一切，历历在目，栩栩如生，一幕幕浮现在眼前。现在把《向阳花》放在枕畔，随意读读，成了催眠的仙丹妙药。"

初中同学夕水人家说："入目皆花影，放眼尽芳菲。丰富的词汇，让《向阳花》绚丽多彩，茶味甘甜醋然；温婉的语调，使《向阳花》生机盎然，香气缭绕缥缈。心醉沉迷于文字的方阵，何尝不是一种惬意酣畅的行程……把生活的琐碎穿成了一颗颗晶莹剔透的念珠，在一念一念里温暖着光阴的每个角落。生活里的柴米油盐酱醋茶，心田里的琴棋书画诗酒花，相辅相成着，一转眼拉长了年轮的痕迹，也斑斓了岁月的点滴……"

"午夜梦回，捻一袭心语，流淌成歌；朗月清风，千转百回，写意似水年华中的风花雪月呓语；岁月悠悠，踩着碎碎的感伤，用无言的笔刻画着未知的梦。半酣半醉，醉了我这痴情人……愿所有过去成为温暖的回忆，所有未知变成喜悦的期盼。"

诸多同学、学生发来微信祝贺：流星、流年似水、彭、诺言、灵光月、Eiauk（真名者不便直白）……灵光月说："一日为师，终身为师。《向阳花》真的写得非常好，就连拾电报等一些小游戏，都让人充满回忆。祝贺老师，《向阳花》挺有纪念意义的。实话实说，你总是我学习的榜样；你的文章，总是朝气蓬勃，充满生命的活力。"

熟识的一位出租的哥师傅专意打来电话讨要一本《向阳花》，还夸了几句。他说："当年一起共事时，就发现你与众不同，非常努力。"

………………

云行万里，唯借夏风之势；鸟上重霄，不过羽翅为帆。生命需要我们自己去赋予的价值和意义。谢谢你，不远千里的真诚赏识。

捧着《向阳花》，敝帚自珍。你知道吗？我只是一位虔诚素朴的乡里人。我想，郑重送你一朵向阳花。也想告诉你，太阳有很多个向阳花，可向阳花只有一个太阳，我只有一个你。以后，你和我，我们一起，慢慢、慢慢长着吧。

10.《向阳花》书评花絮

精理为文，秀气成采！打开新书《向阳花》，神定气清，身心爽泰。

生命是一场无法复制的行走，无论遥远还是短暂。《向阳花》以个体微小的视角，将故乡之恋、亲情友爱、人生起落描摹得淋漓尽致，写出了悠悠岁月里绵绵不绝的爱，充满一种亲和、尊重和朴实的生命味儿，有一种真实朴素的美。

"人间烟火味，最抚凡人心。"有人说：《向阳花》是一本值得品味咀嚼的书，见证作者求学、工作、生活的场景，流淌着纯净的心路历程，应该是近年来皋兰文学爱好者中的优秀作品。

让心静下来的，除了镇静剂外，莫过于文字。我的老师、同学、亲友们阅读后，纷纷点赞，谈说体悟。这里撷取部分精彩留言，共酌共勉。

水仙：祝贺同学！一个乡里人，把人生历程转化为铅字，并不简单！有心人，文笔细腻，清新自然，情感丰富。温暖且深情的文字，一下子把记忆拉回到 30 年前那段青葱的岁月。一篇篇真切的习作，读来酣畅淋漓，如临时景，伸手可触，百读不厌，实在喜欢看呢！

向阳花：得你夸赏，是一份珍贵的感动。"清水出芙蓉，天然去雕饰。"榆师系列文稿，文雅含蓄，意蕴深厚，成就一位清纯靓丽、蕙质兰心的"小露"同学。那么，关于"小露"同学，你怎么看。

水仙：文学作品塑造人物形象，杂取大众之美，却比现实生活中的人物更为真实动人。"小露"同学天姿神韵，光彩耀眼，给人以无穷遐想。其实，人人（男、女）皆为清纯澄澈的"小露"。原来，生活的每一天很美，给人一种时刻谈着恋爱的感觉。

向阳花：四年同窗，卅载厚谊，成就诸篇美文琼英。习作但求简洁，表达一种透心的真实。靓丽的"小露"糅众人之美，超乎想象的娉婷。所谓青菜萝卜，自美其美，各爱所爱，何须较真，单单纠结于某人。有你这话，可开心啦！

夕水人家：恭喜恭喜！将文字变成铅字，是很了不起的变迁。用文字涂鸦生活的酸甜苦辣、抒写情感的喜怒哀乐，是一种雅致，也是一种生活的态度。写意的生活儒雅丰盈，细腻的情节涓涓跌宕，优美的词汇朗朗上口，朴实的描述意蕴绵绵。大赞！

向阳花：谢谢！词美语佳，奇异瑰丽，是不怕大风闪了舌头的那种。生平喜欢真诚朴实，忌讳扭怩作态，虚之滔也！

夕水人家：人生三大幸福，亲情、友情、爱情，缺一遗憾，缺二大不幸，缺三生不如死。你之文字，以一种优美淡然的格调将生活描绘成一副灵动鲜活的模样，字字珠玑感知光阴里的琐碎和点滴，其美感和情愫是粗言俗语难以企及的温软与纯真。

人生惬意事，看花解花语。踏青美双眸，听雨润心田，赏雪沁思绪……生活中有很多不如意，但在烦琐中寻觅惬意，就是一种极有趣的事。活着，把惬意的事用文字阐述成有温度的故事，有着更上一层楼的惬适和酣畅！

文贵真，莫先乎情。因嗜好文字而热爱尘世间的婆婆，因热爱烟火而迷恋文字里的抒写。生活是一曲曲抑扬顿挫的歌，文字成就一幅幅生动活泼的画。沉迷烟火，留恋文字，灵魂与身体相伴，徜徉于生命的漫漫旅途中！

向阳花：燕语莺声，悦耳灵动。有一种稀罕，称作能说会道，出口成章。想来言如其人，倾国倾城，艳丽绝伦。若得重逢，不吝赐教，少些遗憾。

夕水人家：一次生命，一场行走的美丽风景。年少的懵懂，是人生必经的路途。记忆清晰，如数家珍，几十年时光磨碎记忆的印痕，为之奋斗的里程谦卑而决绝。生活本是烟花聚散的热闹和易散，让身体在柴米油盐酱醋茶里奔波，予灵魂于琴棋书画诗酒花里穿行，乐在其中！

每朵花有每朵花的美丽，每个生命都有它自己的骄傲……万物生灵，都有他们自己的灵性，遵从内心的活法，自然就能活出一种生命的成就感！喜怒哀乐，是修行中的痴贪嗔怨；如花盛开，成就绚烂的风雨洗礼。用心生活的人鲜活悦动，用笔表达的人富有诗意。向阳而生，一切美好终如期如愿以偿。而我，只是一枚素朴的烟火女子，但凭想象吧！

向阳花：过奖！语句温婉，含蓄隽永，悦目赏心。一个乡里人，卑怯懦弱，孤陋寡闻，虽乘浪逐波，游手好文，亦不过坐井观天，癫蛤蟆吃天鹅肉——白日做梦呗。写尽千山，落笔有你；望尽星辰，美丽是你；《向阳花》，不过是故事的开始。

夕水人家：日月星辉的交替丰富着生命的长度，收获着满满当当的心田；弥日累夜的更迭充实着生命的厚度，欢喜着花开繁茂的盛宴。文笔似流水潺潺，情节如露珠晶莹，人物是天然纯粹，让有趣的生活填满平淡的四季时光，成就一种令人向往迷恋的生命轨迹。

寻常日子留下的脚印，或深或浅，抑仄抑歪，是暖，是情，是岁月的眸，是澄澈明净的星空。读《向阳花》，恰如读你，甚好！

向阳花：生命的意义，在于相互照亮！温润的美言妙语，说到心坎深处，神爽意惬。傻妞入市成才女，痴汉在乡变帅哥。无奈，语竭词穷，汗颜无地，难以接续……厉害啦，我那读过天书的白骨精（肤白骨感精致）同学！

夕水人家：乌云遮不住太阳的光芒，冬天阻止不了春天的到来。笔下生花，是飞跃星空的醑畅；码字成章，是种子萌生的喜悦……让心田里开满向阳的花朵，是一种信仰，一种精神，一种执念，一种坚持。把生活中的琐事，穿成象牙的念珠……是美丽文字的挂画，时间越长，越是古色古香的韵味。

新年新规划，新年新气象。忙时勤恳认真，闲时读读写写——人啊，只要有希冀就会有动力，只要有目标就会有喜悦。平凡又匆忙的光阴里，能用文字取悦自己的心，就是一个睿智的人！

心中有爱，笔下有情。有一种饭，汤里没盐，肉里无椒；有一种花园，无花无水，荒草丛生；有一种生命，呆若木鸡，了无生趣！《向阳花》是盐、椒、花，生命历程的无限情趣，功莫大焉！

腹有诗书，学富五车，笔下神韵，心中花田。平凡的日子，被你过成了诗情画意。感知前行的美好，是对生命的疼惜……静静的日子里，一字一句阅读那字里行间的温暖。即便有阴郁不爽，也是随风而飞，遇阳而化。一切还在向阳而生，一切还在莺飞草长。过去的是回忆，相伴的是幸福，放眼的是憧憬。《向阳花》清新自然，纯粹真切，质朴生动，妥帖成就一位阳光灿烂的帅气同学，我喜欢！

向阳花：人生总有无尽的怀念和希望……有很多的爱不会重来，有很多的情无法弥补，刻在脑海里，铭记于心。来日并不方长，且行且珍惜着！

青山绿水：日月不问追梦人，生活不负有心人。世间万难，无非一拖二懒三不读书。然后，把大量美好的时光都用于为五斗米奔波。如果时光可以倒流，相信大家最想做的就是好好读书！相信读书的力量，相信奋斗的力量，相信未知的未来，一定会有更美的自己！

回想童年，食仅可果腹，衣只可蔽体，农村孩子早早懂得了生活的艰辛。而今，孩子们虽丰衣足食，但总觉缺少点啥，对，缺少一种土香味！说真的，乡村的味道依然顽固根植在我的味蕾和记忆里！

向阳花：生命躬身于地平线上，一念花在丛中笑，一念雪在天上飘。生活的容颜，一半是阳光灿烂，一半是雨霜交寒。"青山绿水"同学，先天禀赋聪慧，后天勤勉努力，见解独特，口齿伶俐，堪属凤毛麟角者！

青山绿水：生长在农村，深深体会过农村生活的"疼痛"。那是一种寒风撕裂皮肤的疼痛，一种镰刀割破手指的疼痛，一种锄头剜进脚面的疼痛。除了竭力挣扎，没有字眼能够言说明白父辈们的辛酸劳作。他们被瘦薄的土地耗尽一生，然后再被二十四节气翻耕成泥沙烟云。

向阳花：如此看来，即便干旱贫瘠的土地，除了结出些许碎洋芋、酸杏子、瘪麦子、瓜蛋子、苞谷棒子，生长着蒿草、萱茂子、刺蓬、蒲公英、狗尾（yi）巴草，那土坷垃里也会蹦跶出一个金娃娃，麻雀窝飞出一只凤凰鸟！想来，"青山绿水"算得其一，不无道理！

青山绿水：对于这种疼痛，我们只能选择走出大山。历经坎坷奔波，成为一个"城里人"。但，我们始终对农村有一种融化在血液里的刻骨情怀。《向阳花》频频讲述农村故事，娓娓道来，更是一种明确指向——生活在农村的人，唯有趔趄前行，一路向阳。

鸟欲高飞，必先振翅；人求上进，定要读书。与其和不读书的人聊叙鸡零狗碎，嗅到一股油烟或抹布味儿，不如读读《向阳花》。人与人交往是相互的，需要资本（志趣、地位、钱财及其他）。《向阳花》，就是你我恰切的红娘月老！

雪夜清箫：语言流畅优美，感情自然流露，内涵丰厚，细语深情。人与人最大的差异在于认知的不同。文笔细腻，情感丰富，文采斐然，真是一个有故事的人，佩服到家。有心的才子，别样的经历，美好的回忆，高品质的生活，一生的财富。

烟雨江南：习作接地气，写出现实生活中的质朴和实在，极具生命味儿。可以作为讲述给下一代成长的素材，激发他们热爱家乡，努力奋进，好好学习，从而取得良好的教育效果。这比课文和很多文章实用，至少不存在"高大上、假大空"的问题。建议尽快结集出版，作为地方教材使用。

云淡风轻：看了你的文章，生活真的不易。五十年，深有同感，潸然泪下，让人心疼。生活在一个充满想象和奢望美好的自由时空里，至少可以给自己一些安慰。虽然有些虚荣，也是满满的收获。永远支持你，为你的努力加油。盼着新作诞生，分享不一样的故事，带来更多欢乐！

好运连连：风华正茂，友谊纯朴，恰如人生初见。书写至少是一种回忆，表达一种精神的传承。爱文字的人，对生活有着不一样的追求，值得为您点赞。

清风明月：酸甜苦辣的生活，让你的生命丰富多彩，深厚宽博。致敬，我的同学！

玫红：枝开万点星，风动香海棠。灵秀柔软，温婉优雅，轻松愉悦，沉淀着岁月的丰盈果实。抚今追昔，云开月明，花开芬芳，耐读耐咀嚼。

瑞雪：窈窕才子，文采飞扬；佳文妙作，淑女特喜。心怀阳光，路有远方，每个人的历程都是一部书，用笔尖表达出来，是一种超越。捧读《向阳花》，亲切朴素，恰如邂逅一位少年才俊，趣味无限，总被一种天然奇异的醇香味儿包裹着。有幸遇见，你是打破原则的例外，太优秀！

山桃花：铺一叠笺纸，拈一支瘦笔。龙飞凤舞间，缓缓打开尘封的往事，回忆中分外可爱！桃花开，鲜艳所有故事；桃花谢，惹尽无数尘埃！老师，挺棒的！

雨花石：书海一片云，花香飘长空。生活普通，日子朴实，内心却多姿多彩！一边读《向阳花》，一边不由自主地想起我的父母、亲友，和那快乐无忧的童年，以及日思梦萦的故乡。为书中人物的真诚朴实所感动着，亦为作者的执着守望钦佩着！《向阳花》，生活的味道，确真是一个宝贝，值得拥有珍存。

南山菊：触景皆生情，下笔如有神。一语千金贵，字字珠玑香。才华无人及，向阳花遍开。回忆满满，感情丰满。我一个数学老师，却被你的文章打动。写得真好，着实佩服！

小西：每一个故事以最朴素的文笔，展现出生命原始的本色，展示与命运抗争的艰苦历程。阅读《向阳花》，有如阅读《平凡的世界》，体验到人性的善良与柔软。痛彻肺腑，泪意阑珊，亲切动人，叮咚润心！

惠泽：读你习作，心灵因文字的滋润，变得丰盈！生活中，我们每个人卑卑怯怯，战战兢兢，如履薄冰。《向阳花》写的就是我们自己的生活，每篇文章都喜欢。

春暖花开：纸短情长，真挚朴实，说出了自己多年积淀在内心的话。一个个寂寥难眠的夜晚，读读《向阳花》，渐渐进入甜美的梦乡！

金光明艳：有追求，勤勉执着！

一叶兰草：结伴美好，愿与你同行。

萍子：读《向阳花》，心中"潺潺"流淌着一条小溪……文笔清秀，美景不断，谈谈《大爱无言》吧。母爱是一株盛开的百合，在每个角落里散发着迷人的芳香；母爱是一束清新的茉莉，散发着清新；母爱是一笔受益匪浅的储蓄，是患难中的倾囊相助，是错误路上的逆耳忠言，是跌倒时一把真诚的搀扶，是痛苦时抹去泪水的一缕春风。

…………

向阳花：岁月沧桑，却从不荒凉。有一种思念，来自亲友；有一种友谊，来自同学；有一种美丽，来自天然。所有的遗憾和错过，与你们相比，算不得什么。回望一段段快乐的时光从指间滑过，一片片温暖入住心底。我怀恋的不仅仅是亲友、同学，亦有自己的青春岁月，那迷茫的日子里有人疼惜的感觉，和一起曾经见证成长的历程！

一个人离开了亲友、家人的热心支持，即便资财万贯、高官得做，亦如暗夜行路，莽莽苍苍！《向阳花》对他人而言，没有一毛钱的关系。然，恰恰是你，你们，朗月清风，千转百回，醉了我这痴情人……银河灿烂，总有星光。再也遇不上了啊，那菡萏出水般的姑娘……好巧，偏偏，你啊你，有一只水绿色的长袖子，我攥不住那种随风飘起的美……诚谢水仙、夕水人家、青山绿水等同学的理解与夸赏！

伟子：世间有美，恰如斯人；人生有爱，别样深情。每一段相遇，都是一笔财富，尤其亲情、友情和爱情。大千法相，就像山颜海貌，表面纹丝不动，其实静水深流，韶华暗换，沧海桑田。沉闷和平凡的日子里，以文字牵念亲友同学，聊叙生命，舍汝其谁？爱且执着，难得；变念为实，太好。

博学多识：鲜衣怒马少年时，向阳而生行且思！生活中，很多人要么有眼无心，要么有心无眼，要么有心有眼却无知无觉，苟活而已。而你，真正有心且有眼的唯一。幸哉，相伴青春；运矣，温暖左右。用心生活的人，让人感动，也让人尊敬。心中有诗意，岁月亦飘香，且行且醉，载歌载舞，好一个文字丛林的舞者！

酒尊：沧海云涛起，妙笔华章现！句句锦绣，饱含诗情画意；浓墨重彩，绽放少年情怀！深情地娓娓述说，儿时记忆扑面而来，沉寂的心鲜活，体验到懵懂青涩、朝气蓬勃的芳华岁月！

向阳而生：深根大地，向阳而生。可以静默，也可灿烂。清风徐徐，流水潺潺，浇抚心田，无遗无憾。放在心里的点滴拾趣，有心有味有意，是沾染了清露的色泽，与日月共长。人生不易，努力方行。有心人，加油！

知了：哈哈，《向阳花》全是美好的回忆！久经岁月，淡忘的时光，娓娓道来，异常美好！一草一木，一点一滴，那些本该遗忘的人与事，一一闪现，细腻而真实，生动而美好，闪耀着人性的亮光。榆师守初心，卅载诲人路；他日若相逢，清风动天地！

不忘初心：一分耕耘，一分收获。曾经的一幕幕浮现眼前，读后感慨良多。经历了三四十年风风雨雨，更可贵的还是少年时光。虽幼稚，但充满童趣；虽无知，但豪气冲天；虽贫困，但满是快乐！再接再厉，把家乡山川人物展现给更多的人，加油！！

漓江新雨：平淡而充满希望的追忆承载着历史的变迁，浓厚的乡情，时代的礼赞！爱心铸就坚守，执着滋养心花，平凡孕育伟大。祝愿：《向阳花》，灿烂绽放，秋实饱满！

晴空万里：向阳花蓬勃绽放，适逢其时当芬芳；数载浸润有沉淀，历尽坎坷终辉煌！

徒步行者：字里行间饱含深情，作为一名普通教师，能把自己的人生感叹和生活体悟转化为铅字，本不平凡，更多的是一种文化积淀。向阳花，托物言志，皋兰教育的骄傲！

龙腾愉悦：佳作欣赏，分享精彩。人生就是一场最美的相逢，每一次相逢将成为回忆的往事，增添了色泽和温暖。感恩相遇，保持互动，天长地久！

厚德载物：鲜活入微，心路向阳。

清平乐：书中文章，看似寻常，却意蕴丰厚，是阳光的情调。读着读着，一颗心，忽然变得舒缓了，柔软了，安然了。

…………

向阳花：见微而知著，笔墨传吾意。感念一路相伴相携，给予我点灯、撑伞的同学。一个粗俗鄙陋的山里娃，他是很笨的，只能竭尽全力追赶聪明者的步伐；他也是很矮的，只能努力垫高自己才能缩小与优秀者的差距；他更是很丑的，只有坚持与执着，才不被指手画脚。《向阳花》，让回忆有了温馨，让泪水含了甜蜜，让贫瘠走向丰盈，让残缺达成美满，让自卑绽放成鲜花，使藏匿在内心深处的一滴露水，闪烁出澄澈而晶莹的光泽。

透过一朵朵鲜亮明媚的向阳花，我仿佛看见，那一个个阳光的乡村少年，站在明亮的地方，绽放着自己蓬勃昂扬的向阳之花。无论怎样，以《向阳花》的方式呈现乡野生命的成长，是一种有益的尝试！

一粒生命力旺盛的种子，落到哪里都会生长；一朵向阳生长的花，绽放在哪里都是芬芳。在此，真诚感谢亲友并同学，不离不弃，一次又一次的牵念与挂怀。

祈愿：你，我，他（她），我们大家，自备生命需要的折叠伞，乘风飞翔，一点，一点，是鸽子的那种，闪闪发着银色的光芒，飞成天地间一种欢乐的模样。

11. 小露同学，是一盏清茶

——榆师系列习作之"小露"形象浅析

《四载同窗，一生同学》发布后，短短一天浏览量达 500 人次。榆师同学纷纷点赞留言："人物灿烂，情节细腻，赏心悦目！""文采斐然，遐想无限。太美了！""只是'小露'为谁，疑云重重……"

特此，认真阅读《向阳花》，一探究竟。

榆师系列故事之处女作《悠悠榆师情》："同班有位女生冰雪聪颖，俏丽飘逸……"成功塑造一位女同学形象，兰心蕙质，清纯靓丽，跃然纸面，呼之欲出。唯可意会，尚不确指名姓。

《同学，同学》："清水样的人儿，举手投足，弯腰眨眉，惹眼入心。""华山七日游"，未涉真名，似乎趋向明朗。《你好，同学》："听见那久远而熟悉的天籁之音，不禁怦然心动。"仅闻其声，其美全现。《四载同窗，一生同学》："回眸一笑，清扬婉兮……"《想起小露》更是直叙"小露"言行举止、逸闻趣事。"一瀑秀发，身材匀称，眉清目秀……"乃至升华为："一条彩虹出现在东方天空，横跨山巅，七色分明，美丽动人……"至此，人物形象性格鲜明，血肉丰满。综观"小露"言行举止，指向明确。然，事实果真如此吗？且看下文。

《苑川河之恋》：小秀"清纯靓丽，纤手挥挥"。《七月，又见马兰花开》：小兰"朴实无华，声脆音美，纯真灿烂"。《一方红手绢》之"乡村女孩"："面容秀丽，勤快利索，素心如雪。"《同学小宝》：小宝"清秀俊丽，玉树临风"。《东古城之行略记》："小宝轻轻问起几位同学近况，慨叹她们的清纯或窈窕。"《绿意盈盈，花开倾城》："甜脆的声音萦绕，清纯的笑脸闪现，娉婷的身影摇曳着……"《功夫到家，石头开花》："阳光下，同学们端坐着，玲珑秀美，满含笑意……"云云。显而易见，榆师系列故事中所塑造的同学群像，皆仙姿佚貌，英姿烁人。所有事例泛化，亦未特指。是故，关于"小露"，必得慎重，岂可妄下定论！

"一段好景君须记，恰是榆师烂漫时。"关于"小露"，必须结合主题理解。榆师四年，朝夕相伴，同学间留下珍贵的深情厚谊。撰写习作之初，即做了全面而细致的深远谋划。必须充分借鉴传统文学中"香草美人"①比兴②手法，用充满浪漫主义的情调与现实主义的笔触，通过塑造"小露"和同学群象，真实具体地表达"悠悠卅载思榆师，魂牵梦萦念同学"的主题。因此，所有人物和情节必然围绕这一主题生发展开。于是，系列习作，通过塑造"小露"典型人物形象，妙笔生花，炳炳烺烺，写就同学间暗恋般的美好，以呈现榆师生活的所有诗意和美好，从而达到创作目的。若只有群体共性，没有"小露"个性鲜明的灵魂人物，一切泛泛而谈，必然苍白无力，平淡无奇，毫无光彩可言。

"曾经沧海难为水，除却巫山不是云。"为了充分表现主题，唯有不遗余力把全部思想感情倾注于"小露"。是故，"小露"已不再是某位特定同学，更非狭义的暗恋对象，而是在人物原型③基础上所塑造的典型人物形象④，才符合寄托作者美好人生理想的需要。由此可见，作者颇费工夫，匠心独用，既有现实，更有想象，成功塑造一位芳华卓绝的"小露"形象，从而增强感染力，为读者留下念念不忘的深刻印象。

"时光中的你我，走过似水年华，走过鲜衣怒马，能够留存到最后的，便是眉间的喜悦。"有一种眷恋，不论贫富，不争名利，相知相惜，天天惦记，这是同学。一班一辈，伯仲间，非你即他（她），何必究真。一段文字，珍存心中的一些美好；一支素笔，描摹岁月的一片年华。放在心里的，是沾染了清露的色泽，与日月共长。

"记忆的田埂上，谁没有两三朵娉婷，披着情绪的花无名地盛开。"一缕风来，一盏清茶，浮华一念，冰心一片。"小露同学，我的师范同学，忘不了她30年前18岁碧绿澄澈的模样。"飞花无定处，也作相思物。若，情不自禁，那就读读《向阳花》。回眸处，一片片的翠绿，一朵朵的花红，无论相思还是重逢，都是美好所在。

"身未动，心已远。"有同学的人生，不缺憾。行旅匆匆，往事如烟。就让我们，在一盏茶香里，怀念我们的故事。

心藏美好，青春动人。现在，作者把自己的理想说出了口，你说对吗？

"要问他（她）是谁？任尔想象，花开娉婷。"

注：

①"香草美人"：一种比兴手法，出自屈原《离骚》。"香草美人"含有整体上的象征意义，是作者内心世界的外化，是美好品德的形象化。

②"比兴"：中国文学的一种传统表现手法，以指诗文有寄托之意。

③"人物原型"：人物形象的诞生常始于某一生活原型，是塑造典型人物的元素和材料。原型不是典型，是"似曾相识的陌生人"，"在于似与不似之间"。

④"典型人物"：作者把现实生活中的不同人物原型提炼加工而成。"杂取种种，合成一个。"更集中、更有普遍的代表性，寄托着作者全部的人生理想。

相　聚

三十年之隔
托不住情深缘露
滴凝着久违
点点入梦

重逢
我们心连手牵
斟满酒杯
一起为清纯的友谊喝彩

12. 用文字的一束微光照亮人生

陆续发表一些豆腐块文字且出版《向阳花》后，得到家人亲友、同人同学、学生及文友的关注。他们说：喜欢阅读，被温软的文字暖到了，尤其欣赏我对生活的态度……话语纷纷，充分肯定一种存在和价值。话匣子打开了，聊聊文字写作的缘由吧。

事情的开头是这样的。闲暇时光，随意撰写几篇生活随笔，以满足我的表达欲，聊以自娱自乐。有时，我把习作发给身畔几位同人。一石激起千层浪，孰料他们原来皆是深藏不露的阅读嗜好者。寥寥数语，深情夸誉……电光火石，欢欣若狂，那叫一个兴奋呀！

其实，年少时心中就有一个梦——写一本属于自己的书。求学期间读过很多小说，极为崇拜作家。继而作文屡被老师夸奖且泛读讲评，产生一些自豪感。然而，想写一本书的想法却又在漫长的烦琐学业和无着的生活折腾中如昙花一现般夭折，无从提及。

得过且过，浑浑噩噩。曾经把《平凡的世界》放在枕边细细地读了又读，那朴实的故事感动了许多岁月。只是，一梦圩载，心里一片荒芜，除了杂草丛生，什么也没有。古语云："幼有神童之誉，少怀大志，长而无闻，终与草木同朽。"现在，有人喜欢我的文字，这是一件很受刺激的事，那颗梦想的种子遇到适宜的土壤，蠢蠢萌发了。

由是，一发不可停止。写山水草木，写慈母严父，写兄妹情深，写童年故乡，写感悟体验，写诸多美好……写作给自己带来诸多意外，文友们不但逐篇认真细读、点赞鼓励、祝贺献花，有时还打赏哩。

透过一篇篇委婉细腻的文字，回望自己走过的年代，我依稀看到了另一个我，有爱的人，或被人爱。路遥说："生命里有着多少的无奈和惋惜，又有着怎样的愁苦和感伤？雨浸风蚀的落寞与苍楚一定是水，静静地流过青春奋斗的日子和触摸理想的岁月。"

既然喜欢文字，那就任思绪驰骋，天马行空，尽情书写吧……不断认识新朋友，连一些亲戚也加入阅读队伍，浏览量不断地增加，收到更多关心和问候，有些文友还积极出谋划策或即兴写作。每当有留言评论或分享新作时，心里美得真像小时候吃到一根豆沙冰棍那么香甜。文思如泉。喷涌而出。

日夜兼程，字斟句酌，沉浸在属于自己的文字花园里播种耕耘，咬文嚼字、吃书果腹……记录生活，分享欢乐，悦己愉人，忙碌而充实，何乐而不为哉！

江水东流，累积岁月……原本不该痴心妄想，自己能够完成一本书。但我分明知道，这已是生命历程中的最后一根稻草。若再自误，怕是一生都彻底完蛋了……也试着投稿。看到一篇习作发表于报刊，激动得睡不着觉。

"一边泪眼蒙蒙地回忆过去，一边提笔书写未来。"我已不是少年模样，对理想的迷茫，只剩下坚持。设若：几年后捧着书，一个个熟悉生动的人物闪现在眼前，谁说我们不会心潮澎湃呢？言为心声，我用属于自己的文集，至少可以来遮掩平凡且庸俗的一生。全力以赴，逆风翻盘，让文字成为生命里一束微弱的光芒，闪闪照亮此后的漫漫人生路。

文字，自有其存在的意义。遇见，是今生诗意的意外；努力，看见绝世的风景；坚持，给灵动的生命以纯真的向往与憧憬。由是，那就让深情的篇篇文字记住生活，记住爱，记住走过的每一段历程，记住时光深处的你、我、他（她），我们大家……

原载 2022 年 11 月 18 日《长岭炼化报》

附 录

1. 生命的真实与质朴

家乡所有与我相关的人事、山水草木，我都一一记得，或者将会被永远记载。

——题记

撰写《山里娃》每篇习作，内心充满激动。我是在九合镇头沟口西台子出生且长大的，是一个地道的山里娃。现在，用心用情地记录一路跌跌撞撞的所思所想，且努力地刊载于报刊或书籍，以此怀念着我的家乡。

念兹在兹，情系故土。我的习作努力让一切回归于真实，散发出具有人性温度的热量和光芒。《山里娃》以回忆式的笔调，竭尽所能勾画家乡的风土人情。从一棵树、一朵花、一只鸟、一碟菜、一口水窖、一缕炊烟、一张犁铧、一场电影中……逐一寻找人事变迁、山水草木等生活的点滴，挖掘对家乡一份深切理解，以使那温热的亲情、纯真的友爱（含爱情）更多内涵。力求不失真，不做作，且赋予一种穿透岁月的力量充溢于字里行间。

从小在柴草、泥土里奔跑、欢笑，清汤寡水的家庭并没有限制我喜欢读书。从小学开始，接触到有限的几本小人书，如醉如痴。没钱买书，也根本无处买书。继而，从同学处借到《三国演义》《水浒传》和《西游记》等小说，翻来覆去，百读不厌。

因为痴迷于小说和故事书，家人认为我非常喜欢学习。"大门不出、二门不迈。"看书是一种光明正大的借口，父母兄弟姊妹们皆认为我热爱学习。其实，我读过的书很少，也就几本常见的故事书。

读书少，不代表不会写。我喜欢写日记，记录一天的喜乐悲欢，以排遣心中的苦闷和孤独。偶尔也白日做梦，妄想着发表在报刊杂志上。写作奔着名利，可我只能写写自己的所见所闻，其他一概无知，无从着笔。偶尔悄悄投稿，最好的结果是泥牛入海，杳无音信。

写着写着，就想累积成册，用出版书籍的方式发表。当年在乡下卖瓜果时曾被顾客称呼为"山里娃"。她说："一个山里娃，不好好念书，看看累成啥样。"进了县城，一位热心的老师称我为"山里娃"。联想到以前的城里人常常把山里孩童唤作"山里娃"，由是灵感涌动，以"山里娃"为书名，恰如其分。《山里娃》真实描述了以我为代表的山村孩童真实的成长经历，关乎着他们的亲情、友情、爱情及其他。本书共分8辑，由110篇文稿组成，分别叙述如下。

第一辑"山花灿烂"为植物篇。写作不能空洞，必须借助特定的人、事、境，来表现作者的主观认识和感受。这辑内容通过山村常见植物（系列山花）的描述来表现农村生活，虽然有些艰难和苦涩，却不乏浪漫和欢乐，有一种苦中作乐的味儿，给人以怀想和启发。《榆钱青青》细腻地描述了当年的真实生活场景以及时代的变迁和社会的进步。"儿时，生活清汤寡水，一无所有。现在，衣食丰足，居有所安。"《狗尾草》描述农村人虽然地位卑贱，生活粗陋，甚至被随意称呼"绰号"，表达出一种简单的人文思想，人并无高低贵贱之分，尤其低贱者更需要尊严。因为，谁也不会依靠谁养活着。一个人钱财的多寡与地位高低，与他人并无直接关联。"广袤的大地上，到处生长着不被注意的狗尾草。'野火烧不尽，春风吹又生。'一棵棵平凡的小草，诠释着更多共同的心声。平凡，但绝不平庸。"《山花皆灿烂》一文力图表现由农村走进城镇的一段历程。以山花比拟农村孩童，他们生长于山间田野，从小过着与城里孩子天壤之别的生活。恰恰因为出身环境的巨大差异，他们与生俱来勤奋努力，生命力顽强。因着改革开放，勤劳俭朴，风餐露宿，揉碎艰辛……亦融入城市，吃住安暖，日子踏实。

第二辑"我爱我家"为亲情篇。从衣食住行等方面逐一再现艰涩历程，还原生活真实和人物原貌。和蔼可亲、朴素执着，父母家人并亲友们用瘦弱的肩膀为儿女们撑起了一片晴朗的天空，永远值得敬佩和尊重，更需要被后辈们铭记着。《犹记那年烧蓬灰》《水之殇》《磨面记》《三孔窑洞》《乔迁新居记》《我家交通变迁记》《追光逐影》……一个没有家乡概念的人，他的灵魂永远是找不到归宿的。

家乡是每个人生命的源头，亦是终生难以释怀的地方。一滴水足以灌溉一条生命，一朵鲜花就能点缀美丽的人生。一篇篇习作恰如一幕幕电影画面，用蒙太奇的手法复原那本来沧桑荒凉却又温热感人的场景，人物言行举止栩栩如生。但凡经历者，必然引发他内心的一处神经，甚或潸然泪下。也让人们理解当年的"山里娃"们是如何走过那段艰难岁月，才享受到今日的繁华时光。

第三辑"菁菁校园"为友情篇。相较现在的读书环境，不由感叹天壤之别。限于诸多教育因素，那时的农村孩子读书尤为困难，吃住艰涩。很多孩童就在根本无法掌控的懵懂无知中失去读书深造的机会，过早地流失于社会。但同学间团结友爱，互相鼓励，存在一种不争名利的纯真友谊，念念难忘。《青海玉云》《芳华岁月——我的初中生活》以同桌为主线，详细描述小学、初中学习生活的点点滴滴，表现同学友谊的纯真无邪，令人叹惋。《初中同学叶子》中，那种澄澈如水的友爱确实存在过，只是在现实生活中却无法想象她存在的真实性。

第四辑"诗意地栖息"为山水篇。生活不仅仅有苦涩，也有欢乐。走过雨雪风霜，最终迎来岁月丰稔。于是，趁机看看山水草木，看看城市繁华。《诗意地栖息——秋登皋兰石洞寺森林公园散记》《江南行6则》，恰恰印证着这一切。继而把心中向往和现实生活高度融合，反复陈述一个朴素的道理，无论远方和眼前，"入心入眼的，都是一些细微的美好，充满希望，温暖又热烈"。生命除了吃住安暖外，任何时候都需要一些快乐事儿，尤其是眼睛的快乐，任何时候要看到一切快乐的事物。一个人所追求的其实原本简单，不只是外在的美，而且是生活的本质美。这一切都需要自己动手去创造，所有的美好从来不会因为幻想就可以轻易得到。

第五辑"四季风情"是时光篇。人的一生短暂，不过晨暮与春秋。本辑以四季变化为主线，通过描述春夏秋冬的更迭、风花雪月的交替，努力呈现生命的灵动之美。《春将灿烂》《夏日出行记》《邂逅》《冬日暖阳》《岁月如歌》……叙述生活的点滴，给人以生动具体的感知，或可引发共鸣。

第六辑"跋涉者"是自励篇。记叙一路求学的历程，表达一种明确的教育理念，教育是自己的事，唯努力奋进，力争上游，方可成功。不然，再好的教育环境怕是枉然。《漫漫"考试"路》《执着自考》《小儿初长大》《为一个明确的目标而奋斗——写在小炳同学考研之际》《奔跑的欢乐》《长亭留别》……谆谆告诫，这世界平凡者众多，更需要顽强、拼搏和对生命的热爱，在自律中成长、自励中突围、自洽中通达，尽情诠释生命的价值，成为自己的主宰者、实践者和体验者，在平凡中寻找活着的现实意义。

第七辑"一孔之见"为认知篇。仁者见仁，智者见智。生活中也存在一些令人深思的现象，让人纠结。我痛恨虚伪的做作，不齿无厌的贪婪，亦不喜故弄玄虚，甚至无为的忧叹。如《神圣的检查》《混》《抓阄儿》《关于总结的总结》等，观点明确，事实清楚，一吐为快，算是一个交代。

第八辑"'向阳花'开"为收获篇。这辑收录《向阳花》出版后的系列评论作品。同学伟子说：出书，收益多多，不仅收获名声，尤对一个家族具有极大影响力。举例如榆中有个金老师嗜好文学，著作丰硕，潜移默化，他家下一代更是人才辈出。余不赘叙，一切皆在本辑作品里有非常翔实的表述。

岁月带伤，亦有光芒。一个人就是一本书，诸多悲欢离合都值得挽留。人世艰难，不妨碍一束百合盛开；人世灿烂，更不妨碍有人爱不明白。但凡称之为人，那就不是一块木头，何况许多的爱本是很难克制的。你要问飞蛾为什么扑火吗？飞蛾也不知道。没有原由，爱就是爱了，哪来那么多聒噪，你得承认这是无法丈量的事实存在。

时光如水，日子似风。生命贵，文字穷，但，都值得炽爱着！一个农民的儿子，圩载春秋，不写点什么怕就什么都没有了。如果你想家了，就请看看《山里娃》。书里没有城市的繁华，却有熟悉的味道和童年的印痕……拭目以待，希望《山里娃》尽快出版，郑重呈献给纯朴厚重的乡亲父老、家人亲友，让曾呵护、疼爱过我的人们为之高兴并振奋！

文字让我们不被时代淹没，且留住所有的记忆。由于写作时间有限，必然遗漏许多，权为抛砖引玉。

2. 《山里娃》诞生记

一、耿耿于怀

有行动就有希望。时跨三年，整理成册，"三审三校"，精选 110 篇（报刊发表 70 篇）26 万字之《山里娃》交付出版，耿耿于怀，煞费苦心。

《山里娃》的出版，得益于自己的文字积累，得益于自己多年的文学梦和持之以恒的韧劲儿，得益于妻儿的理解和支持，得益于我的领导、作协老师和诸多文友的倾心倾力支持，得益于编辑老师的全力支持。

付出就有收获。《山里娃》是一本属于自己的文集，承载着我的心路历程与亲友们一起走过的深深足迹，是美好的珍贵印痕，洋溢着浓厚的亲情、友情与乡情，是对亲友和家乡的回报与感恩。这种回报不能用现金的多少来衡量，它是一种精神世界的充盈和美好。

除了你自己，没有人能够定义你的昨天、现在和未来。写作让我有股痴念，历年来点滴积累，笔耕不辍，将自己曾成长、工作和所有走过的地方，以及现在正走的路，一一记录存留下来。

年少不肯输同窗，胡乱画文梦天真。仔细想来，对文字的热忱和追求历时多年。读小学时，语文老师曾把我的一篇作文当成范文宣读。老师说："听听人家是怎么写的，你们又是怎么写的?"为此，我高兴了好多天。

从中学开始坚持写日记，记录日常琐事，信笔由缰。可惜，那些日记不知所踪。升入师范后依然坚持写日记，寥寥数语，以满足自己的抒发欲望。这些日记基本保存下来，成为一份珍贵资料。偶尔浏览，总有一股莫名的喜悦或伤感。

工作后的前 20 年，断断续续写些生活随笔，也曾一度中断过。可惜，却因工作屡屡调动，大多遗失了。抛开以前的懵懂，真正着笔文字，是十年前开始的。调至县城后免于奔波，且有了属于自己的计算机，所有记录日常生活或工作的文字资料得以完全留存。

祸福相依。近三年因着某种社会群体性原因居家防控，兼之工作再次变动，环境优雅，时间比较充裕，陆续积累一些习作。每写一篇分享出来，一些真挚纯朴的文友屡屡夸赞，坦言不错。"下一个天亮"和"烛影摇红"（真名者恕不公示）还分享朋友圈。于是，想着趁此良机，再出版一本文集，不至于徒然浪费时光。但内心依旧有些恐慌，我知道自己的文字功底粗疏浅薄。弄不好矮子看戏，见笑大方，还会受人嗤之以鼻，沽名钓誉。

"有意栽花花不发，无心插柳柳成荫。"每个人有自己版本的故事，不同内涵的生活轨迹。《山里娃》使我的故事有形固化保存于世，我在自己的生命花园里倾听肺腑发出的声音，感受着花香的芬芳。

生命来不及等待，"将来""总有一天"是不存在的。一只小小的蚂蚁摇撼大树，毕竟也是一种摇撼，总要引起轻微的空气波动。只是不知《山里娃》的降生，能否给这个世界一个小小的惊喜？此时此刻，一个素朴愚拙的山里人，满怀信心和希望地热切期待着！

二、出书不易

"千呼万唤始出来，犹抱琵琶半遮面。"平时写篇像样的千字文稿，需要花费大量时间和神思。酝酿斟酌，构思情节，咬文嚼字，反复修改。写过作文的人应有深切体会，此处不再赘述，说说出书过程吧。

出一本正版图书，必然考虑出版意义和价值。书稿的质量优劣、出版的社会价值高低，一切皆在襁褓中，无人定性。屡屡请教身畔老师，只是鼓励几句。

书籍，是人类进步的阶梯。权衡利弊，思谋再三，痛下决心，不为名利，只为给自己一个交代。无非几万元，恰如买楼少一平方米，吃肉省半口，穿衣粗陋点罢了。设若有人喜欢，也是属于自己的一丝骄傲和任性。

打个比方吧，恰如谈一场以结婚为目的的恋爱。寻寻觅觅，怦然心动，相知相恋，走入神圣的婚庆殿堂。其间不定因素太多，稍有不慎即会前功尽弃。于是，通过网络联系出版事宜。破釜沉舟，志在必得。签订合同署名后，顿觉如杨白劳在卖身契上按下手印，莫名恐慌。

出版事宜落实后，立即着手增删文稿，分项归类，字斟句酌，使错误减少到最低程度。如是三番，进入排版程序。为增加字数，先是同意小 5 号字。后来又觉字号过小，同人同学渐至年长，人老眼花，读来费力。忍痛割爱部分篇段，商酌以 5 号字排版。

收到书稿清样，为达到规定印张页数，继续调整、更换、删减部分文稿，认真修改。第一次校稿变动很大。认真揣摩，反复推敲语段字词、标点符号，乃至前后段的衔接等，把修改意见快递给编辑老师。

第二次校稿，根据修改建议，再次通读书稿，斟酌、删减或充实，惴惴不安，总觉存在诸多不尽人意之处。

第三次校稿更为慎重。凡涉及人物、事件、数据、典故，力求翔实准确，且充分保护他人权益等。正文、序、目录、后记……学习、提高、淬炼、润色……用心用情，最终完成三次校对过程。装帧设计时，反复斟酌封面图案，力求素朴雅致。

快递修改意见后，有种成竹在胸的感觉，静等出书了。尝试出书，是一件幸事。生活离不开物质，更离不开丰厚的精神。因为喜欢，因为深情，因为痴恋，斗胆笔耕，最终实现出书夙愿，收获精神的富足，情趣盎然，雅俗共赏，为此而陶醉着。

三、我的梦想

《山里娃》让我把对家乡的点滴思念、简单的人生历程凝于笔端，以图书的方式呈现出来，这是很激动的。

每个人都有自己的梦想，潜伏在心底，美丽而神秘，徘徊久之。它像种子在地下一样，遇见适宜的土壤立即萌芽滋长，破土而出，向阳生长。

"一个人可以被毁灭，但不能被打败。"可，梦很美，终归是不现实的。看着满目琳琅的繁华，有梦又能如何？小姐的身子丫鬟的命，太多执念终被现实击垮者比比皆是。生活不易，而又有谁会轻言放弃？而我，确属幸运，义无反顾做着白日梦，且自顾实践着这个梦。忽而想到，若是《向阳花》与《山里娃》能够匹配，伉俪情深，百年好合，永结同心，岂非人间美事，不由得偷偷笑了。

"夜深忽梦少年事，梦啼妆泪红阑干。"想到《山里娃》就要"出生"，心潮澎湃。届时，必然捧在手里细品，仿如捧着自己刚刚降生的孩子。冰心先生言："成功的花，人们只惊慕她现实的明艳，然而当初它的芽儿，却浸透了奋斗的泪泉，牺牲的血雨！"那一刻，所有的艰辛定会化作喜悦和鼓舞，油然而生一分成就感——总归是自己的好，怎不敝帚自珍呢？

不读书的人总以为别人也不读书。书写总归是有力量的，我为自己刻下了生命的印痕，至少可以抵御岁月的蹉跎。农民二哥说："出书，不简单。"他是一名厚道的劳动者，自然明白读书的意义和价值。实打实说，《山里娃》与文学不搭边儿，充其量算是一本作文集，好歹也算是本书吧。

四、画蛇添足

穷文富武。有人说："现在出书的人比看书的人还多，书早就不值钱了。"当今时代，信息化发达，经典名作无人问津，谁读我辈之书？然，既出书，为了发展，免不了求亲告友兜售些。不然，码在屋子里浪费空间，过几年没地方搁，也只能拉到废品收购站。忽而想到路遥老师出版《平凡的世界》后，不但借路费去领奖，还得请客并购买100套书作为"添头"！无怪乎，陈忠实老师说：文学算哪个锤子呢！

旁观者清。真正写出旷世名作者又有几人？一本书要从浩瀚万千的书籍中脱颖而出，显然是件非常渺茫的事，正如中得福利彩票头奖，无异于天方夜谭。而，一本书也仅可能供某个偶尔读书者休息时看看，或为驱散旅途疲劳读读。"五陵年少争缠头，一曲红绡不知数。"但为一本书所耗费的心血，只有天知道啦。因此，我并不过度在意被人喜欢，我已把写出来作为丰厚的报酬。无论是否有人喜欢、抑或鄙薄，做好坦然处之的充分预料。是啊，在唯利是图、不择手段抓老鼠的生态中，我的文字算是个什么锤子呢。想到这里，我就如"阿Q"般心安理得啦。

耐住寂寞，给乡村留下一点印象，不至于全面沦陷，消解于无形。这，尽管有些无奈或悲壮，但这种捍卫乡土文化的精神，恰是《山里娃》面世的些许理由吧，值得为之奋力一搏！

后　记

往事不肯如烟
——为什么写作《山里娃》

天地浩瀚，云海苍茫。捧读散文集《山里娃》，泪眼蒙眬，心潮澎湃。

人是"万物灵长"，可以生成语言、思想和智慧，是唯一具有回忆、记述并记录往事的生物。每个人都是一条鲜活的生命，成长的历程中必然故事多多，或委婉缠绵、或荡气回肠。不经意间触发提及，便可鲜活细微，思绪万千，五味杂陈。

定居喧嚣县城，游走于潮涌街头，依然惶惑不安。岁月飘零，固守孤寂，我所能做的，就是学会珍存，把愚拙的笔触凝注于笔端，一一记录父母恩勤、兄弟姊妹、亲友邻居、同人同学、童年时光、山水草木……伸手触摸那些沟沟壑壑，依然留存着青葱的痕迹，风中飘散着泥土味儿。

往事不肯如烟。那些年，天很蓝，草很绿，所有的爱皆在身畔。榆钱，飘过童年的记忆；南风，氤氲新麦的清香；羊儿，在山坡上悠然吃草；树根，深植于故乡的土壤。打斗戟、抓石子、跳皮筋儿、踢毽子、捉迷藏、荡秋千……在这片干旱贫瘠的土地上，诸多少年憧憬着梦想、流淌着汗水和泪水、又不断地破灭渺茫的希望，以至于连那家人的关怀、初恋的美好也自生自灭……这点点滴滴，怎不令人魂牵梦萦呢？

"长风几万里，吹度玉门关。"欣慰的是，乘着改革开放的东风，诸多家人邻居、同学同人，用不同的方式实践着自己的追求和梦想……我亦不例外，通过升学而拥有稳定的工作。又通过五六次调动，终于逃也似的走出这块狭蔽寂寥的土地。揉碎艰辛，辗转跋涉，一路颠沛流离，如今却又成了一种没齿难忘的奢望……个中滋味岂能全部忘却！

为什么选择"山里娃"作为书名，思忖久久！

生活在山里的孩子叫山里娃，长大了叫农村人、乡里人，这是与城里孩子（城里人）相对而言的一种叫法。略读路遥《平凡的世界》这部小说，或许，孙少平身上就有我的一些影子吧。一个乡里人如忍辱负重的小毛驴般艰涩劳作，盲人摸象般努力生活着。由此，很想以一个亲历者的身份见证并记录这一过程，为心底留存一念纯真或美好！

"情不孤起，依境方生。"时隔30年，带着回忆，把一些纠结的心事诉诸文字，让鲜活的生命脉脉含情，使熟悉的亲情触手可及，给纯真的懵懂留存些笃定的见证。不因清扫、搬家乃至老去，连同垃圾乃至生命一同丢掉，荡然无从。于是，想到以"山里娃"为书题，或可表达那份真挚、深切、诚恳的乡情乡恋之意。

"念念不忘，必有回响。"写作赋予个体生命一种活着的真实意义，这部26万字的作品，从撰写到出版，并不易。现在，这些属于个人的珍贵记忆被郑重地保存到《山里娃》里，收获些理解和爱意，实在最好不过。

珠水汤汤，人海茫茫。若有一天两鬓华发，重拾这部年轻的作品，就如同遇见当年不完美的自己，我亦会为这份坚韧执着，感动得泪流满面。至于谁会留恋这一腔情思？要么喜欢，激情澎湃，泪意阑珊；抑或无人问津，扔在犄角旮旯，任其自便呗！

"昔我往矣，杨柳依依；今我来思，雨雪霏霏。"本书出版得到诸多亲友支持和关注，甚或慷慨资助。一切铭记在心，在此，郑重表示诚挚的谢意，顺祝安康吉祥。

往事岂能皆如烟。言为心声，印痕深深。意犹未尽，暂且这样吧！

（原载《慈溪日报》2022年7月31日）

俞海云

2022年7月20日